Mainak Dhar

Alice im Totenland

Widmung

Wie immer für Puja & Aadi.

Deutsche Erstausgabe

Titel der Originalausgabe: ALICE IN DEADLAND

Cover & Umschlaggestaltung: Michael Schubert
Übersetzung: Peter Mehler

ISBN: 978-3-95835-150-9

Printed in Germany

Bibliografische Information der Deutschen Nationalbibliothek:
Die Deutsche Nationalbibliothek verzeichnet diese Publikation in der Deutschen Nationalbibliografie; detaillierte bibliografische Daten sind im Internet über http://dnb.d-nb.de abrufbar.

EINS

Alice war es langsam leid, neben ihrer Schwester auf der Anhöhe zu sitzen, ohne ein paar Biter abknallen zu können. Hin und wieder spähte sie durch das Zielfernrohr ihres Scharfschützengewehrs, aber da war nichts zu sehen. *Welchen Sinn macht ein Hinterhalt, wenn keine Biter in die Falle tappen, denen man in den Kopf schießen kann?*, fragte sie sich.

Alice war fünfzehn Jahre alt und war nur drei Monate vor den Geschehnissen geboren, die man *Den Ausbruch* nannte. Hin und wieder sprachen ihre ältere Schwester und ihre Eltern davon, wie die Welt davor gewesen war. Sie erzählten von Kinos, Fernsehen, Fahrten ins Grüne und der Schule.

Alice konnte sich unter all dem nichts vorstellen. Das einzige Leben, dass sie kannte, bestand darin, sich vor den Bitern zu verstecken. Die einzige sinnvolle Bildung, die sie erfahren hatte, bestand aus drei simplen Regeln:

Erstens: Wenn du von einem Biter gebissen wirst, wirst du zu einem von ihnen.

Zweitens: Wenn ein Biter jemanden beißt, den du kanntest, dann spielt es keine Rolle, ob das vielleicht einmal dein bester Freund war – er ist von da an ein Biter und würde dir, ohne zu zögern, die Kehle herausreißen.

Und drittens: Wenn du nur einen Schuss abgeben kannst, dann ziele auf den Kopf. Nur den Kopf. Nichts anderes kann einen Biter nennenswert aufhalten.

Und da war sie nun, lag mit ihrem Gewehr an der Schulter auf dem kleinen Hügelchen und wartete darauf, Nachzügler auszuknipsen, die den Kampfverbänden durch die Lappen gegangen waren. In ihren ersten Lebensjahren hatte sie sich hauptsächlich nur versteckt und versucht zu überleben. Doch dann hatten die Menschen sich neu formiert und angefangen zurückzuschlagen, und seither wütete ein endloser Krieg zwischen den Lebenden und den lebenden Toten. Alice' Eltern waren ein Teil der Hauptkampftruppe, die gerade eine Gruppe Biter ausradierte, die man in der Nähe ihrer Siedlung ausgemacht hatte. Gelegentlich hörte sie Schüsse, aber bislang war hier noch kein Biter vorbeigekommen. Ihre Schwester lag ruhig neben ihr, gehorsam und mürrisch, wie immer. Alice hielt es aber nicht mehr aus, nur herumzuliegen und sich zu langweilen, während woanders die Post abging, also kroch sie an den Rand des kleinen Hügels, sah durch ihr Zielfernrohr und versuchte, einen Blick auf die Kämpfe zu erhaschen.

Und das war der Moment, als sie ihn sah. Der Biter trug rosafarbene Plüschhasenohren. Aber das allein kam Alice gar nicht so seltsam vor. Wenn jemand gebissen wurde und sich damit den Untoten anschloss, behielt er einfach am Leib, was er in dem Moment gerade getragen hatte. Der erste Untote, den sie selbst erschossen hatte, war in einen zerlumpten Weihnachtsmann-Mantel gehüllt gewesen. Aber im Gegensatz zu den Kindern, die vor dem Ausbruch lebten, mussten sie ihre Eltern nicht sanft darauf vorbereiten, dass es den Weihnachtsmann in Wirklichkeit gar nicht gab. Was an diesem Biter so außergewöhnlich war, war die Tatsache, dass er nicht einfach nur geistlos herumirrte, sondern scheinbar nach etwas suchte. Die Biter sollten nichts anderes sein als hirnlose Kreaturen, deren einziger Antrieb in einem unstillbaren Appetit auf Menschen bestand. Alice konzentrierte sich und richtete das Fadenkreuz ihres Zielfernrohrs auf den Kopf des Bitern. Er war gute zweihundert Meter weit entfernt und bewegte sich schnell. Kein leichter Schuss.

Dann verschwand der Biter mit den Hasenohren im Boden.

Alice traute ihren Augen nicht und war zuerst verwirrt, doch dann rannte sie ohne nachzudenken zu der Stelle, wo der wandelnde Tote vom Erdboden verschluckt worden war. Ihr Herz pochte wild, als sie näher herankam. Seit Monaten gab es Gerüchte, dass die Biter große, unterirdische Basen errichtet hatten, in denen sie sich versteckten und aus denen sie hervorkrochen, um Chaos und Verwüstung anzurichten. Es gab Geschichten, dass ganze Armeen von Bitern vernichtet wurden, die einfach aus dem Nichts aufgetaucht und ebenso schnell wieder verschwunden waren. Doch bis jetzt hatte noch niemand eine solche Basis gefunden und man hielt diese Geschichten weitestgehend für wenig mehr als blumig ausgeschmückte Märchen. Sollte Alice gerade eine solche Basis entdeckt haben?

Ihre Aufregung ließ sie alle Vorsicht vergessen, und sie rannte allein weiter, obwohl sie ihre Schwester alarmieren oder Verstärkung hätte rufen sollen. Sie hätte überhaupt einige Dinge beachten sollen.

Aber in diesem Moment schwirrten ihr nur zwei Dinge durch den Kopf – wo der Biter im Boden verschwunden war und was passieren würde, wenn sie wirklich gerade eine unterirdische Biter-Anlage aufgespürt hatte. Sie war eine exzellente Schützin, viel besser als die meisten Erwachsenen in ihrer Siedlung, und sie war schnell. Sie war eine geborene Kämpferin, darin waren sich alle Lehrer seit ihrem ersten Trainingstag einig. Sie konnte einen großen Mann auf die Matte legen, noch bevor dieser überhaupt zwinkern konnte, und hatte ihren Mut bereits in unzähligen Gefechten gegen die Biter unter Beweis gestellt. Trotzdem durfte sie noch keine Angriffe weiter draußen von der Siedlung entfernt anführen. Das wurmte sie schon die ganze Zeit über, aber da ihr Vater einer der Anführer des Dorfes war, gab es nichts, was sie dagegen tun konnte. Er behauptete, dass ihre ausgezeichneten Fähigkeiten als Schützin und Späherin viel besser in der näheren Umgebung ihres Dorfes aufgehoben wären, zur Verteidigung, und dass er darüber noch einmal nachdenken würde, wenn sie älter wäre. Aber sie wusste, dass da aus ihm nur der ängstliche Vater sprach und weniger der Anführer ihrer Siedlung.

Diese Entdeckung aber konnte alles ändern.

Plötzlich spürte sie, wie der Boden unter ihr nachgab, und sie fiel. Das Gewehr umklammert, rutschte sie einen weichen, abschüssig gewundenen Gang hinab. Es schien keine Möglichkeit zu geben, sich mit den Händen oder den Füßen festzuhalten und den Sturz abzubremsen oder gar wieder hinauf zu klettern. Sie sah nach oben zu dem Loch, durch das Tageslicht fiel, aber durch die vielen Kurven und Windungen des Tunnels immer schwächer wurde. Schreiend stürzte Alice immer tiefer in die absolute Finsternis.

Alice brauchte ein paar Minuten, um sich zurechtzufinden. Die Dunkelheit hatte sie verwirrt, und von den vielen Kurven war ihr schwindelig. Ein dickes Polster aus Ästen und Laub hatte ihrem Fall ein Ende bereitet. Sie hatte gehört, wie einige hinter vorgehaltener Hand die Vermutung geäußert hatten, die Biter wären gar nicht die seelenlosen Hüllen, für welche die Erwachsenen sie hielten, aber die meisten Leute taten diese Ideen als alberne Geschichten ab. Sie fragte sich allerdings, ob nicht womöglich doch etwas Wahres dran war. Nachdem sich ihre Augen etwas an die Dunkelheit gewöhnt hatten, erblickte sie zu ihrer Rechten einen schwachen Lichtschein und kroch darauf zu, tiefer in den Tunnel hinein. Sie konnte vielleicht noch nicht viel erkennen, aber der Geruch war unverkennbar. Dieser faulige Gestank, der nur einen Ursprung haben konnte – die verrottenden Körper der lebenden Toten. Und obwohl sie bei vielen Gefechten mit den Bitern dabei gewesen und den Gestank gewohnt war, wurde ihr übel. Dann näherte sie sich der Lichtquelle und sah, dass sich der Tunnel zu einem kleinen Raum öffnete, der von Fackeln an den Wänden beleuchtet wurde.

Sie hörte Stimmen, und als sie um eine Ecke spähte, sah sie, dass der Biter mit den Hasenohren, dem sie in das Loch gefolgt war, in eine angeregte Diskussion mit zwei anderen Untoten vertieft war. Eine von ihnen war zumindest in ihrem früheren Leben eine gut aussehende junge Frau gewesen. Jetzt war ihre Haut gelb und verfault, und hing in losen Fetzen von ihrem Gesicht. Ihre Kleidung war zerfleddert und blutverschmiert.

Der dritte Biter war ein plumper, kleiner Mann, dem ein Großteil seiner linken Körperhälfte fehlte. Wahrscheinlich war sie von einer Mine oder einer Granate abgerissen worden. So weit ihre Erinnerung zurückreichte, hatte Alice bereits mit Waffen zu tun. Und obwohl in diesen Zeiten jeder Mensch in der Lage sein musste, sich zu verteidigen, hatte Alice, sehr zum Leidwesen ihrer Mutter, ein besonderes Talent für den Kampf gezeigt. Wenn es nach ihrer Mutter gegangen wäre, hätte sie Alice lieber wie die anderen jungen Leute als Wachposten in der Nähe der Siedlung gesehen. Aber Alice wollte schon immer ganz vorn dabei sein und den Nervenkitzel spüren, der damit einherging. So wie es aussah, bekam sie nun ihren Nervenkitzel, und würde sich zudem eine ganze Menge Ärger einhandeln. Sie war gefangen in einer unterirdischen Biter-Basis, ohne einen Ausweg.

Die Biter unterhielten sich in einer Mischung aus Knurren und Stöhnen, schienen sich so aber verständigen zu können. Jetzt, wo sie einen genaueren Blick auf den Biter mit den Hasenohren werfen konnte, stellte Alice fest, dass er kaum älter war als sie. Möglicherweise war er auf dem Weg zu einer Kostümparty gebissen worden. Er drehte sich zu ihr um, und Alice erblickte eine Art Lächeln, von dem aber nicht viel mehr als ein wildes Grinsen mit blutigen Zähnen übrig geblieben war.

Als Hasenohr sie direkt ansah, blieb ihr fast das Herz stehen. Für einen kurzen Moment hoffte sie, dass er sie nicht gesehen hatte, aber er bleckte die Zähne und stieß ein kreischendes Heulen aus, das ihr durch Mark und Bein ging. Nun drehten sich alle drei Biter zu ihr um, und Alice setzte sich in Bewegung.

Ihre Fertigkeiten im Lesen waren eher dürftig, trotz der vielen Versuche ihrer Mutter, ihr die alten Sprachen beizubringen. Aber sie sah nach dem Ausbruch auch keinen großen Nutzen darin. Es gab keine Bücher mehr, die man hätte lesen können. Und selbst wenn, wäre dafür gar keine Zeit. Aber in einer Sache war Alice in ihrer Schule unübertroffen, und das beherrschte sie sogar im Schlaf: Sie konnte in weniger als drei Sekunden ihre Pistole mit dem Daumen entsichern und mit beiden Händen auf ein Ziel ausrichten. Der erste Schuss traf den fetten Biter direkt zwischen die Augen, und er brach plumpsend zusammen.

Die anderen beiden hielten in dem für sie typischen langsamen, schlurfenden Gang auf sie zu, und Alice feuerte wieder und wieder. Das Echo der Schüsse hallte durch die unterirdische Höhle. Den weiblichen Biter traf sie wenigstens zwei Mal in die Brust, und schickte sie dann mit einem Kopfschuss zu Boden. Hasenohr war nur noch wenige Schritte entfernt, als die Waffe in ihrer Hand nutzlos klickte. Keuchend verfluchte sie sich für ihre miserable Trefferquote. Es war viel leichter, im Training auf Übungsziele zu schießen oder aus hunderten Meter Entfernung einzelne Gegner anzuvisieren als den blutrünstigen Bitern so nah direkt gegenüber zu stehen, wenn einem das Herz so schnell in der Brust hämmerte, dass man die Hände kaum ruhig halten geschweige denn zielen konnte.

Hinter sich hörte Alice Schritte und Stöhnen und stellte in einem Anflug von Panik fest, dass sie nun zwischen Hasenohr und anderen, die hinter ihr den Gang entlang kamen, gefangen war.

Verzweifelt sah sie sich um und entdeckte in der Wand zu ihrer Rechten eine kleine Öffnung. Sie lief auf Hasenohr zu und tauchte im letzten Moment unter seinen ausgestreckten, blutverkrusteten Fingern hindurch. Alice war kaum größer als anderthalb Meter und außerdem recht hager, aber Klassenbeste im unbewaffneten Nahkampf. Sie trat dem Biter mit einer geschickten fließenden Bewegung die Beine weg und stand wieder aufrecht, noch bevor dieser auf dem Boden aufschlug. Sie stürmte auf das Loch in der Wand zu und blickte zurück. Vier weitere Biter folgten ihr.

Alice nestelte an ihrem Gürtel herum und löste die einzelne Blitzgranate, die dort baumelte. Sie zog im Laufen den Sicherungsstift, ließ die Granate hinter sich fallen und stürzte dann so schnell sie konnte in das dunkle Loch. Ein paar Sekunden später hörte sie den dumpfen Schlag der explodierenden Granate und hoffte, dass der grelle Lichtblitz ihre Verfolger für ein paar Sekunden verwirren und sie etwas Zeit gewinnen würde. Doch mit der Hoffnung kam ihr ein ernüchternder Gedanke: Zeit wofür? Sie saß in einem Nest voller Biter fest und verrannte sich immer tiefer in dessen Untiefen. Sie war gefangen.

Alice rannte, bis sie keine Luft mehr bekam. Dann sank sie auf die Knie und fühlte sich so müde und verängstigt wie noch nie zuvor. Die Dunkelheit und die schmalen Gänge taten ihr Übriges. Sie fühlte sich orientierungslos und eingeengt. Aber zumindest waren die Schritte hinter ihr verstummt, was sie aber nicht besonders überraschte. Eine Blitzgranate hielt die Biter nicht auf, aber sie wusste, dass die Biter das grelle Licht hassten und es sie zumindest ein wenig aufhalten würde. Außerdem war sie eine durchtrainierte junge Frau, die es locker mit den besten erwachsenen Läufern ihres Dorfes aufnehmen konnte. Die Biter, die sie verfolgten, waren zwar gefürchtet wegen ihrer ungehinderten Aggressivität, waren aber im Vergleich zu den geübten lebenden Läufern aufgrund ihres unkoordinierten, schlurfenden Ganges weitaus langsamer, weshalb sie ihnen stets mühelos davonlaufen konnte. Das Problem war eben nur, dass sie in deren Stützpunkt gefangen war und ihre Verfolger einfach nur darauf warten brauchten, dass ihre Kraftreserven zu Ende gingen.

Als sie hinter sich entfernte Schritte zu hören glaubte, gab ihr die Angst neuen Antrieb und sie rannte weiter, die Hände in die Seiten gepresst, die wegen der Anstrengung schmerzten. Sie rannte gegen eine Wand, fiel hart auf den Rücken und musste feststellen, dass der Tunnel vor ihr eine Abzweigung genommen hatte. Sie schaute den Gang entlang und sah eine Tür, die von dem von der anderen Seite durchdringenden Lichtschein umrahmt wurde. Sie rannte darauf zu, und als sie näherkam, erkannte sie zu ihrem Erstaunen ein bekanntes Symbol, dass auf der Tür prangte. Es war ein Siegel, das einen Adler zeigte, der von Buchstaben eingefasst wurde, die bei dem spärlichen Licht kaum zu entziffern waren. Sie begann die Buchstaben zu lesen, doch nach dem U, dem N und dem I erkannte sie, dass sie nicht weiterlesen musste, um zu verstehen, was da stand. Sie hatte ähnliche Siegel auf alten Dokumenten gesehen, die ihr Vater in einer staubigen Kiste unter Verschluss hielt. Einmal hatte er davon erzählt, dass er vor dem Ausbruch in der Botschaft der Vereinigten Staaten in New Delhi gearbeitet hatte. Sie hatte wenig von dem verstanden, was er ihr zu erklären versucht hatte, aber die anderen Kinder in ihrer Siedlung hatten ihr erzählt, dass ihr Vater ein wichtiger Regierungsbeamter in der Alten Welt gewesen war. Sie erzählten ihr, dass sie und ihre Familie aus einem anderen Land namens Amerika stammten, und sie deshalb mit ihren blonden Haaren und ihrer hellen Haut so anders aussah als ihre braunhäutigen Freunde. Aber das spielte für sie keine Rolle, und auch für alle anderen nicht. Die alten Regierungen und Länder existierten längst nicht mehr. In der Gegenwart hatten alle Menschen, gleich welcher Herkunft, nur noch ein gemeinsames Ziel: im Angesicht der Scharen von Bitern zu überleben. Sie hatte Geschichten gehört, dass die früheren Nationen Kriege wegen der Götter, an die sie glaubten, geführt hatten, oder wegen der Gier nach Öl. Alice erinnerte sich, dass sie in der provisorischen Schule laut losgelacht hatte, als ihr Klassenlehrer ihnen aus jenen Tagen berichtete. Sie glaubte fest, dass ihr Lehrer das nur erfunden hatte. Wie nannten die Alten das noch gleich? Jene, die diese Bücher noch gelesen hatten, bevor die Untoten sich erhoben und die Welt zu brennen anfing.

Genau, *Märchen.*

Alice hörte Schritte hinter sich, und das brachte sie in die Realität zurück. Sie kämpfte mit der Tür und versuchte verzweifelt, sie aufzubekommen. Sie fand einen Griff, zog mit aller Kraft daran, und schließlich bewegte sie sich. Die gusseiserne Tür war so schwer, dass sie all ihre Kraft aufwenden musste, um sie einen Spalt weit zu öffnen, durch den sie hindurchschlüpfen konnte. Alice spähte durch die offene Tür zurück und hörte das Stöhnen, bevor sie Schatten im Tunnel auftauchen sah. Sie zog die Tür zu und hoffte, dass die Biter so dumm waren, wie man behauptete. Sie dachte an den alten Witz, wie viele Zombies man brauchte, um eine Tür zu öffnen …

Alice schaute sich um. Der Raum, in dem sie sich befand, wurde von einer kleinen Kerosinlampe an der Decke erhellt und war gesäumt von Regalen, die randvoll mit Papier und Dokumenten vollgestopft waren. In einer Ecke stand ein kleiner Schreibtisch, und als sie näher herantrat, erkannte sie einige Zeitungen darauf.

Sie hatte noch nie zuvor eine Zeitung gesehen und war fasziniert von den Worten und den Bildern. Sie brauchte die Worte nicht zu entziffern, um zu verstehen, worum es in den Berichten ging. Das waren Reliquien aus den letzten Tagen des Ausbruchs und dessen Folgen. Es gab körnige Fotos von den ersten Untoten, und sie konnte sich vorstellen, dass sie für diejenigen, die so etwas noch nie zuvor gesehen hatten, sicher ein ganz besonderer Anblick waren.

Dann gab es Fotos von verbrannten Städten – die Überbleibsel des Großen Feuers, das die Regierungen in unzähligen Städten entfesselt hatten, als alles verloren schien. Das war die karge, trostlose Welt, die Alice als ihr Zuhause kannte – das Ödland außerhalb Neu-Delhis, wo Millionen Menschen durch die Biter und Abermillionen durch die Regierungen starben, welche die Seuche mit Nuklearwaffen einzudämmen versuchten. Die Menschen hatte die Erde lieber zerstört, anstatt sie herzugeben. Aber ganz war es ihnen nicht gelungen, und so war in den Feuern der Apokalypse ein neuer Überlebenskampf entbrannt zwischen den Menschen und den Untoten des Ödlandes, dass man mittlerweile einfach nur noch das Totenland nannte.

Alice war so fasziniert von all dem, dass sie völlig vergessen hatte, wo sie sich befand, und sie schrie vor Schreck auf, als sie feststellen musste, dass da noch eine andere Tür war, halb von einem Stuhl verdeckt und einen Spaltbreit offen. Sie konnte schlurfende Schritte dahinter hören und wusste, dass ihr Fluchtweg in Wahrheit nichts anderes als eine Todesfalle war.

Sie zog die Pistole aus ihrem Gürtel, und während sie diese entsichern wollte, stellte sie erschrocken fest, dass sie in all dem Chaos vergessen hatte, nachzuladen. Die Schatten drangen bereits zur Tür herein, und Alice wusste, dass ihr dafür keine Zeit mehr blieb. Sie nahm das Scharfschützengewehr von ihrer Schulter. Die Waffe war für lange Distanzen gemacht und würde ihr in der kleinen Kammer nichts nützen, aber sie ließ sich vielleicht noch auf andere Art einsetzen.

Schon von Kindestagen an wollte sich Alice immer ins Getümmel stürzen. Ihre Eltern wurden nicht müde, auf sie einzureden, dass sie sich zurücknehmen müsse, anstatt bei jedem Kampf dabei zu sein. Aber als sie einmal während eines Nachtangriffs zwei Biter erschoss, hatte sich ihr Vater später tüchtig betrunken, um den Sieg zu feiern, und ihr gesagt, dass er ihr Temperament liebe und sie niemals, egal wie aussichtslos es sein möge, ihrer Angst nachgeben dürfe. Im Angesicht der Untoten Angst zu zeigen bedeutete den sicheren Tod, oder – schlimmer noch – einer von ihnen zu werden.

Alice erinnerte sich an die Worte ihres Vaters, und ihre Angst schmolz dahin. Sie wusste, dass die Biter darauf aus waren, jeden Menschen, den sie fanden, zu beißen und zu einem von ihnen zu machen, aber auch, dass es vorkam, dass sich Menschen so sehr wehrten, dass die Zombies wütend wurden und ihre Gegner zerfleischten, anstatt sie zu Untoten zu machen.

Lieber tot als untot.

Das war das Motto der Schule, in der man sie Überlebens- und Kampftechniken gelehrt hatte. Die Kinder früher hatten mit Spielsachen gespielt oder Fernsehen geschaut, Alice hingegen hatte mit Waffen und Sprengstoff gespielt und gelernt, auf welche Weise man die Untoten am Effektivsten ausschalten konnte.

Sie schwang das Gewehr jetzt vor sich her wie einen Knüppel und malte scharfe Kreise in die Luft. Drei Biter betraten den Raum, und als der erste nach ihr griff, zog sie ihm das Gewehr über den Kopf, warf sich gegen ihn und ließ ihn über seine eigenen Beine stolpern. Als Nächstes war eine untersetzte Frau an der Reihe. Sie trug ein verwittertes Wickelgewand und einen wenig dazu passenden riesigen Diamantohrring im linken Ohr. Ihr rechtes Ohr fehlte. Alice vollführte einen Roundhouse-Kick und ließ Miss Ohrring zurücktaumeln. Dann drehte sie das Scharfschützengewehr in ihrer Hand herum und feuerte einen einzelnen Schuss ab, der ihren Kopf zerplatzen ließ. Der dritte Biter, ein großer Mann ohne Unterkiefer, hatte es beinahe bis zu ihr geschafft, doch sie erwischte ihn im Gesicht mit einem harten Stoß des Gewehrkolbens. Biter mochten keinen Schmerz spüren, aber es brachte ihn genug aus dem Gleichgewicht, dass Alice ein paar Schritte zurückspringen und ihn mit einem weiteren Schuss in die Brust treffen konnte. Nur ein Kopfschuss konnte einem Biter den Garaus machen, aber ein Scharfschützengewehr mit der Durchschlagskraft wie das ihre richtete beeindruckenden Schaden an, egal wo die Kugel einschlug. Der Biter taumelte zurück, in seiner Brust klaffte ein riesiges Loch. Alice wusste, dass sie ihn gleich wieder am Hals haben würde und versuchte, die Waffe nachzuladen.

In diesem Moment jedoch spürte sie, wie etwas feuchtkaltes ihren rechten Arm packte. Der Griff war so stark, dass sie aufschrie und das Gewehr fallen ließ. Hasenohr war zurück und wollte ihr in den Arm beißen. Alice trat gegen sein Schienbein, aber er ließ sich nicht beirren und kam näher, bereit, seine Zähne in ihr Fleisch zu graben und sie zu einer von ihnen zu machen.

Alice tat etwas, dass er am wenigsten vermutete. Sie verpasste ihm einen harten Kopfstoß, und als er zurückstolperte und dabei seinen Griff lockerte, sprang sie über den Tisch und stand nun mit dem Rücken zur Wand. Jetzt sah sie sich nicht weniger als sechs Bitern gegenüber. Alice versuchte, die aufkeimende Panik herunterzuschlucken, und zog aus einer Scheide das gebogene Jagdmesser, dass sie immer bei sich trug. Hasenohr kreischte, ein höllisches Crescendo, in das alle anderen Biter mit einstimmten. Alice hatte von diesem Ritual schon gehört. Es bedeutete, dass die Biter ihr Opfer nun auseinanderreißen würden, anstatt es zu einem von ihnen umzuwandeln. Alice machte sich bereit, das Messer in der rechten Hand mit der Klinge nach hinten, die Beine leicht gespreizt, so wie sie es in den zahllosen Übungsstunden für den unbewaffneten Kampf gelernt hatte. Ihr Lehrer war in den Armeen der Alten Welt so etwas wie ein Elitesoldat gewesen, und seinen Aussagen zufolge war sie seine gelehrigste Schülerin. Alice verlangsamte ihre Atmung und konzentrierte sich auf die Biter vor ihr; versuchte, die Angst abzublocken und sich zu beruhigen. Sie packte den Griff ihres Messers fester. *Lieber tot als untot.*

ZWEI

Hasenohr stürmte auf sie zu, aber es erwartete ihn ein derber Tritt, der ihn aus dem Konzept brachte, und dann trieb Alice ihm das Messer in die Brust. Er blickte kurz auf und knurrte durch seine blutigen Zähne hindurch. Alice trat wieder nach ihm. Hasenohr fiel auf die Knie. Sie wusste, dass sie den Kampf verlieren würde. Sie war hoffnungslos unterlegen, und selbst wenn sie es schaffen würde, wie durch Zauberhand einem der Biter ihr Messer ins Gehirn zu stoßen, waren noch genügend übrig, die sich über sie hermachen würden. Aber wenn schon, sie würde zumindest nicht kampflos aufgeben. Ein Biter, dem das halbe Gesicht und einige Finger fehlten, griff nach ihr. Alice nahm all ihre Kraft zusammen und trieb ihr Messer in seinen Schädel. Der Biter brach zusammen und stand nicht mehr auf.

Nun blieb ihr keine Waffe mehr zur Verteidigung.

Zwei weitere Biter griffen an. Alice stieß den Tisch vor sich um, und die beiden fielen der Länge nach hin. Aber sie wusste, dass sie damit nur das Unvermeidliche hinauszögerte. Hasenohr schlug nach ihr, landete einen schmerzhaften seitlichen Treffer gegen ihren Kopf. Sie stürzte und schlug gegen die Wand, versuchte sich aber sofort wieder aufzurappeln. Kalte Hände griffen nach ihren Beinen und scharfe Fingernägel gruben sich in ihre Jeans. Sie griff das Bücherregal neben sich, das mit einem lauten Krachen umstürzte. Schriftstücke und Dokumente stoben in alle Richtungen. Die Biter zogen sie jetzt hinter sich her, kreischten vor Aufregung. Wie wilde Hunde, die ihr Opfer umzingelt hatten.

Hasenohr blickte zu ihr herab. Seine Augen waren gelblich und weit aufgerissen. An einigen Stellen löste sich seine Haut von den Knochen, und als er sich über sie beugte, war sein Gestank kaum zu ertragen.

Doch dann hielt er urplötzlich inne. Zwei der anderen Biter versuchten, zu ihr zu gelangen, aber er hielt sie mit einem herrischen Brüllen zurück. Alice zuckte zusammen, als er nach ihren Haaren griff, aber statt daran zu ziehen, schien er sie zu untersuchen und drehte sie in seinen Fingern hin und her. Alice war vor Angst wie paralysiert. Sie fragte sich, welche Art der Folter er im Sinn hatte und wünschte sich insgeheim, er möge mit dem Geplänkel aufhören und ihr wenigstens einen schnellen Tod bescheren. Bislang war sie nicht davon ausgegangen, dass die Biter über Gefühlsregungen verfügten, aber nun erblickte sie einen Ausdruck des Zweifels auf Hasenohrs Gesicht. Irgendetwas hielt seinen Blutdurst zurück. Und der Ursprung dessen schien irgendwo hinter Alice zu liegen, dort, wo bis vor Kurzem noch das Bücherregal gestanden hatte, denn immer wieder blickte er in diese Richtung.

Er streckte einen seiner aufgerissenen und schwieligen Finger aus. Alice zuckte zusammen, aber er deutete nur auf die Wand hinter ihr. Die anderen Biter hatten sich nun um ihn herum versammelt und starrten zu ihr herab. Einige drängelten und schoben sich noch immer an sie heran, aber er knurrte erneut und sie ließen von ihr ab. Hasenohr hatte offensichtlich das Sagen. Ob das gut oder schlecht war, würde Alice noch früh genug herausfinden. Er packte wieder ihre Haare, dieses Mal riss er sie dabei fast heraus, und Alice schrie. Das lenkte seine Aufmerksamkeit wieder auf sie, er brachte sein Gesicht nah an das ihre heran, und Alice hatte Mühe, sich bei seinem Gestank und dem Anblick seiner verrottenden Haut nicht zu übergeben. Sein Gesicht war nur wenige Zentimeter von ihrem entfernt, als er zu ihrem Entsetzen ein Wort sagte.

»A … a … lisssssssssss.«

Zuerst dachte Alice, sie hätte sich nur verhört, aber als er es noch einmal wiederholte, zuckte sie erschrocken zurück. Nicht genug, dass diese Kreatur überhaupt sprach, nein, sie hatte ihren Namen genannt! Alice versuchte, sich nichts anmerken zu lassen, aber ihre Reaktion war wohl eindeutig genug gewesen. Hasenohr machte einen Satz nach hinten, so als hätte man ihm einen Stromschlag verpasst, und alle anderen Biter traten einen Schritt zurück. Alice war allein, unbewaffnet, und ihnen ganz und gar ausgeliefert, aber irgendwie hatte sich das Blatt gewendet.

Sie schienen Angst vor ihr zu haben. Nein, es war etwas anderes, so wie sie sich beinahe vor ihr verbeugten und versuchten, ihren Namen zu sprechen. Sie hatten Ehrfurcht vor ihr.

Alice rappelte sich auf und war unsicher, was hier vorging. Da deutete Hasenohr auf die Wand hinter ihr. Jetzt, wo sie einen ruhigen Blick auf die Biter werfen konnte, waren diese zwar immer noch abscheuliche, barbarische Kreaturen, aber sie schienen trotzdem in einem gewissen Maße zu rationalen Handlungen fähig. Wenn sie genau das tat, was sie von ihr wollten, gab es vielleicht eine Chance, an diesen Funken Menschlichkeit in ihnen zu appellieren und damit lebendig aus der Sache herauszukommen. Sie drehte sich zur Wand, und die Welt um sie herum schien stehenzubleiben. An der Wand hing eine Zeichnung. Aus verschmierten Strichen und krakelig ausgemalt, wie von einem Kleinkind gezeichnet, aber trotzdem unmissverständlich.

Es zeigte ein blondes Mädchen, dass in ein Loch sprang. Vor ihr befand sich ein Wesen, dass zwar eine seltsame Art von Jacke trug, aber eindeutig Hasenohren und Schnurhaare hatte. Über der Zeichnung prangte, kindlich hingekritzelt, das Wort 'Alice'.

Lesen mochte nicht gerade Alices Stärke sein, aber sie erkannte ihren Namen, wenn sie ihn geschrieben sah. Sie setzte sich auf den Boden und vergaß darüber, dass nur wenige Zentimeter von ihr entfernt immer noch die blutgierigen Biter lauerten.

Was ging hier vor sich?

Ein paar starke Hände packten sie an den Schultern und zogen sie auf die Füße. Die Biter schienen sichtlich aufgeregt, und Hasenohr schien ihnen grunzend und kreischend etwas zu erklären. Was immer es war, fand schnell die Zustimmung der anderen, und so schoben sie Alice aus dem Raum und in einen anderen Tunnel.

Sie war viel zu verstört, um Widerstand zu leisten, oder zu fragen, wohin man sie überhaupt brachte.

Und so wurde Alice noch tiefer in den Bau der Biter gebracht.

Sie liefen eine geraume Zeit schweigend durch die Dunkelheit, und Alice tröstete sich mit dem Gedanken, dass sie bereits tot wäre, wenn die Biter das gewollt hätten. Doch sie wollten sie ganz offensichtlich lebend haben, aber wofür, blieb ihr ein Rätsel. Dann begann ein leichter Anstieg, und während die Biter den Weg zu kennen schienen und an die Dunkelheit gewöhnt waren, stolperte Alice mehr schlecht als recht dahin. Schließlich kamen sie um eine Biegung, und Hände hielten Alice zurück, so als sollte sie warten. Vor ihnen befand sich ein schmaler Lichtschein, der größer wurde, als eine Tür nach draußen aufgestoßen wurde. Beim Näherkommen sah Alice, dass es keine richtige Tür war, sondern Äste und Zweige, die nun, da sie den Tunnel verlassen hatten, wieder in Position gebracht wurden.

Nach der langen Zeit im Dunkeln schmerzte das grelle Sonnenlicht in ihren Augen. Blinzelnd sah Alice sich um und merkte, dass sie sich nun im einst so geschäftigten

Zentrum von Neu-Delhi befanden. Außer Trümmern war von dem Glanz vergangener Tage nicht viel geblieben, aber Alice erkannte in den Ruinen die Überreste eines Gebäudes, dass früher einmal ein Denkmal namens India Gate gewesen war. Die Erwachsenen hatten davon erzählt, selbst betreten hatte sie dieses Gebiet aber nie, da die Stadt fest in Hand der Biter war und deshalb gemieden wurde. Und das aus gutem Grund. Überall liefen kleine und größere Gruppen von Bitern umher, und als die ersten sie erblickten, setzten sie sich sofort in Bewegung. Hasenohr stieß einen von ihnen beiseite und knurrte die anderen warnend an. Alice konnte nicht wirklich verstehen, was er sagte, aber mehrmals fiel ihr Name und zeigte Wirkung bei den Bitern. Sofort zogen sie sich zurück, so als hätten sie Angst vor ihr, und eskortierten sie zu ihrem unbekannten Ziel.

Alice versuchte unterbewusst, nur flach zu atmen. Das Große Feuer lag schon viele Jahre zurück, aber niemand konnte mit Bestimmtheit sagen, wie viel radioaktive Strahlung noch zurückgeblieben war. Als Alice zum ersten Mal die Geschichten über das Große Feuer und die furchtbaren Waffen jener Zeit hörte, hatte sie sich laut gefragt, wie viel von dem Wesen der Biter aus dem nuklearen Fallout resultierte und wie viel von dem herrührte, was der Auslöser für den Ausbruch gewesen war. Niemand schien darauf eine Antwort zu haben.

Die meisten der Atombomben hatte man in der Luft gezündet, um die Biter einzuäschern, den Boden aber so gut wie möglich frei von Strahlung zu halten, aber niemand konnte mit Sicherheit sagen, ob das funktioniert hatte.

Ihr Vater hielt damals allem Anschein nach eine Führungsposition in der Botschaft inne, doch alles ging so schnell, dass selbst er nicht sagen konnte, wie es sich in den letzten Tagen zugetragen hatte.

Sie hielten auf etwas zu, dass wie eine Öffnung im Boden aussah. Die Gerüchte über eine unterirdische Basis waren also noch untertrieben. Statt einer einzigen Anlage schienen die Biter über ein komplexes Netzwerk aus unterirdischen Tunneln und Stützpunkten zu verfügen.

Alice versuchte, sich so viel wie möglich davon einzuprägen, um bei ihrer Rückkehr anderen mit dem Wissen helfen zu können. Der Gedanke daran, es wirklich wieder nach Hause zu schaffen, lenkte sie von der wachsenden Angst vor dem ab, was an ihrem Ziel auf sie warten würde.

Ein dumpfes, wummerndes Geräusch am Horizont ließ sie erstarren. Sie hatte ähnliche Geräusche schon gehört, und früher waren es immer höchst ungute Vorzeichen gewesen. Doch heute konnte es ihre Rettung bedeuten. Hasenohr schob sie hinter die Trümmer einer Ruine, und dort versteckten sie sich vor den drei schwarzen Helikoptern, die in Sicht kamen. Als sie näher heranflogen, sah Alice, dass sich die meisten der Biter ebenfalls in Deckung begeben hatten – die meisten, aber nicht alle. Zwei Biter irrten verzweifelt umher und suchten Schutz. An einem der Helikopter glitt eine Tür auf, und zwei Männer mit Scharfschützengewehren an die Schultern gepresst lehnten sich heraus. Zwei Schüsse ertönten. Beide Biter sackten mit zerplatzten Köpfen zu Boden.

Auf einmal sah Alice die rund um sie herum in Deckung kauernden Biter in einem völlig neuen Licht. Sie war mit der Vorstellung aufgewachsen, dass es tollwütige, bösartige Kreaturen waren, die vernichtet werden mussten, weil deren einziger Lebensinhalt darin zu bestehen schien, die Menschheit zu vernichten. Aber Hasenohr und die anderen wirkten überaus verängstigt. Ihre ehemals menschliche Intelligenz mochte ihnen abhandengekommen sein, aber in diesem Moment erinnerten sie eher an ein Rudel verschreckter Tiere als an bösartige, gnadenlose Tötungsmaschinen. Einige von ihnen zitterten sogar, als die Hubschrauber ihre Flughöhe verringerten.

Alice erkannte das Zeichen mit dem goldenen Dreizack und dem Blitz an den Seiten der Helikopter, und wusste, welche Gruppe es repräsentierte: ZEUS.

Manchmal hatte sie gehört, wie ihr Vater von privaten Militärfirmen erzählte und wie diese in dem Chaos vor dem Ausbruch an Macht und Einfluss gewannen. Vieles von dem, was sich die Erwachsenen erzählten, blieb für sie unverständlich, aber sie wusste, dass ZEUS die Mächtigste dieser neuen Armeen war und dass sie nach dem Zusammenbruch der Regierungen und dem Ausbruch noch an Macht dazu gewonnen hatte. Niemand wusste, wem sie unterstand, aber sie war die einzige sichtbar durchorganisierte und gut bewaffnete Armee da draußen. Alle paar Monate statteten sie den unabhängigen Siedlungen wie jener, in der Alice wohnte, einen Besuch ab, fragten nach Freiwilligen, die sich ihnen anschließen sollten, oder versuchten, die Siedler dazu zu zwingen, sich dem Zentralkomitee zu unterwerfen. Die Gründer dieses Zentralkomitees waren unbekannt, aber jene Leute kontrollierten ZEUS. Und jeder im Totenland wusste: Wer einmal deren Regeln akzeptierte, verlor damit seine Freiheit.

Alice hatte Glück, in einer Ortschaft aufzuwachsen, die ihr Vater und die verbliebenen Truppen der zum Schutz der amerikanischen Botschaft in Neu-Delhi abkommandierten US-Marines gegründet hatten. Während andere Ortschaften des Totenlandes in den ersten Jahren nach dem Ausbruch eine leichte Beute für Plünderer und Biter darstellten, hatte ihre Siedlung erfolgreich Angriff um Angriff zurückschlagen können und sich so einen gewissen Ruf erworben. Mit ihnen war nicht zu spaßen. Trotzdem fühlte sich Alice stets unwohl, wenn ZEUS-Soldaten in ihren Ort kamen. Sie war hauptsächlich mit Berufssoldaten aufgewachsen oder Menschen wie ihrem Vater, die für die Sicherheit ihrer Familien kämpften. Die Trupps von ZEUS hingegen waren Söldner, und zeigten wenig Mitgefühl für die Menschen im Totenland. Wenn man sich ihnen nicht anschloss, überließen sie einen dem eigenen Schicksal, selbst wenn man von Bitern überrannt wurde.

Von den Scharfschützen gedeckt seilten sich nun komplett in Schwarz gekleidete Männer ab und schwärmten aus. Alice wusste nur zu gut, welchen Ruf ZEUS hatte, aber im Moment blieben ihr nicht viele Möglichkeiten.

Sie konnte sich entweder den Bitern als Gefangene einem ungewissen Schicksal ausliefern oder die Chance ergreifen, wieder nach Hause zu kommen, auch wenn das bedeutete, dass sie sich den Soldaten von ZEUS anvertrauen musste. Die Entscheidung lag auf der Hand.

Sie wartete, dass die Soldaten näherkamen, denn sie wusste, dass Hasenohr und seine Freunde sie sicher umbringen würden, wenn sie sich zu früh bemerkbar machte. Sie wartete auf den geeigneten Moment, doch dann bot sich ohne ihr eigenes Zutun eine Gelegenheit.

Ein weiblicher Biter in ihrer Nähe verlor die Nerven und rannte wild schreiend aus der Deckung. Zwei der ZEUS-Soldaten legten knieend ihre vollautomatischen Waffen auf sie an und schossen. Die Untote zuckte im Kreuzfeuer wie eine Marionette hin und her, bevor sie umkippte. Sie versuchte sich aufzurappeln, doch der Scharfschütze an Bord des Helikopters blies ihr mit einem Schuss den Kopf weg. Ein anderer Biter rannte auf die Tore zu, die in den Untergrund führten, und wurde von mehreren Schüssen durchsiebt. Den endgültigen Treffer übernahm wieder der Scharfschütze.

Alice sah das alles mit an und erkannte, dass es kein Kampf mehr war, sondern ein Massaker.

Hasenohr und die anderen hatten sich zusammengekauert, so als ob sie beraten würden, was nun zu tun sei. Da ergriff sie die Gelegenheit. Sie trat aus der Deckung, hoffte, dass die Soldaten sie nicht erschießen würden, und rief, so laut sie konnte: »Helft mir, ich bin ein Mensch!«

Alices Augen weiteten sich, denn anstatt ihr zu Hilfe zu eilen, ging einer der ZEUS-Soldaten in die Knie und zielte mit seinem Gewehr auf sie. Etwas zog sie zur Seite, und Kugeln pfiffen an der Stelle durch die Luft, wo sie noch wenige Sekunden vorher stand. Hasenohr sah sie mit einem durchdringenden Blick an, bevor er sie weiter in die Deckung zog. Die Soldaten schienen nun zu verstehen, was vor sich ging, und die Tatsache, dass ein junges Mädchen von einer Horde Biter gefangen gehalten wurde, ließ sie handeln. Weitere Soldaten seilten sich aus den Helikoptern ab und hielten auf die Mauer zu, hinter der sich Alice nun versteckte.

Hasenohr pfiff, ein ohrenbetäubendes Geräusch, bei dem sich Alice unwillkürlich die Ohren zuhielt. Als sie einen Blick aus ihrer Deckung riskierte, sah sie, was sein Signal bedeutete. Aus allen Richtungen strömten Biter aus den Ruinen heran und umzingelten die Soldaten.

Die ZEUS-Trupps eröffneten das Feuer, und Alice sah mehrere Biter fallen, aber die restlichen kamen schnell näher. Ein paar von ihnen wurden von den Snipern in den Helikoptern mit präzisen Kopfschüssen ausgeschaltet.

Alice war beeindruckt. Sie hatte selbst an Dutzenden von Gefechten teilgenommen und mindestens genau so viele als Späher oder im Rahmen ihres Trainings beobachtet. Nie waren ihr Zweifel gekommen, die Biter als etwas anderes zu sehen, als jene grausamen und schrecklichen Gegner, für die sie jeder hielt. Und sie hatte keinen Moment gezögert, ihr gesamtes Magazin dem untoten Weihnachtsmann in den Kopf zu jagen, der ihr bei einer Patrouille über den Weg gelaufen war.

Doch als sie jetzt inmitten der Biter saß und einen Blick darauf erhaschte, wie der Kampf gegen die Menschen aus ihrer Sicht aussah, war die Sache eine andere. Natürlich blieben sie von Nahem betrachtet grauenerregend, mit ihrer Stärke, ihrer Unempfindlichkeit gegen Schmerzen und ihrer unbeirrbaren Gier nach Menschenfleisch. Aber in offenem Gelände wie hier, gegen trainierte Soldaten, waren sie nichts weiter als Kanonenfutter. Sie waren nicht imstande, irgendwelche Waffen zu benutzen, bewegten sich langsamer als Menschen, und ihre Intelligenz reichte nur für rudimentäre Taktiken.

Die etwa zwölf ZEUS-Soldaten bildeten nun, Rücken an Rücken, dicht aneinandergedrängt, eine geschlossene Frontlinie und bewegten sich kontinuierlich auf sie zu. Hin und wieder pickten sie sich einzelne Ziele heraus, überall lagen bereits unzählige Biter am Boden. Und doch drängten immer mehr heran. Alice sah, dass aus wenigstens zwei Löchern im Boden Biter strömten und versuchten, nahe genug an die Soldaten heranzukommen, um ihre Nägel und Zähne in sie vergraben zu können. Es war ein Massaker, und Alice fragte sich, was die Biter damit bezweckten, ihrer sicheren Vernichtung entgegenzueilen. Oder waren sie doch nur hirnlose Marionetten, einzig von ihrer Gier nach Blut angetrieben, ungeachtet der Folgen?

Jemand packte ihren Arm. Hasenohr zerrte sie mit sich. Sie versuchte, sich zu wehren, aber sein Griff war so stark, dass sie ihn nicht abschütteln konnte. Als sie nach ihm trat, stolperte er nach hinten und verpasste ihr eine lässige Ohrfeige. Der Schlag war so hart, dass sie zu Boden ging. Alles drehte sich um sie herum. Hasenohr hob sie auf und warf sie sich über die Schulter. Er stieß ein lautes Kreischen aus, und sofort schoben sich mehrere Biter zwischen sie und die herannahenden Soldaten.

Das Verhalten der Biter hatte Methode. Sie verschafften Hasenohr etwas Zeit, damit er sie wegbringen konnte. Sie verstand nicht, was sie von ihr wollten oder was diese Zeichnung zu bedeuten hatte, aber damit schwand ihre Hoffnung auf Rettung. Die ZEUS-Truppen kamen ins Stocken und traten angesichts der schieren Übermacht von Bitern den Rückzug an. Hasenohr schlüpfte zwischen einigen Ruinen hindurch, und das Letzte, was Alice sah, war, wie sich die Biter kratzend und beißend über den ersten Soldaten her machten.

Der Ort, an dem sie sich befanden, war dunkel, und Hasenohr rannte durch Gänge, die zu einem ehemaligen Amtsgebäude gehörten. Von den Korridoren gingen Türen ab, hinter denen sich Biter versteckt hielten. Selbst wenn es die Soldaten bis hierher geschafft hätten, wären sie in der Enge und der Dunkelheit eine leichte Beute für die versteckten Biter geworden. Alice versuchte erneut, sich anhand dessen, was sie erlebt hatte, ein Bild von den Bitern zu machen. Okay, sie waren nicht so schlau wie Menschen, aber sie besaßen die Fähigkeit zur Planung und vorausschauendes Denken – was aber immer noch nicht erklärte, was zur Hölle sie von ihr wollten!

Hasenohr duckte sich unter einem eingestürzten Stützbalken hindurch und hielt schließlich an. Er ließ Alice achtlos auf den Boden plumpsen. Alice überzog ihn mit den wüstesten Beschimpfungen, die sie in der Gesellschaft von Soldaten über die Jahre aufgeschnappt hatte, aber er sah sie nur ausdruckslos aus seinen leeren, geblichenen Augen an. Er wies auf ein Loch in einer Wand und bedeutete ihr, dort hindurchzugehen. Als sie zögerte, schlug er nach ihr, und sie landete wieder auf dem Boden.

»Was ist verdammt noch mal los mit dir? Hör auf, mich zu schlagen, dann überlege ich es mir vielleicht!«

Doch wieder schienen ihre Worte an Hasenohr abzuprallen. Alice sah ein, dass sie kaum eine Wahl hatte und sich auch ihr keine Fluchtmöglichkeit bot, also stieg sie durch das Loch und begann mit dem Abstieg in den Untergrund. Noch vor wenigen Minuten, als sie seit ihrer unüberlegten Verfolgung von Hasenohr das erste Mal wieder Menschen zu Gesicht bekam, hatte sie sich ausgemalt, wie ihre Flucht aussehen könnte. Nun aber war sie wieder fest in den Händen der Biter und wurde tiefer in deren Festung verschleppt.

Sie liefen wenigstens eine Stunde durch totale Dunkelheit, bis Hasenohr in einem größeren Durchgang anhielt, der von einer einzelnen Fackel beleuchtet wurde. Alice hielt sich die Seite. Sie hatte kaum noch genug Kraft, aufrecht zu stehen, geschweige denn, ihm weiter zu folgen.

»Ich brauche Wasser, okay? Ich bin nicht wie ihr. Ich muss essen und trinken.«

Er sah sie mit ausdruckslosem Gesicht an, und sie deutete Trinkbewegungen mit ihrer Hand an, in der Hoffnung, dass er verstand. Als er den rechten Arm bewegte, zuckte Alice zusammen. Sie rechnete damit, wieder geschlagen zu werden. Aber stattdessen hielt er ihr ihren Rucksack hin, den er ihr nach dem Kampf in der Botschaft abgenommen hatte. Sie öffnete ihn, nahm die Wasserflasche heraus und leerte sie bis auf den letzten Tropfen. Als sie die Flasche wieder zurücksteckte, tastete sie kurz in dem Rucksack herum. Sie hatte noch ein Erste-Hilfe-Set und eine Leuchtrakete dabei. Keine Waffen, aber die Leuchtrakete könnte sich nützlich erweisen.

Hasenohr knurrte, und sie gab ihm den Rucksack zurück. Sie war froh, dass er klug genug war, um zu verstehen, was sie wollte, aber auch dumm genug, nicht den Inhalt des Rucksacks zu überprüfen.

Sie folgte ihm tiefer in den Untergrund. Nach mehreren sich immer tiefer abwärts windenden Biegungen erreichten sie eine Tür. Hasenohr stieß diese auf, und Alice erkannte, dass sie eine Art Bunker betraten, der ursprünglich zum Schutz von Menschen gedacht war. Metallene Stockbetten säumten den Raum, in dem es vor Bitern nur so wimmelte. Einige von ihnen zischten sie an und kamen näher, aber Hasenohr stieß ein paar knurrende Warnungen aus, und die Meute zog sich zurück. Er griff ihr Handgelenk und zog sie dicht hinter sich her, wahrscheinlich um sie vor den anderen Bitern zu beschützen. Viele der Biter musterten sie feindselig oder spuckten nach ihr, und Alice zweifelte keine Sekunde daran, dass die Biter sie im Nu in Stücke zerfetzt hätten, wenn es ihren ungewöhnlichen Beschützer in Gestalt eines Bitern mit Hasenohren nicht gegeben hätte.

Vor einer offenen Tür hielten sie an, und Alice erstarrte, als sie aus dem Raum dahinter eine menschliche Stimme hörte. Eine weibliche Stimme, tief, ernsthaft und bedächtig, aber zweifellos menschlich. Das, oder Alice war kurz davor, ihrem ersten Biter zu begegnen, der sprechen konnte.

»Was hast du mir heute gebracht? Lass mal sehen.«

Stöhnen und Kreischen waren als Antwort zu hören, dann fuhr die Stimme fort: »Zwei ZEUS-Soldaten? Was soll ich denn mit denen anfangen? Den Papieren nach zu urteilen sind es junge Rekruten, also ohne jeden Nutzen für mich. Aber wie solltest du etwas davon verstehen, nicht wahr?«

Wieder ein Kreischen als Antwort. Alice lauschte der unwirklichen Unterhaltung und fragte sich, ob überhaupt eine der Parteien verstand, was die andere sagte.

»Nun ja, du hast sie hergebracht, und ich habe eine kleine Unterhaltung mit ihnen geführt. Unglücklicherweise hat man ihnen eine Gehirnwäsche verpasst. Sie wollen sich uns nicht anschließen, und nach allem, was sie hier gesehen haben, kann ich sie auch nicht mehr gehen lassen. Ich hatte gehofft, sie wären etwas aufgeschlossener. Aber wahrscheinlich ist es besser so – denn die beiden gehörten zu der Einheit, die vor zwei Wochen die Kleinen umgebracht hat.«

Anstelle des Kreischens ertönte nun ein markerschütterndes Brüllen, und schlagartig begriff Alice, dass der

Biter tatsächlich verstand, was man ihm sagte. Bei den folgenden Worten der weiblichen Stimme weiteten sich Alices Augen vor Angst.

»Schafft sie weg, und aaaaab mit dem Kopf!«

Alice hörte, wie die beiden flehten und bettelten, als man sie davon zerrte, dann schob Hasenohr sie in den Raum. In Panik stieß sie ihn zurück. Was, wenn ihr das gleiche Schicksal wie den beiden ZEUS-Soldaten drohte?

»Lass mich los, verdammt noch mal. Lass meine Hand los!«

Da erscholl aus dem Raum beschwichtigend die weibliche Stimme.

»Ist schon gut, meine Liebe. Du brauchst keine Angst vor mir zu haben. Komm herein.«

»Wer zur Hölle bist du?«

»Tss tss tss«, mokierte die Stimme missbilligend wie eine Lehrerin. »Junge Dame, von jemand aus den Siedlungen hätte ich ein etwas besseres Benehmen erwartet. Schließlich bist du keine dieser Wilden, die plündernd durch das Totenland streifen. Komm herein, und lass uns wie zivilisierte Leute miteinander reden. Aber um deine Frage zu beantworten: Die armen Geschöpfe hier unten halten mich für ihre Königin.«

Und so wurde Alice, vor Angst zitternd, in den Raum geführt, zu ihrer Audienz bei der Königin der Biter.

DREI

Als Alice den Raum betrat, fand sie sich in einer Art Büro wieder, mit einem großen Sofa an dem einen und einem Schreibtisch mit einem Stuhl mit langer Lehne am anderen Ende. Die Königin saß auf dem Stuhl, hatte aber den Kopf abgewandt, sodass Alice kaum mehr als ihre behandschuhten Hände auf der Stuhllehne sehen konnte. Hasenohr stand hinter ihr und stieß undeutliche drohende Geräusche hervor. Alice hatte keine Ahnung, wie die Biter sich verständigten, aber so wie sie die Laute deutete, ließ er sie wissen, dass sie keine Dummheiten versuchen sollte, so lange er hinter ihr stand. Kein Problem, denn Alice war so verängstigt, dass Heldentaten im Moment das Letzte waren, wonach ihr der Sinn stand.

»Bitte, nimm Platz, meine Liebe. Und keine Sorge wegen des Hasen. Er hat einen ausgeprägten Beschützerinstinkt, kann aber auch sehr sanftmütig sein.«

Alice konnte ein abfälliges Räuspern nicht unterdrücken. Der Gedanke, dass jemand einen Biter für sanftmütig halten konnte, schien ihr absurd. Die Königin schien es nicht zu bemerken oder nahm es ihr zumindest nicht übel, also setzte sich Alice auf das Sofa und wartete. Dann drehte sich der Stuhl langsam zu ihr um, und Alice wäre vor Neugier fast vom Rand der Couch gefallen. Schließlich konnte sie einen ersten Blick auf die Königin werfen, und war mehr als enttäuscht.

Die Königin der Biter sah aus wie die nette Bibliothekarin aus der Bücherei von nebenan, komplett mit grauen Haaren, die zu einem hübschen Knoten zusammengebunden waren, und einer Brille mit getönten Gläsern auf der Nasenspitze, die ein müdes, alterndes, aber freundliches Gesicht einrahmte. Natürlich hatte Alice nie wirklich eine Bibliothek von innen gesehen, aber ihr Gegenüber war alles andere als die furchterregende Regentin, die sie erwartet hatte. Als sich die Königin erhob, konnte Alice an ihrem makellosen Gesicht erkennen, dass sie kein Biter war, aber offensichtlich Inderin, denn sie trug ein Saree, das lose von ihrem schmalen Körper herabhing.

»Du bist die Königin?«

Die alte Dame kam lächelnd näher.

»Ich heiße Protima, aber so hat mich schon sehr lange niemand mehr genannt. Ich denke, in dieser Welt hält man mich für eine Königin, doch wovon, weiß ich selbst nicht so genau. Und nun lass dich ansehen, junge Dame. Wollen wir doch mal sehen, ob meine Untertanen zurecht so aus dem Häuschen waren.«

Die Königin nahm ihre Brille ab und trat näher heran. Alice fuhr unwillkürlich entsetzt zurück.

Das Gesicht der Königin mochte makellos ausgesehen haben, wie das eines gesunden Menschen. Ihre Augen aber waren rot, die Pupillen geweitet und leblos. Die Augen einer Untoten. Als sie lächelte, offenbarte sie verkrustetes Blut an den Lippen und in den Mundwinkeln. Alice schrie, aber die Königin presste ihr eine ihrer behandschuhten Hände auf den Mund.

»Schhhh. Du brauchst keine Angst zu haben, Schätzchen. Noch nicht.« Dann packte sie sich eine von Alices Locken und zog fest genug daran, dass Alice das Gesicht verzog. »Nun, die blonden Haare sind echt. Als diese Schwachköpfe etwas von einer blonden Alice plapperten, war ich mir sicher, dass sie etwas durcheinandergebracht hatten. Denn wer könnte auch annehmen, in den Ruinen von Delhi ein junges blondes Mädchen anzutreffen?«

Alice saß wie versteinert da. Die Art, wie die Königin sich ausdrückte, zusammen mit dem fleckenlosen Gesicht, ließ sie noch weitaus furchterregender erscheinen als die blutrünstigsten Biter, denen Alice je begegnet war. Schließlich nahm sie allen Mut zusammen und fragte: »Bist du eine …?«

Sie hatte die Frage noch nicht zu Ende gestellt, da fiel ihr die Königin ins Wort.

»Eine Untote? Ein Biter? Welche hasserfüllte Beleidigung kommt als Nächstes? Das ist schon immer ein Problem der Menschheit gewesen: Allem, was man nicht versteht oder wovor man sich fürchtet, wird mit Hass begegnet. Denn es ist um so vieles leichter zu hassen und zu zerstören, als etwas verstehen zu wollen.«

Eigentlich hatte Alice nur »eine von denen« sagen wollen, aber sie hatte zu viel Angst, um die Tirade der Königin zu unterbrechen. Deshalb saß sie einfach nur schweigend da und wartete, was als Nächstes passieren würde. Die Königin setzte sich neben sie auf das Sofa und nahm ihre Brille ab. Durch die Handschuhe hindurch sah Alice nicht die Hände eines gesunden Menschen, sondern gelbliche, verwesende und blutverkrustete Hände, die überall mit offenen Wunden und Bissmalen übersät waren. Als ihr die Königin eine ihrer kalten, harten Hände auf das Handgelenk legte, zuckte sie, doch der eiserne Griff um ihr Handgelenk verhinderte, dass sie sich bewegte. Alice überlegte fieberhaft, ob sie um sich schlagen sollte, aber ein halblautes Knurren hinter ihr erinnerte sie daran, dass Hasenohr immer noch da war und sie im Auge hatte.

»Schätzchen, du wirst dich sicher fragen, was der ganze Aufriss zu bedeuten hat, oder?«

Alice bemerkte, dass sich die Gesichtsmuskeln der Königin bewegten. Ihre leblosen Augen zeigten keine Spur von Emotionen, aber sie schien trotzdem so aufgeregt zu sein wie ein kleines Mädchen vor einem Spielzeugladen.

»Die Prophezeiung. Sie erfüllt sich endlich. Und das bedeutet, dass sich unsere Zeit des Leidens ihrem Ende neigt.«

Alice hatte keine Ahnung, wovon die Königin redete, und wartete daher, dass sie weitersprach.

»Verstehst du es nicht? Du musst diejenige sein, von der mir das Buch berichtet hat.«

»Welches Buch?«

Die Königin stand auf, beinahe hüpfte sie voller Vorfreude davon. Alice begriff, dass die Königin, ob nun untot oder nicht, einen Sprung in der Schüssel haben musste. Die Königin ging zurück zu ihrem Schreibtisch und wühlte sekundenlang in den Schubladen herum, bis sie schließlich etwas daraus hervor holte, dass in ein grobes Tuch eingeschlagen war. Alice sah, dass Hasenohr sofort auf die Knie fiel, als sie das Päckchen in ihrer Hand hielt. Ihr schossen mehrere Gedanken gleichzeitig durch den Kopf. Seit wann waren geistlose Biter religiös? Wie zum Teufel konnte diese sogenannte Königin halb menschlich und halb Biter sein? Und wie um alles in der Welt war es möglich, dass ausgerechnet sie selbst etwas mit irgendeiner Prophezeiung der verrückten alten Königin zu tun hatte?

Die Königin stand nun vor Alice, das Päckchen vor sich in den Händen.

»Weißt du, was das ist?«

Natürlich hatte Alice keine Ahnung. Außerdem war sie zu jung, um zu wissen, was eine rhetorische Frage war, also schüttelte sie den Kopf. Ihre Reaktion war aber unnötig, denn die Königin befand sich bereits in einem tranceartigen Zustand und redete unaufhörlich weiter.

»Als die wahnsinnigen Menschen das Feuer herabregnen ließen, habe ich mich in der Kanalisation und den alten Luftschutzbunkern versteckt. Bin von einem Tunnel zum nächsten gegangen. Hast du eine Ahnung, wie lange ich da unten war?«

Eine weitere rhetorische Frage.

»Ich versuchte, mein Telefon so lange am Leben zu halten wie nur irgend möglich. Jeden Tag schaltete ich es nur für ein paar Sekunden an, um zu sehen, welcher Tag war und wie viel Uhr. Als es den Geist aufgab, waren es drei Monate. In der Zeit bin ich sieben Mal gebissen worden.«

Die Königin legte das Päckchen auf dem Sofa neben Alice ab und das Mädchen sah erneut das blutige, geschundene Fleisch ihrer Hände. Wieder wunderte sich Alice, wie sich die Königin ihre Menschlichkeit bewahren konnte, wenn sie doch so offensichtlich von Bitern gebissen worden war. Sie erschauderte bei der Vorstellung, wie furchtbar es gewesen sein musste, allein durch diese Tunnel zu irren, in völliger Dunkelheit, umgeben von wilden Bitern und ohne Essen und Trinken. Unter solchen Umständen hätte jeder den Verstand verloren.

Die Königin fuhr fort: »Wenn ich nur ein einfacher Mensch gewesen wäre, hätte ich aufgegeben und mich umgebracht, aber wie du sehen kannst, veränderte ich mich zu etwas Neuem. Ich hatte kaum etwas zu Essen, also suchte ich nach Kräutern und Blättern. Und eines Tages fand ich das da.« Sie deutete auf das Päckchen. »Zu diesem Zeitpunkt wusste ich noch nicht, was ich damit anfangen sollte, aber als ich zurück an die Oberfläche kam und sah, was aus der Welt geworden war, begriff ich, dass es womöglich das letzte verbliebene Buch im Totenland war.«

Die Königin machte eine Pause. Sie ging zurück zu ihrem Schreibtisch, holte ein paar grüne Blätter hervor und kaute auf ihnen herum. Alice hörte, wie Hasenohr in freudiger Erwartung grunzte, und die Königin warf ihm ein paar der Blätter zu, die er gierig verschlang. Alice erkannte die Blätter als Ganja, wie man Marihuana in Indien nannte, und erinnerte sich an die Warnungen der Älteren, nie davon zu essen. Wenn diese Frau, dieser Biter oder was immer die Königin auch sein mochte sich seit Monaten von Ganja-Blättern ernährte, dann erklärte das zumindest, woher die Halluzinationen kamen, denen sie sich offensichtlich hingab. Während Alice ihre Schlüsse zog, wickelte die Königin das Päckchen auseinander und hielt Alice dessen Inhalt entgegen.

»Das ist die Prophezeiung, die mir das letzte Buch des Totenlandes gezeigt hat. Die Vision, dass du eines Tages kommen und uns zum Sieg führen wirst.«

Alice sah, dass die Königin ein leicht verkohltes Buch in den Händen hielt. Der Einband zeigte ein blondes Mädchen, dass hinter einem Hasen in ein Loch sprang, und Alice erkannte, dass diese Abbildung die Zeichnung inspiriert haben musste, die sie gesehen hatte. Und es erklärte, warum alle so aufgeregt waren, sie gefunden zu haben. Sie konnte nicht sofort alle Worte auf dem Umschlag entziffern, aber sie erkannte ihren Namen. Die Königin wirkte ein wenig enttäuscht, dass Alice das Buch nicht bekannt vorkam, aber sie wusste auch nicht, dass Alice in ihrem Leben noch kein einziges Buch gelesen hatte, und daher die Geschichte nicht kennen konnte.

Alice im Wunderland.

Hunderte von Bitern hatten sich in der großen unterirdischen Halle versammelt und knieten vor ihrer Königin. Sie alle hatten ein unablässiges, anschwellendes Heulen und Kreischen angestimmt, bei dem sich Alice am Liebsten die Ohren zugehalten hätte. Aber Hasenohr hielt ihre Arme hinter ihrem Rücken fest.

Die Königin wandte sich an ihr Volk: »Seht sie euch an! Die Prophezeiung ist wahr! Sie wird uns zum Sieg führen uns für immer aus der Unterdrückung und den Grausamkeiten der bösen Menschen befreien. Sie wollten nicht mit uns zusammenleben, aber nun haben wir die Chance, ihnen begreiflich zu machen, dass sie uns akzeptieren müssen und wir Seite an Seite mit ihnen leben werden, oder wir einen letzten großen Krieg entfachen werden, um ihnen klarzumachen, dass wir künftig die vorherrschende Spezies auf diesem Planeten sein werden!«

Die Biter mochten außerstande sein, in einer menschlichen Sprache zu sprechen, aber sie schienen die Königin sehr gut zu verstehen, und es dauerte nicht lange, bis alle in einen Freudentaumel verfielen. Je mehr Alice sah, umso mehr erinnerten sie die Biter an wilde Tiere, und die Königin beendete ihre Rede, indem sie ihnen zurief, sich für ihre Mission um Mitternacht vorzubereiten.

Sie brachten Alice zurück in den kleinen Raum, der genau genommen ihre Gefängniszelle war. Die Königin erwartete, dass sie ihre Armeen zum Sieg führte, aber wie das genau funktionieren sollte, war ihr schleierhaft. Was konnte ein junges Mädchen schon groß bewirken? Außerdem hatte Alice keinerlei Interesse daran, irgendeine

Rolle in den ausgedachten Prophezeiungen der wahnsinnigen Königin zu spielen. Sie konnte nur abwarten, auf eine Chance zur Flucht hoffen, und in der Zwischenzeit schien es die beste Strategie zu sein, mitzuspielen. Ihre Chance kam früher als gedacht, denn später am Abend rief die Königin sie zu sich.

»Alice, sie sehen mich als ihre Anführerin, aber ich war schon eine alte Frau, bevor ich mich verwandelte. Ich mag gewisse Talente haben, aber die Fähigkeit zu kämpfen und Schlachten zu führen, gehört nicht dazu. Du bist diejenige, die die Führung übernehmen und unseren Kampf fortsetzen muss.«

Alice hielt es nicht länger aus, und so platzte es aus ihr heraus. »Welcher Kampf? Warum lasst ihr die Menschen nicht einfach in Ruhe? Was haben wir dir getan, dass du uns diese Kreaturen auf den Hals hetzt?«

Die Königin setzte sich. Ihre Lippen umspielte ein Lächeln, doch ihre Augen waren so leblos wie immer. »Ich gebe dir nicht die Schuld dafür, zu glauben, was du für richtig hältst. Du bist damit groß geworden, nur die eine Seite der Geschichte kennenzulernen. Und wenn ich in meinem Leben etwas gelernt habe, dann wie effektiv und mächtig doch Propaganda sein kann.«

Sie sah die Skepsis in Alices Augen und fuhr fort. »Ich werde nicht den Versuch unternehmen, dich zu überzeugen, denn mein Wort hat bei dir kein Gewicht. Deshalb wirst du es mit eigenen Augen sehen.«

Sie nickte, und Hasenohr packte Alice am Arm und führte sie aus dem Raum. Durch ein paar verschlungene

Gänge hindurch zog er sie mehr, als dass er sie führte, und dann war sie plötzlich wieder an der Oberfläche. Draußen wurde es bereits dunkel, und um sie herum war dichter Wald. Sie erspähte ein kaputtes Schild und erkannte die Symbole darauf. In ihrem Training hatte man sie mit den Landschaften in der näheren Umgebung bekannt gemacht. Sie befanden sich in der Nähe des Yamunas, eines Flusses, oder was früher einmal ein Fluss gewesen war. Nachdem die nuklearen Feuersbrünste und die anschließenden Kämpfe die Dämme zerstört hatten, war er nur noch ein ausgetrocknetes Rinnsal. Um sich herum nahm sie Bewegungen wahr und sah, dass sich wenigstens ein Dutzend weitere Biter zwischen den Bäumen versteckten.

Nachdem sie mehr als eine Stunde gewartet hatten, drehte sie sich zu Hasenohr um und fragte ihn, weshalb man sie hierher gebracht hatte, doch er grunzte nur, als wolle er ihr sagen, dass sie die Klappe halten und warten soll. Und dann geschah etwas Merkwürdiges. Eine große Gruppe Biter kam aus dem Wald, hunderte oder noch mehr. Sie alle liefen hintereinander im Gänsemarsch. Ein Anblick, der so gar nichts mit dem Bild der wilden, hirnlosen Rohlinge ohne Sinn für Vernunft und Koordination zu tun hatte, mit dem sie aufgewachsen war. Doch was ihr am meisten die Sprache verschlug, war die Tatsache, dass diese Biter nicht einfach ein wild zusammengewürfelter Haufen auf der Suche nach Menschenfleisch waren, sondern eine soziale Gemeinschaft darstellten. Unter ihnen gab es einige Frauen, und viele davon trugen Kinder. Die Kinder selbst sahen mit ihrer gelblichen Haut und den vielen Wunden und Schwären auf ihren blutverschmierten Körpern aus als wären sie einem Albtraum entsprungen, dennoch waren es Kinder. Alice konnte nicht sagen, ob es sich um Familien handelte, die sich nach ihrer Verwandlung geformt und fortgepflanzt hatten oder ob es Familien waren, deren Bindungen auch dann noch Bestand hatten, als sie selbst ihre Menschlichkeit verloren hatten. Doch so oder so sah sie den unumstößlichen Beweis vor sich, dass es mit den Bitern mehr auf sich hatte, als man sie bislang glauben machen wollte.

Als die Kolonne näherkam, konnte Alice die Biter in Augenschein nehmen. Wie sie langsam schlurfend, gebeugt, mit eingezogenen Schultern hintereinander hergingen, erinnerten sie weitaus mehr an Flüchtlinge als an umherstreifende Monster. Hasenohr stieß hinter ihr ein Kreischen aus, und zwei Biter vom Kopf der Gruppe antworteten ihm auf die gleiche Weise. Was bezweckte die Königin damit, sie hierher zu schicken? Sicherlich, mit den Bitern hatte es mehr auf sich, als man sie bisher gelehrt hatte, aber nichts von dem, was sie bisher gesehen hatte, konnte sie dazu umstimmen, sich der Königin anzuschließen oder Teil ihrer wirren Prophezeiung zu werden. Nein, für Alice war klar, dass sie die erste Gelegenheit zur Flucht ergreifen würde, die sich bot.

Genau in diesem Moment hielt die Gruppe an. Ein Großteil der erwachsenen Biter sah hinauf zum Himmel. Ein paar der Kinder begannen zu heulen, ein unmenschliches Geräusch, bei dem sich Alice die Nackenhaare aufstellten. Sie konnte nicht erkennen, warum die Biter sich auf einmal anders verhielten, aber innerhalb weniger Sekunden hatte sich die wohlgeordnete Kolonne in einen aufgescheuchten Haufen angsterfüllter umherirrender Untoter verwandelt. Voller Entsetzen schrien und rannten die Biter durch die Gegend, einige stürzten sogar gegen Bäume und fielen um. Hasenohr war mittlerweile aus seinem Versteck hervorgekommen und stieß ein ohrenbetäubendes Heulen aus, in das die anderen Biter, die sich noch im Unterholz versteckt hielten, mit einstimmten.

Es erweckte den Anschein, als hätte die Königin Hasenohr und die anderen ausgesandt, um jene Gruppe sicher durch den Wald zu eskortieren. Doch an irgendeine Form von Ordnung war nun nicht mehr zu denken. Die Biter rannten umher, schrien wie wilde Tiere, die die Witterung von Jägern aufgenommen hatten, und eine von ihnen, eine Frau mit einem blutigen und zerschundenen Kind im Arm, kam bis auf wenige Meter an Alice heran. Als sie diese erblickte, funkelte sie Alice mit einem hasserfüllten Blick an und bleckte ihre blutverschmierten Zähne. Sie schien bereit, sich auf Alice zu stürzen, aber Hasenohr kam ihr zuvor, schlug ihr von hinten gegen den Kopf und brachte sie so zu Fall.

Während Alice noch darüber nachdachte, was das Durcheinander verursacht haben konnte, hörte sie ein vertrautes Geräusch. Rotoren, das Surren sich nähernder Hubschrauber. Sie sah zum Himmel und erblickte mehrere schwarze Helikopter, die sich der Lichtung näherten. ZEUS.

Der weibliche Biter, den Hasenohr umgestoßen hatte, versuchte gerade mühsam, sich aufzurichten, als ihr Kopf in einem blutigen Schwall explodierte.

Alice schrie auf und ging hinter einem Baum in Deckung. Scharfschützen an Bord der eintreffenden Helikopter eröffneten das Feuer. Drei weitere Biter wurden von den Schüssen überrascht, ihre Köpfe zerplatzten durch die Wucht der Einschläge, bevor sich die anderen Biter in die Büsche schlugen. Das Kind, dass die Frau bei sich getragen hatte, lag direkt vor Alices Füßen. Der Anblick, den es bot – das aufgeworfene Gesicht, die blutige Haut, ließ bei ihr keine der Emotionen aufkommen, die sie bei einem menschlichen Kind gehabt hätte. Alice war drauf und dran, in die nahegelegen Büsche zu robben und zu fliehen, aber etwas hielt sie zurück. Sie sah noch einmal zu dem Kind. Es blickte sie an. In den Augen lag keine Unschuld, keine Liebe, nur der Ausdruck blanken Hasses, der allen Bitern zu eigen war. Das Kind konnte noch nicht einmal laufen, aber krabbelte auf sie zu und entblößte ein paar kaum entwickelte Zähne. Ihr Verstand riet Alice, davonzulaufen, aber sie war wie gebannt von dem Anblick. Dieses kleine Wesen, das sie bei der erstbesten Gelegenheit beißen würde, um sie zu einem Biter zu machen, war trotzdem ein kleines Kind. Ein kleines, hilfloses Kind.

Dann stürmte ein riesiger, gut zwei Meter großer Biter an ihr vorbei. Er trug einen Schlapphut, und ein Großteil seiner linken Gesichtshälfte fehlte. Er hob das Kind auf und rannte mit ihm zu der nahegelegenen Baumgrenze.

Wieder ertönten Schüsse. Dieses Mal war es nicht der charakteristische Knall der Präzisionsgewehre, sondern das abgehackte Rattern von Automatikwaffen.

Das konnte nur eines bedeuten – die Soldaten von ZEUS waren bereits am Boden.

Alice sah nach links, und wie durch ein Wunder erblickte sie ihren Rucksack. Hasenohr musste ihn in dem ganzen Durcheinander verloren haben. Ihr kam die Leuchtrakete in den Sinn, die sich noch darin befand. Sie robbte darauf zu, schnappte sich den Rucksack und zog sich wieder in ihre Deckung zurück. Dort zog sie den Reißverschluss auf und sah mit Erleichterung, dass die Leuchtrakete noch da war. Sie blickte sich um. Hasenohr war nirgendwo zu sehen. Das war ihre Chance. Sie zündete die Leuchtrakete, und das grellrote Licht schoss in den Himmel. Sie sah zu, wie das Signalfeuer über die Baumkronen stieg und hoffte, dass es die Aufmerksamkeit der Soldaten erregen würde, und jemand kommen würde, um sie zu holen.

Das Leuchtsignal blieb nicht unbemerkt, allerdings anders als erhofft. Zwei Biter kamen schreiend und mit gebleckten Zähnen auf sie zu. Mit Grauen bemerkte Alice, dass sich einer der beiden während der Kämpfe bereits ein Opfer gesucht haben musste, denn sein Mund war mit frischem Blut bedeckt, das auf sein schmutziges, abgetragenes T-Shirt tropfte. Es gab keine Möglichkeit, wegzulaufen, also bereitete sich Alice darauf vor, den Angreifern entgegenzutreten. Der Biter mit dem blutverschmierten Gesicht war zuerst bei ihr. Ein dürrer Mann, dem der linke Unterarm fehlte und dessen Haare zu großen Teilen verbrannt waren. Er schrie und stürzte sich auf Alice. Sie ging in die Hocke, holte ihn von den Beinen und trat dann kräftig gegen die Luftröhre des Bitern. Der Tritt hätte einen erwachsenen Mann auf der Stelle getötet, doch der Biter schrie lediglich und stand wieder auf. Der andere Biter, ein großer Mann, der eine blutverschmierte Weste und Shorts trug, kam ebenfalls näher. Alice stürmte auf ihn zu, duckte sich unter seinen Armen hindurch, drehte sich auf den Fersen um und trat ihm unterhalb seines Knies gegen das Bein. Obwohl das Bein gebrochen war, wusste Alice nur zu gut, dass das einen Biter in Angriffslaune nicht aufhalten würde. Er stand langsam und unbeholfen wieder auf. Alice versuchte davonzulaufen, stolperte aber geradewegs in den ersten Angreifer hinein. Dessen Kopf war in einem scheußlichen Winkel abgeknickt, aber sein Mund stand noch immer offen und schnappte nach ihr.

Alice schloss die Augen und machte sich auf das Schlimmste gefasst, doch das sollte nicht eintreten. Sie hörte einen lauten Knall, und als sie Augen wieder öffnete, lag vor ihr der kopflose Körper des Biters. Den zweiten Biter, der auf sie zu hielt, ereilte das gleiche Schicksal. Eine Kugel schlug in seinen Kopf.

Sie sah zu den Baumreihen vor sich und erblickte einen schwarz gekleideten Mann, der mit einem Gewehr im Anschlag auf dem Boden kniete. Er trug die typische schwarze Einsatzkleidung der ZEUS-Truppen, nur ohne Helm, sodass man sein kurz geschnittenes schwarzes Haar sehen konnte, das an manchen Stellen schon etwas ergraute. Er sah sie, grinste und rannte zu ihr.

Alice wollte ihm mit klopfendem Herzen und der Hoffnung auf Rettung entgegengehen, als drei Biter hinter den Bäumen hervorkamen und sich zwischen sie und den Soldaten stellten. Dem ersten schoss der Soldat aus nächster Nähe in den Kopf, doch dann schlug ihm ein anderer Biter das Gewehr aus der Hand. Alice hatte von klein auf zu kämpfen gelernt, aber noch nie hatte sie jemanden so kämpfen sehen wie diesen ZEUS-Soldaten. Scheinbar unbeeindruckt davon, sein Gewehr verloren zu haben, zog er eine lange Klinge aus seinem Gürtel, sprang in die Luft und trieb das Messer in den Schädel des schreienden Angreifers, der sofort zu Boden ging und nicht wieder aufstand. Nun war der dritte Biter beinahe bei ihm, doch der Soldat rollte sich seitwärts ab, zog eine Pistole und feuerte drei Schüsse in den Kopf des Untoten.

Zwei weitere Soldaten näherten sich, salutierten, und dem respektvollen Verhalten nach zu urteilen schien der Mann mit den grauen Haaren eine Art Offizier zu sein. Er deutete auf Alice, und die beiden Soldaten schlossen zu ihr auf. In dem Moment brach der riesige Biter mit dem Hut aus dem Unterholz. Er packte den ersten Soldaten und brach ihm mit einem widerlichen knackenden Geräusch das Genick. Der zweite Soldat wollte sein Gewehr auf ihn anlegen, aber der Biter war schneller, biss ihm in den Hals, und der Mann ging zu Boden, während ihm unablässig Blut aus dem Hals schoss. Alice wusste, was als Nächstes passieren würde. Der Soldat zuckte und erstarrte, doch als er wieder aufstand, waren seine Augen die kalten, leblosen Augen eines Untoten. Dann explodierte sein Kopf. Der grauhaarige Offizier hatte es vorgezogen, seinen eigenen Mann lieber umzubringen als zuzulassen, dass er einer der Untoten wurde. Der Biter mit dem Hut wirbelte kreischend herum. Über ein Dutzend Biter strömte nun aus dem Wald hervor und zwangen den ZEUS-Offizier, sich zurückzuziehen. Als sich ihre Blicke trafen, holte er aus und warf Alice etwas zu, bevor er zwischen den Bäumen verschwand, verfolgt von den Bitern.

Der Gegenstand landete ein paar Meter von Alice entfernt. Sie rannte darauf zu, um ihn aufzusammeln. Im selben Moment erschien Hasenohr mit drei Begleitern. Er packte sie am Arm und zog sie fort. Alice sah verstohlen auf das kleine blinkende Ding in ihrer Hand. Ein Peilsender. Solange sie den bei sich trug, konnten sie sie damit ausfindig machen. Heute war die Flucht misslungen, aber als sie den kleinen Sender in ihre Tasche gleiten ließ, verspürte sie neue Hoffnung.

Hilfe war unterwegs.

»Nun, was hast du bei deinem kleinen Ausflug gelernt?«, fragte die Königin beiläufig, so als erkundigte sie sich nach einem Besuch im Museum und nicht nach jenen Geschehnissen, in denen es um Leben und Tod gegangen war. Alice war unsicher, worauf die Königin hinaus wollte. Da erschien der riesige Biter mit dem Hut und stieß eine Reihe kehliger Laute hervor.

»Wie der Hutmacher mir berichtet, hast du einige Unannehmlichkeiten verursacht, aber wenn dich die heutige Erfahrung eines lehren sollte, dann das: Wir sind nicht dumm. Wir haben dich nicht nach draußen geschickt, um dir eine leichte und bequeme Möglichkeit zur Flucht zu bieten.«

»Aber warum habt ihr mich dann geschickt? Ich habe genug Kämpfe gesehen, und nichts von dem, was vorhin passiert ist, habe ich nicht schon einmal erlebt.«

Die Königin wirbelte zornig zu Alice herum und fletschte die Zähne. Für einen kurzen Augenblick fürchtete Alice, dass die Königen sie angreifen würde, doch dann schien sich Dame wieder zu fangen und antwortete mit sanfter Stimme: »Du hast die Dinge wie üblich nur durch deine Brille der Vorurteile gesehen und einfach ausgeblendet, was du nicht sehen wolltest. Du solltest erkennen, was wir sind: eine Gesellschaft. Eine Gruppe empfindsamer Wesen. Wir sind anders als ihr Menschen, aber wir haben das gleiche Recht zu leben. Man kann uns nicht einfach jagen und ausrotten.«

Da dämmerte es Alice. Sie hätte es sich zwar nie vorstellen können, dass die Biter in einer Art sozialem Netz organisiert waren und hätte sicher nicht drauf gewettet, dass es unter ihnen Eltern mit Kindern gab. Aber das änderte nichts an der Sache. Sie erinnerte sich gut an all die Gräueltaten, welche die Biter den Menschen angetan hatten, und antwortete verbittert: »Ich war dabei, als unschuldige Menschen von Bitern abgeschlachtet wurden. Ich habe gesehen, wie Babys von Bitern gebissen wurden.

Ich habe erlebt, wie sich gute, anständige Menschen in blutrünstige Monster verwandelten, nachdem sie gebissen wurden. Tun Sie also nicht so, als wären Ihre geliebten Biter die unschuldigen armen Opfer.«

Die Königin fauchte, mehr aus Bedauern als aus Wut. »Ich hatte gehofft, du würdest deine Meinung ändern und dein vorbestimmtes Schicksal annehmen. Aber wie ich sehe, ist dein Verstand dafür noch nicht bereit. Nun, ich hoffe, du wirst in den nächsten Tagen darüber nachdenken.«

Der große Biter, den sie den Hutmacher genannt hatte, packte sie am Arm und schob sie grob aus dem Raum. Man brachte sie in ein kleines, dunkles Zimmer und schlug die Tür hinter ihr zu. Alice kauerte sich in eine Ecke des kalten Raumes und holte den Sender aus ihrer Tasche. Sie schaute so lange dem kleinen rot blinkenden Lämpchen zu, bis die Müdigkeit sie übermannte und ihr die Augen zufielen. In ihrem unruhigen Schlaf träumte sie von einem Biter-Baby, dem der Kopf weggeschossen wurde, und sie wachte schweißgebadet auf. Für den Rest der Nacht machte sie kein Auge mehr zu.

VIER

Wenn es der Plan der Königin war, Alice so lange zu foltern, bis sie sich fügte, dann machte sie das ziemlich gut. In den nächsten beiden Tagen bekam sie außer einem Glas schmutzigen Wassers, das man ihr ins Zimmer schob, nichts zu Essen oder zu Trinken. In dem Raum selbst war es stockdunkel und schnell hatte Alice jegliches Zeitgefühl verloren. In den ersten Stunden hatte sie noch vor Wut geschrien, aber dann saß sie einfach nur schweigend gegen die Wand gelehnt da. Man hatte sie gelehrt zu kämpfen, aber wie man sich in Gefangenschaft verhielt, hatte ihr keiner beigebracht. Niemandem wäre der Gedanke gekommen, dass man von Bitern entführt werden könnte.

Schließlich war sie vor Hunger, Durst und Orientierungslosigkeit kurz davor, nach der Königin zu rufen und in alles einzuwilligen, woran diese in ihren wilden Prophezeiungen glaubte, alles zu tun, um diesen Raum verlassen zu können und etwas zu Essen oder einen Schluck sauberes Wasser zu bekommen. Doch da öffnete Hasenohr die Tür, entließ sie aus dem Zimmer und führte sie in die Gemächer der Königin. Die saß an ihrem Schreibtisch, kaute Ganja-Blätter und und hielt das verkohlte Buch, das ihr so viel bedeutete, in den Händen. Als Alice den Raum betrat, rief die Königin laut nach Essen, und der Hutmacher kam mit einem Stück Brot herein, dass kaum noch genießbar war. Es sah eklig aus, aber es war das erste Stück Nahrung, das Alice zu Gesicht bekam, und gierig schlang sie es herunter.

Die Königin wartete, bis sie damit fertig war, dann nahm sie vor Alice Platz, das Buch in ihrem Schoß.

»Alice, ich habe mich geirrt. In meiner Wut habe ich gedacht, dass ich dich durch Angst und Einschüchterung auf meine Seite bekommen kann. Aber wenn sich die Prophezeiung durch dich erfüllen soll, darf das nicht auf diese Art geschehen. Es wird nur dann gelingen, wenn du an unsere Sache glaubst.«

Aufgrund des Leids, das Alice in den vergangenen zwei Tagen hatte erdulden müssen, platzte es verbittert und hämisch aus ihr heraus: »Genau, und du meinst, dass ich an deine Prophezeiung glaube, wenn du mich einsperrst und hungern lässt? Oder sollen das die verdammten Ganja-Blätter richten, die du in dich hineinstopfst?«

Alice sah, wie die Muskeln im Gesicht der Königin arbeiteten, und wieder blitzte etwas von der Wut auf, sie sie in sich trug, aber sie beherrschte sich und antwortete:

»Nein. Kennst du das Sprichwort, dass die Wahrheit dich frei macht, wenn du sie erkennst?«

Alice hatte ein solches Sprichwort noch nie gehört.

»Sag mir, was weißt du über das, was die Menschen DEN AUSBRUCH nennen?«

Alice war mit diesen Geschichten aufgewachsen, hatte sie immer und immer wieder von ihren Eltern gehört und in Gesprächen mit anderen Kindern aufgebauscht und ausgeschmückt. Deshalb war ihre Antwort offensichtlich.

»Jeder weiß, wie es war. Eines Tages geschah etwas, und die Toten erwachten wieder zum Leben. Bevor irgendjemand etwas unternehmen konnte, fingen sie an, andere zu beißen, und diese Menschen wurden zu … Bitern, denke ich. Man konnte sie nur mit einem Schuss in den Kopf töten, und sehr schnell überrannten sie die meisten Städte. Und in ihrer Verzweiflung ließen die Regierungen dann Bomben über den Städten abwerfen, nachdem man so viele Menschen wie möglich evakuiert hatte …«

Sie konnte nicht zu Ende sprechen, denn die Königin war aufgesprungen und schrie. Ein grässliches unmenschliches Kreischen, das Alice so sehr erschreckte, dass sie aus ihrem Stuhl gesprungen war, der polternd hinter ihr umkippte. Die Königin sprach nun so schnell und voller Wut, dass ihr der faulige Speichel aus dem Mund flog.

»Es ist nicht einfach so passiert. Wir waren dafür verantwortlich.«

Alice verstand nicht, was sie meinte.

»Wir. Unsere Regierungen oder zumindest Teile der Regierungen. Die US-Regierung hat Experimente mit chemischen und biologischen Kampfstoffen durchführen lassen. Damit sollten unsere Soldaten zu Supersoldaten werden, zu Berserkern, die keinerlei Schmerz verspüren. Gleichzeitig gab es Untersuchungen, wie man dieses Mittel so verändern kann, dass es feindliche Einheiten verrückt werden lässt. Ein Virus, der sie zu wilden Tieren mutieren lässt, die sich gegenseitig umbringen. Wir machten Experimente an Ratten, Affen und ... Menschen.«

Alice konnte kaum glauben, was sie hörte, und atmete geräuschvoll ein.

»Nein, Liebes. Wir haben das getan. In geheimen Einrichtungen in Afghanistan und anderen Orten. Die Vorstellung, was passieren würde, wenn wir auch nur einen einzelnen Kanister mit diesem Kampfstoff über einer feindlichen Armee abwerfen könnten, ließ uns trunken vor Macht werden. Sie würden sich gegenseitig zerfleischen, ohne dass wir auch nur einen Schuss abgeben müssten. Doch dann geriet alles aus den Fugen.«

»Was ist passiert?«

»Die Chinesen bekamen Wind davon, woran wir arbeiteten. Sie wussten, dass wir unbesiegbar sein würden, wenn wir diesen Wirkstoff perfektionierten. Also infiltrierten sie unser Programm und zerstörten die wichtigsten Forschungseinrichtungen in den Vereinigten Staaten. Wir konnten ihnen nichts nachweisen – es sah aus wie eine Explosion, die von einer Gasflasche ausgelöst worden war, aber wir wussten, wer dahinter steckte. Die amerikanische Wirtschaft befand sich in einer tiefen Rezession, China war im Aufwind, und dieser Wirkstoff war unsere letzte Hoffnung, sie im Zaum zu halten. Wir verfügten noch über einen Vorrat, von dem die Chinesen nichts wussten, und wir beschlossen, ihnen eine Lektion zu erteilen, ihnen zu zeigen, dass wir immer noch eine Supermacht waren. Wir bekamen grünes Licht für eine Geheimoperation und warfen den Kampfstoff über einem Dorf in der Mongolei ab. Das war das erste Mal, dass dieses Serum an Menschen außerhalb kontrollierter Bedingungen getestet wurde, und niemand wusste, was passieren würde. Ich hatte mich damals gegen diese Entscheidung ausgesprochen, wie so viele andere auch, aber wir wurden überstimmt. Tausende starben, dann Zehntausende, als sich das Virus ausbreitete.«

Alice wusste nur wenig über die Politik zwischen den Ländern der alten Zeit, denn Landesgrenzen oder die früheren Nationen gab es nicht mehr, aber es war schwer, zu glauben, dass sich die Menschen jener Zeit so etwas angetan hatten.

»Was passierte dann? Wenn Sie zu der Zeit in Amerika waren, wie konnte sich der Virus dann hier ausbreiten?«

Die Königin nahm wieder Platz.

»Hunderte von Menschen wurden durch die Explosion im Labor verletzt und waren all den Giften und Kampfstoffen ausgesetzt, an denen wir dort arbeiteten. Es dauerte keinen Tag, da verwandelten sie sich und bissen jeden, der in ihrer Nähe war.«

Alice lief es kalt den Rücken herunter, aber ihr Verstand weigerte sich zu glauben, was sie da hörte.

»Warum sollte ich Ihnen glauben?«

Die Königin lief zu ihrem Schreibtisch und kramte einen Ausweis und ein paar Dokumente hervor. Alice bemühte sich, den Inhalt der Dokumente zu entziffern, erkannte aber zumindest das Emblem der Regierung der Vereinigten Staaten von Amerika.

»Ich war eine der Forscherinnen bei diesem Projekt. Ich bin in Indien geboren, habe aber meinen Doktortitel in den USA gemacht und dort für das Verteidigungsministerium gearbeitet. Damals hielt ich es für aufregend, neue Behandlungsmethoden für Verwundete zu erforschen, um die Welt zu einem besseren Ort zu machen. Doch dann stieg uns die Macht zu Kopf, und wir ließen uns mit Dingen ein, die man besser in Ruhe gelassen hätte. Wir spielten Gott, aber auf das, was wir entfesselten, waren wir nicht vorbereitet. Als die Entscheidung getroffen wurde, China anzugreifen, schmiss ich meinen Job hin und ging zurück nach Indien, aber zu dem Zeitpunkt war es bereits nirgendwo mehr sicher. Am Anfang verwandelten sich die Menschen, nachdem sie gebissen wurden, erst nach ein paar Stunden. Deshalb gab es viele Fälle, wo Leute auf Flughäfen attackiert wurden, aber ganz normal ihr Flugzeug bestiegen, weil sie dachten, sie hätten sich nur ein paar harmlose Kratzer eingefangen. Nach ein paar Tagen stellte man den Flugverkehr komplett ein, doch die Seuche verbreitete sich bereits wie ein Lauffeuer.«

Alice konnte das alles nicht glauben.

»Und auch die Großen Feuer waren unser Werk, im kleingeistigen Ringen um Macht. Es fing damit an, das sich die USA und China gegenseitig mit taktischen Atomwaffen beschossen. Das hatte rein gar nichts damit zu tun, die sogenannten Biter unschädlich zu machen. Die Menschen zerstörten ihre Welt, als alles, was uns damals wichtig war – Macht, Geld und Öl – plötzlich wertlos geworden war. Es gab keine Regeln mehr, keine Tabus. Pakistan schloss sich dem Treiben an, Indien übte Vergeltung. Iran und Israel radierten sich mit nuklearen Waffen aus. So wurde die Welt zwischen den Angriffen und der Verbreitung des Virus das, was sie jetzt. Und niemand schien sich um die eine Sache kümmern zu wollen, die das alles aufgehalten hätte.«

»Und das wäre?«

Die Königin starrte Alice an. »Es gab ein Gegenmittel, Alice. Wir hätten sie alle heilen können, wenn wir zusammengearbeitet hätten, anstatt uns zu bekriegen.«

In dieser Nacht schlief Alice nur sehr wenig, obwohl man sie in einem weitaus komfortableren Raum mit einer Matratze und einem Tisch mit frischem Wasser darauf untergebracht hatte. Sie wollte die Geschichten der Königin nicht glauben. Sie wollte nicht glauben, dass die Menschen so grausam gewesen sein sollen. Ihr ganzes Leben waren die Biter die Schreckensgestalten gewesen. Sie waren die Monster aus ihren Albträumen, die von den Toten wiederauferstanden waren, um sich gegen die Lebenden zu wenden. Ihr Verstand war außerstande, die Möglichkeit in Betracht zu ziehen, dass die Menschen für all das verantwortlich waren.

Ihre Neugier ließ ihr keine Ruhe, und sie kehrte zur Königin zurück, die in ihren Gemächern auf einem Stuhl saß und das verkohlte Buch las, dass ihr so lieb und teuer schien. Schliefen Biter eigentlich nie? Sie sah von ihrem Buch auf, als Alice eintrat.

»Nun Alice, ist es dir so wie in der Geschichte ergangen? Wirst du immer neugieriger?«

Alice hatte keine Ahnung, wovon die alte Dame sprach, also kam sie sofort auf den Punkt. »Sie können nichts von dem beweisen, was Sie erzählt haben. Vielleicht haben Sie tatsächlich für die Regierung gearbeitet, aber alles andere könnten Sie einfach erfunden haben. Ich habe keine Ahnung, warum Sie glauben, dass ich mit all dem etwas zu tun habe oder was die Geschichte in dem von Ihnen gefundenen Buch zu einer Prophezeiung macht, aber es gibt für mich keinen Grund, Ihnen zu glauben.«

Die Königin stand auf, lief zu ihrem Schreibtisch und holte eine kleine Ampulle mit rotem Verschluss hervor, in der eine Spritze steckte. Sie hielt Alice die Ampulle hin.

»Das hier ist das Gegenmittel. Die letzte und einzige Dosis, die meines Wissens noch existiert. Eine meiner Mitarbeiterinnen schickte mir ein paar Ampullen aus den USA, als die Krankheit ausbrach. Die Regierung verfügte nur über ein kleines Kontingent und hatte damit begonnen, die wichtigsten Führungskräfte zu impfen. Das war sehr mutig von ihr, mir damit zu helfen.«

»Wenn es aber doch ein Gegenmittel gibt, warum haben sie dann nicht auch die anderen geheilt?«

Die Königin hielt inne und musterte die Ampulle.

»Das ist eine gute Frage. Viele von uns glauben, dass sie es einfach nicht wollten.«

»Warum sollten sie das nicht gewollt haben?«

»Es gab immer wieder Gerüchte – aber eben nur Gerüchte – über ein paar einflussreiche Organisationen, die die Weltgeschichte manipulieren, um eine neue Weltordnung aufzubauen. Diese Menschen waren der Ansicht, die Welt wäre überbevölkert, und dass es einen Neuanfang brauchte, mit einer sorgfältig ausgewählten Elite an der Spitze. Mächtige Personen aus Regierungskreisen, dem Militär und den Banken arbeiteten im Verborgenen daran und zogen ihre Fäden. In jenen Tagen vor DEM AUSBRUCH herrschte das Chaos. Überall lag die Wirtschaft am Boden, und das einfache Volk begann gegen die Eliten zu rebellieren, die immer reicher zu werden schienen, während alle anderen ihre Jobs verloren und immer ärmer wurden. Man sagt, die Eliten fürchteten, ihre Macht zu verlieren, und deshalb schmiedeten sie diesen auf lange Zeit ausgelegten Plan, einen Großteil der Bevölkerung auszuradieren und neu anzufangen. An diesem Punkt kommen Institutionen wie ZEUS ins Spiel – sie konnten sich nicht darauf verlassen, dass das Militär die ganze schmutzige Arbeit verrichtete, und deshalb gewannen in den letzten Jahren vor DEM AUSBRUCH private Militärfirmen immer mehr an Einfluss.«

Für Alice war das alles unvorstellbar. Geheime Privatarmeen, elitäre Geheimbündler, die unter sich die Welt neu aufteilen wollten und all das. Sie war mit einem einfacheren Weltbild aufgewachsen, und die Verlockung war groß, die simple Version zu glauben als die andere Möglichkeit auch nur zu erwägen.

»Wenn so ihr Plan aussah, dann hatten sie Erfolg, nicht wahr?«

Alice sah, wie sich die Spur eines Lächelns in die Mundwinkel der Königin schlich.

»Wir sind ihnen in die Quere gekommen. Sie hatten keine Ahnung, wie ansteckend der Virus sein würde, oder dass sich so viele von uns in den Untergrund, die Abwasserkanäle und Bunker zurückziehen und so überleben würden. Sie dachten, wir würden als geistlose Kreaturen da oben herumirren und auf die Bomben warten, aber ich selbst führte viele unter die Erde, und dann tauchten wir wieder auf.«

Jetzt stellte Alice die Frage, die ihr schon von Anfang an durch den Kopf schwirrte.

»Bitte entschuldigen Sie, aber … was passierte mit Ihnen?«

»Je mehr ich über die mögliche Verschwörung hinter all dem herausfand, um so zorniger und ernüchterter wurde ich und begann, mein Wissen mit anderen zu teilen. Eine meiner Quellen verriet mir, dass es in den USA Eliten gab, die mit Elementen in der chinesischen Regierung zusammenarbeiteten, um all das auf die Beine zu stellen. Sie hetzten mir zweimal Schläger von ZEUS auf den Hals, um mich umzubringen, also tauchte ich unter. Aber als das Chaos Delhi erreichte, wurde ich angegriffen und gebissen. Ich hatte zwei der Ampullen bei mir und spritzte mir das Gegenmittel nur wenige Augenblicke nach den Bissen. Ich wurde für einige Stunden ohnmächtig, und als ich wieder erwachte, war ich so, wie ich jetzt bin. Ich kann nicht sagen, was genau mit mir passiert ist, aber ich denke, es hat damit zu tun, dass ich so kurz hintereinander gebissen wurde und das Gegenmittel einnahm. Vieles an mir veränderte sich, aber ich konnte noch immer wie ein Mensch denken, und ich war wütend über das, was wir uns selbst angetan und zugelassen hatten.«

»Was ist mit den anderen Bit…«

»Ich erkannte sie als das, was sie wirklich waren. Ja, sie ähneln kaum noch den Menschen, die sie vorher einmal waren. Das Virus, insbesondere dann, wenn es über die Zeit mutiert, aktiviert die primitivsten, ursprünglichsten Gehirnregionen. Man empfindet keine Schmerzen mehr, entwickelt eine ganz besondere Aggressivität und einen beinahe reflexhaften Drang, sich zu vermehren. In diesem Fall durch Bisse, um die Population zu erhöhen.«

Alice weigerte sich, die Biter einfach nur als unschuldige Opfer anzusehen.

»Moment, ich habe erlebt, wie unzählige unschuldige Menschen und Siedlungen von den Bitern massakriert wurden. Das sind nicht einfach nur verängstigte harmlose Tiere.«

Die Königin seufzte, und die Geste ließ sie auf einmal menschlicher erscheinen.

»Wir alle sind Tiere. Wir alle empfinden Angst, und wenn wir uns bedrängt fühlen, schlagen wir um uns. Das ist es, was Menschen wie du und all die anderen Überlebenden tun. Sie verstehen nicht alles von dem, was ich weiß, weil sich ihre Gehirnfunktionen stark zurückgebildet haben. Aber sie respektieren mich, obwohl ich sprechen kann und vernunftbegabt bin. Ich habe Tausende von ihnen gerettet, als ich sie in diese unterirdischen Anlagen führte.«

»Und was ist mit dieser Prophezeiung?«

Die Königin hielt wieder das Buch in ihren Händen.

»Oh, die ist sehr real. Ich fand das Buch, als ich bereits alle Hoffnung aufgegeben hatte. In meinem Fiebertraum sah ich dich. Ich sah, wie wir gemeinsam die Welt von den bösen Menschen zurückeroberten, die für all das verantwortlich waren. Ich sah, dass wir aufhörten, uns gegenseitig zu bekämpfen.«

»Das war nur ein Traum.«

»Jede Prophezeiung ist nur ein Traum. Doch indem wir an etwas glauben, können wir es wahr werden lassen. Die Mächte, die hinter dieser Verschwörung am Werk sind, haben ein persönliches Interesse daran, dass der Krieg andauert. Hast du dich noch nie gefragt, wieso die Helikopter noch immer fliegen? Wie sie an ihre Waffen kommen, und warum sie so erpicht darauf sind, unter dem Vorwand der Bedrohung durch die Biter immer mehr Siedlungen unter ihre Kontrolle zu bringen? Während wir uns hier in diesem toten Land bekriegen, leben die Rädelsführer wahrscheinlich irgendwo in Saus und Braus – in ihren eigenen Siedlungen, wo ihnen alle erdenklichen Ressourcen der Welt zur Verfügung stehen und von wo aus sie uns beherrschen. Du hast bislang nur die ZEUS-Verbände gesehen, die durch das Totenland patrouillieren, aber ich weiß, dass sie von Rotgardisten, chinesischen Stoßtruppen, befehligt werden. Ich habe sie selbst gesehen, in der Nähe von ZEUS-Basen jenseits des Totenlandes. Wie kommt es, dass die Chinesen noch immer eine derart organisierte Militärmacht besitzen?«

Plötzlich drang ein piependes Geräusch aus Alices Rucksack, und sie zuckte zusammen. Den Peilsender hatte sie völlig vergessen. Die Königin zog das kleine Gerät aus der Tasche und erschrak, als sie an dessen Seite das Logo erkannte.

»Was hast du getan?«

Dann hörte Alice über ihnen das dumpfe Grollen der Explosionen.

Alice nutzte die Ablenkung, die von den Explosionen ausging, um aus dem Raum zu stürmen. Haarscharf wich sie dabei Hasenohrs ausgestreckten Armen aus. Die Königin schrie. Das wilde Kreischen wie bei den Bitern. Die Sprache der Menschen und ihr höfliches Benehmen waren vergessen. Alice hörte Schritte hinter sich, und angesichts der wütenden Schreie der Königin hielt sie es für klüger, sich in Sicherheit zu bringen als an ihre Vernunft zu appellieren. Die Explosionen schienen nun näher zu kommen, und Alice rannte in einen Korridor, der in Richtung der Explosionen zu führen schien. Von Angst und der Hoffnung überwältigt, wieder nach Hause zu ihren Eltern zu kommen, schob Alice alles beiseite, was die Königin ihr offenbart hatte, und konzentrierte sich einzig und allein darauf, diejenigen zu finden, die gekommen waren, um sie zu retten.

Sie kam an einer kleinen Gruppe von vier Bitern vorbei, die sich in einer Ecke zusammengedrängt hatten, und ihr wurde klar, wie tollkühn es war, einfach allein davonzulaufen. Ohne die schützenden Hände der Königin oder Hasenohrs würden die Biter sie angesichts der Attacke an der Oberfläche in Stücke zerreißen. Die vier Biter erkannten sie und setzten sich mit gefletschten Zähnen in Bewegung. Alice hatte Glück, denn aufgrund der Enge des Tunnels konnten sie sich ihr nur nacheinander nähern, und das nutzte sie zu ihrem Vorteil. Als der erste Biter, eine fette Frau mit Halbglatze, in Reichweite war, legte Alice ihr ganzes Körpergewicht in einen Tritt gegen deren Brust. Die Frau taumelte zurück und prallte gegen den Biter direkt hinter ihr. Beide verloren das Gleichgewicht und stolperten unbeholfen zu Boden. Doch der Tritt hatte auch Alice von den Beinen geholt. Sie wusste, dass sie sich nun in ernster Gefahr befand. Es war aussichtslos, alle vier Biter in diesem engen Gang loszuwerden, doch sie konnte auch nicht zurück, da die Königin und Hasenohr hinter ihr her waren.

Der erste Biter hatte sie erreicht und griff nach ihr, als sein Kopf explodierte und er zur Seite kippte. Die anderen drei Biter wirbelten zu der neuen Gefahr herum, doch innerhalb weniger Sekunden lagen alle mit aufgeplatzten Köpfen von präzisen Schüssen am Boden. Alice sah den Gang entlang und erblickte drei schwarz gekleidete Soldaten. Einer von ihnen war der grauhaarige Offizier, dem sie im Wald begegnet war. Er hob sein Sturmgewehr und rief: »Hier rüber.«

Sie rannte ihm entgegen, während hinter ihr das Heulen immer näher kam.

»Claymores scharfmachen. Dann ziehen wir uns zurück«, befahl der Offizier seinen Männern.

Beide Soldaten platzierten die Tretminen und folgten dann Alice und dem Offizier, die bereits den Tunnel entlang stürmten. Alice bemerkte aus dem Augenwinkel eine Bewegung zu ihrer Rechten und duckte sich gerade noch rechtzeitig unter einem Biter hinweg, der sie aus einer Öffnung heraus ansprang. Der Soldat hinter ihr hatte weniger Glück. Der Biter packte ihn und biss ihm die Kehle durch. Der Soldat schrie, stürzte zu Boden, dann wichen seine Schreie gurgelnden Hilferufen. Blut quoll aus seinem Hals und seinem Gesicht. Der grauhaarige Offizier trat den Biter von seinem Kameraden herunter und schoss ihm zweimal in den Kopf. Dann hielt er inne, schaute hinunter auf den Soldaten, schloss die Augen und drückte ab.

Sie rannten weiter. Alice konnte einen Lichtschein am Eingang des Tunnels sehen. Hinter ihnen explodierten die Claymore-Minen. Als sie sich dem Eingang näherten, sah sie mehr als ein Dutzend ZEUS-Soldaten in Habachtstellung und mit Sturmgewehren bewaffnet.

Der Offizier rief ihnen zu: »Haltet die Stellung, bis ich Luftunterstützung angefordert habe. Ein Jet der Roten Garde müsste auf Patrouillenflug sein.«

Alice stolperte aus dem Tunnel und rutschte auf dem vom Tau noch feuchten Gras an der Oberfläche aus. Typisch für Winternächte in Delhi. Die Soldaten bezogen Stellung vor dem Eingang und eröffneten das Feuer. Der Offizier zog sie beiseite und bedeutete ihr zu warten, während er aus einem Rucksack neben ihnen ein Funkgerät angelte. »Apache One, erbitte unverzüglichen Luftschlag an den zuletzt übermittelten Koordinaten. Klar in fünf Minuten.«

Dann wies er seine Männer an, den Eingang mit weiteren Claymores zu verminen und sich dann so weit wie möglich zurückzuziehen. Für Alice schien es eine Ewigkeit her zu sein, seit sie vor der Königin stand, aber in Wirklichkeit waren weniger als fünf Minuten vergangen. Sie war noch in einer Art Schockzustand und folgte dem Offizier widerspruchslos, als er sie mit sich zog. Es war jetzt kurz vor Sonnenuntergang, und der Himmel verdunkelte sich bereits, als sie zu dem nahegelegenen Hügel rannten. Dann drückte sie der Offizier zu Boden und befahl ihr, sich so flach wie möglich hinzulegen. Die anderen Soldaten nahmen um sie herum ihre Positionen ein. Sie hatte jetzt freie Sicht auf den Tunnel, aus dem die Biter strömten. Die Offiziere hielten ihre Waffen im Anschlag und feuerten. Im Kugelhagel der Maschinengewehre zuckten ihre Leiber spastisch, bevor sie umfielen. Alice wusste, dass nur ein Kopfschuss die Biter zuverlässig aufhalten konnte, aber die Kugeln und Minen richteten genug Schaden an, rissen Beine ab, sodass keiner von ihnen jemals wieder würde laufen können.

Beinahe, als ob sie seine Gedanken gelesen hätte, hörte sie den Offizier brüllen: »Haltet euch nicht mit Kopfschüssen auf. Schießt ihnen die Beine weg, damit sie es nicht rechtzeitig aus dem Zielgebiet schaffen.«

Plötzlich verschwand vor Alice der gesamte Tunnel in einer gigantischen Rauchwolke, und direkt darauf hörte sie das ohrenbetäubende Dröhnen der Explosion. Die Druckwelle war so stark, dass sie beinahe mitgerissen wurde. Als sie wieder aufsah, war der Tunnel komplett eingestürzt. Ein riesiges Loch klaffte in der Erde und gab den Blick auf das darunterliegende Gewirr aus Gängen und Tunneln frei. Überall zwischen den Trümmern verteilt lagen die brennenden Überreste dutzender Biter.

Der Offizier sprach ruhig in sein Funkgerät. »Zweiter Anflug. Zielt auf die Öffnung.«

Alice hörte das Brummen eines Flugzeugs über sich. Sie sah hinauf zu dem dunklen Umriss, der sich vor der untergehenden Sonne abzeichnete. Das Flugzeug nahm Kurs auf sie, dann auf den Tunnel, und Alice sah, wie sich ein kleiner Zylinder aus dem Flugzeug löste und auf das Tunnelsystem zusteuerte. Er hielt auf das Loch in dem Krater zu, den die vorherige Explosion gerissen hatte, und als die Bombe ihr Ziel erreichte, ertönte der Donnerknall einer zweiten Explosion. Alice hatte nie zuvor eine solche beeindruckende Demonstration von Feuerkraft miterlebt und war sprachlos angesichts der Mittel, die ZEUS zur Verfügung standen. Der Offizier riss sie aus ihren Gedanken und befahl ihr, mitzukommen.

»Ein paar von den Biestern haben es sicher in die umgebenden Baumgruppen geschafft. Wir können es uns nicht leisten, zu warten.«

Sie rannten durch den Wald, und sehr schnell gab Alice das Tempo vor, dem die ZEUS-Truppen mühsam versuchten, Schritt zu halten. Der Offizier rief ihr zu, an einer Lichtung anzuhalten, und als er zu ihr aufschloss, konnte sie sehen, dass er außer Atem war.

»Du bist echt schnell. Warte hier, ich setze einen Funkspruch ab und lasse mir die Aufnahmezone bestätigen.«

Während der Offizier seinen Funkspruch tätigte, nahmen die Soldaten eine Verteidigungsformation ein. Es war jetzt beinahe stockdunkel, und Alice begann, sich Sorgen zu machen. Die Biter aus tausenden Metern Höhe zu bombardieren, so wie es ZEUS oder die sogenannte Rote Garde getan hatten, war eine Sache – sich am Boden bei Nacht gegen sie zu behaupten, eine ganz andere. Alice wusste, wie man in einer solchen Situation überlebte. Sie war in einer Welt aufgewachsen, wo dieses Wissen den Unterschied zwischen Leben und Tod ausmachte, jeden Tag aufs Neue. Im schwachen Licht der Notbeleuchtung beobachtete sie die Soldaten um sich herum und erkannte die Furcht in ihren Augen, trotz der schweren Bewaffnung und des tollen Equipments. Nur der Offizier schien einigermaßen gefasst. Er wies die Helikopter über Funk an, Kurs auf ihre Lichter zu nehmen, dann lächelte er sie an.

»Ich habe mich noch gar nicht vorgestellt. Mein Name ist Colonel Dewan, und ich leite die ZEUS-Operationen in Nordindien.«

»Hi, ich bin Alice Gladwell.«

»Alice, mittlerweile weiß jeder, wer du bist. Der einzige Mensch, der jemals von den Biter gefangen genommen wurde und davon noch erzählen kann.«

Alice fühlte sich unbehaglich und flüsterte: »Müssen ihre Männer unbedingt diese Lichter tragen?«

Er ließ ein Zielfernrohr auf seinem Gewehr einrasten und antwortete: »Jeder von ihnen hat ein Nachtsicht-Zielfernrohr wie dieses. Wir sind hier verhältnismäßig sicher.«

Alice war sich da nicht so sicher. Seit sie ein Kind war, hatte sie in diesen Wäldern gelebt und gekämpft. Und eines wusste sie ganz bestimmt: In der Dunkelheit siegte nicht der mit der größten Feuerkraft, sondern derjenige, der das Dunkel zu seinem Vorteil zu nutzen wusste. Die Soldaten und ihr Captain schienen wie sie vor nicht allzu langer Zeit zu glauben, dass die Biter einfach blindlings in ihr Verderben tapsen würden. Aber nach all dem, was sie erlebt hatte, fragte sie sich, ob sie womöglich ganz genau wussten, womit sie es zu tun hatten. Rechts von ihr raschelte es, und einer der Soldaten eröffnete das Feuer. Dewan schrie: »Feuer einstellen, bis wir ein bestätigtes Ziel haben!«

Ein anderer Soldat schrie, als er von einem großen Schatten gepackt wurde, der aus dem Nichts auftauchte. Alice erhaschte im schwachen Licht einen Blick auf einen Schlapphut. Der Soldat schrie und wurde in die Büsche gezerrt. Die anderen Soldaten schossen nun blindlings um sich, und Dewan rief in sein Funkgerät nach den Helikoptern. Weitere Schatten sprangen auf die Lichtung, und binnen Sekunden starben zwei weitere Soldaten. Dewan hatte eine der Leuchtfackeln aufgehoben und leuchtete nach rechts. Der Lichtschein fiel auf einen blutverschmierten Soldaten, der sich bereits in einen Biter verwandelt hatte und nun tollwütig auf Dewan zukam. Dewan rief Alice zu, sich eine Waffe zu suchen, um sich zu verteidigen, zog seine Pistole und feuerte zwei Schüsse in den Kopf des Soldaten. Alice ließ sich das nicht zweimal sagen, las eines der Gewehre auf, ging in die Hocke und wartete auf die Biter, die zwischen den Bäumen hervorkamen. Die übrigen Soldaten hatten sich in einer dichten Kreisformation zusammengedrängt. Als die Biter in Schussweite kamen, stellte Alice ihre Waffe auf Einzelschussmodus und jagte dem erstbesten Angreifer eine Kugel in den Kopf. Dann wählte sie sorgfältig das nächste Ziel aus und traf auch diesen. Dewan tat das Gleiche, und erschoss in kurzer Zeit drei Biter hintereinander.

Die Soldaten fassten neuen Mut, folgten dem Beispiel der beiden und begannen, gezielter zu feuern, gaben sich gegenseitig Deckung und Feuerschutz. Alice feuerte ohne Pause immer weiter, und musste feststellen, dass das Gefecht einem Gemetzel gleich kam. Dutzende Biter waren bereits tot, weitere drängten aus den Baumgrenzen heran und ließen nur Sekunden später ebenfalls ihr Leben.

Sie hörte, wie sich Hubschrauber näherten und dann das Geräusch von ratterndem Maschinengewehrfeuer. Eines der Bordgeschütze hatte das Feuer eröffnet und die großkalibrigen Projektile mähten durch eine Gruppe von Bitern und rissen sie in Fetzen. Einer der Hubschrauber schwebte über ihnen und ließ eine Strickleiter herab, an denen die Soldaten hinaufkletterten. Die anderen Hubschrauber gaben ihnen Feuerschutz. Als sie an der Reihe war, packte Alice die Strickleiter und sah sich ein letztes Mal um. In dem Getümmel glaubte sie, die Ohren eines Hasen und eine gebrechliche weibliche Gestalt neben ihm zu sehen. Dann hörte sie die Königin zum letzten Mal schreien: »Alice, erinnere dich an die Wahrheit! Glaub' nicht ihren Lügen!«

Alice kletterte in den Hubschrauber und Dewan setzte sich neben sie. »Du bist jetzt in Sicherheit. Jetzt wird alles gut werden.«

Alice schwieg und dachte an die Königin und an alles, was sie ihr erzählt hatte.

FÜNF

Alice aß zum ersten Mal Schokolade und leckte das Einwickelpapier sauber. Essen hatte für sie bisher aus allem bestanden, was man jagen oder plündern konnte. Ein paar Leute in ihrer Siedlung hegten den Traum, eigene Nahrungsmittel anzubauen, aber wenn man in stetiger Angst lebte und Haus und Hof von einer Minute auf die andere verlassen musste, blieb wenig Zeit für Landwirtschaft. Dewan war hereingekommen und setzte sich zu ihr. Er hatte sich geduscht und umgezogen, und trug eine einfache Kaki-Uniform. Er schien all das zu verkörpern, was ZEUS von ihrem bisherigen Leben unterschied. Er war sauber, trug saubere Kleidung und sah sich nicht die ganze Zeit ängstlich um. Er war etwa so alt wie ihr Vater und fragte Alice, ob sie sich duschen wollte, bevor sie sich den anderen vorstellen würde.

Alice wurde schlagartig klar, wie sie auf die anderen wirken musste in ihren schmutzigen Klamotten, die sie bereits seit Tagen am Leib trug. Zuhause predigte ihre Mutter immer und immer wieder, dass man als junge Dame gepflegt auszusehen hatte. Aber es war schwer, solchen veralteten Normen zu entsprechen, wenn man den Großteil seiner Freizeit damit verbrachte, aus dem Hinterhalt Biter zu erschießen, und das liebste Spielzeug eine Handfeuerwaffe war. Alice trug ihr Haar kurz geschoren (damit sich bei einem Handgemenge niemand darin festkrallen konnte, wie ihre Lehrer erklärten) und hatte ein schmales Gesicht, auf dem sich ihre Wangenknochen deutlich abzeichneten. Sie war schlank, aber keinesfalls schwächlich. Sie hatte eine drahtige, durchtrainierte Figur, die man mit den Jahren bekam, wenn man täglich lief und Kampftrainings absolvierte.

Nachdem sie die kakifarbene Kleidung angezogen hatte, die Dewan ihr gab, folgte sie ihm in eine Art Cafeteria. An langen Tischen und Bänken saßen schwarz gekleidete ZEUS-Soldaten. Die meisten waren Männer, aber Alice sah auch einige Frauen unter ihnen. Alle grüßten Dewan respektvoll, und er bat Alice, Platz zu nehmen, und bestellte ein Abendessen für sie. Als man die heiße Suppe und Hühnchenfleisch vor ihr abstellte, lief Alice das Wasser im Mund zusammen. Dewan lächelte.

»Mach dir keine Sorgen um die Anstandsregeln und hau ordentlich rein. Du bist sicher hungrig.«

Alice brauchte keine zweite Aufforderung und verputzte ihr Essen. Dewan erklärte ihr, dass sie sich am nächsten Morgen ausführlich unterhalten konnten und zeigte ihr den Weg zu ihrem Zimmer. Unterwegs traf sie auf zwei junge ZEUS-Soldaten, und als sie Alice sahen, flüsterten sie sich etwas zu. Einer von ihnen, ein junger pickeliger indischer Junge, fasste sich ein Herz und sprach sie an.

»Bist du diejenige aus dem Totenland, die bei den Bitern gelebt hat?«

Alice sah ihm fest in die Augen, und als sie antwortete, schrak er ein wenig zurück: »Das Totenland?«

»Oh, du weißt schon, die Siedlungen außerhalb unserer Verwaltungsbezirke, wo die Menschen noch ...«

»Frei sind«, beendete Alice den Satz für ihn. Ihr Vater hatte ihr erzählt, dass ZEUS versuchte, sich mehr und mehr Siedlungen einzuverleiben. Sie versprachen Schutz und forderten im Gegenzug junge Männer und Frauen für ihre Armeen sowie die Kontrolle über ihre Verteidigungsmaßnahmen und Vorräte. Die Siedlungen, die sich darauf einließen, bekamen auch Schutz, endeten jedoch in Knechtschaft. Sie arbeiteten für ZEUS und deren Herren auf Farmen, verloren das Recht, Waffen tragen zu dürfen, außer denen, die ZEUS ihnen erlaubte, und mussten sie mit jungen Männern und Frauen versorgen, die in den Fabriken und Minen die Arbeit verrichteten. Niemand wusste, wer ZEUS tatsächlich befehligte, aber die Königin hatte die chinesischen Rotgardisten erwähnt, und Alice hatte ihren Vater hin und wieder mürrisch sagen hören, dass er sich nie der Roten Garde ergeben würde.

Sie lief in ihr Zimmer und legte sich auf die Pritsche, die zwar einfach, aber verglichen mit dem, was hinter ihr lag und sogar dem Schlafsack, den sie zuhause ihr Bett nannte, der reinste Luxus war. Kaum dass sie sich hingelegt hatte, war sie auch schon eingeschlafen.

Ein leises Klopfen an der Tür weckte sie wieder auf. Es war Dewan, in einer schwarzen Uniform.

»Ich wollte dich wissen lassen, dass dein Vater auf dem Weg hierher ist und jeden Moment eintreffen müsste.«

Alice eilte in das angrenzende Badezimmer, duschte sich schnell, zog sich an und folgte Dewan in ein kleines Konferenzzimmer. In dem Zimmer befanden sich noch zwei weitere Männer, die schwarze Uniformen mit unzähligen Orden und Abzeichen trugen. Einer von ihnen war hellhäutig, der andere ein Inder. Der hellhäutige Mann, kahlköpfig und mit der Statur eines Ochsen, sprach zuerst.

»Guten Morgen, junge Dame. Mein Name ist General John Appleseed. Ich bin der Oberbefehlshaber der ZEUS-Operationen in Asien. Als wir erfuhren, dass dein außerordentliches Martyrium ein Ende gefunden hat, habe ich mich gestern Nacht einfliegen lassen.«

Der Inder, der den traditionellen Sikh-Turban trug, sprach als Nächstes: »Ich bin Major Balbir Singh. Ich leite den indischen Subkontinent.«

Alice hätte nie gedacht, einmal von jemandem eingeschüchtert zu werden, aber die Art, wie diese Männer sprachen und wie Dewan ihnen Respekt entgegenbrachte, machte ihr deutlich, wie groß und durchorganisiert ZEUS sein musste. Dieses Gefühl verstärkte sich noch, als ihr Vater den Raum betrat. Er war groß und sehnig, trug ausgeblichene Jeans und ein verknittertes T-Shirt. Bei seinem Anblick hätte man meinen können, dass ihn die Männer ebenfalls beeindrucken würden, doch er nahm seine schluchzende Tochter in die Arme und sah den Männern fest in die Augen, als er ihnen dankte.

Er wollte gerade mit ihr gehen, als General Appleseed sanft das Wort ergriff: »Missionschef Gladwell. Es ist mir ein Vergnügen, Sie endlich persönlich kennenzulernen, nach allem, was man von Ihnen hört. Es ist jammerschade, dass Sie sich nicht wieder Ihren alten Kameraden anschließen wollen.«

Alice sah, wie sich ihr Vater versteifte, als er sich zu dem General umdrehte. In seiner Stimme lag ein bissiger Unterton, ganz anders, als sie es von ihrem sanften, liebenswürdigen Vater gewohnt war.

»General, ich habe den Vereinigten Staaten von Amerika gedient und den Werten, für die dieses Land stand: Freiheit, Gleichheit, Unabhängigkeit. Diese Nation existiert nicht mehr, aber ihr Geist lebt in jenen weiter, die sich weigern, sich einer neuen Diktatur zu beugen. Einer Diktatur der Konzerne, Profikillern und chinesischen Tyrannen, von denen sie bezahlt werden.«

Der Blick des Generals verfinsterte sich, aber seine Stimme blieb sanft. »Wie lange können Sie da draußen im Totenland überleben, so ganz auf sich allein gestellt?«

»Bis jetzt sind wir ganz gut ausgekommen.«

Mit diesen Worten scheuchte er Alice förmlich aus dem Raum. Sie wollte ihm so gern alles erzählen, aber er beschwichtige sie und erklärte ihr, dass dafür genug Zeit war, wenn sie erst wieder zuhause wären. Als sie aus dem Gebäude traten, erblickte Alice einen ausgedehnten Luftstützpunkt vor sich. Dewan eilte hinter ihnen her.

»Ihr Hubschrauber wartet bereits. Mr. Gladwell, Sie haben eine überaus tapfere Tochter. Viel Glück, Ihnen beiden.«

Alices Vater musterte Dewan für einen Moment. Dann hellte sich sein Gesichtsausdruck auf. Er schüttelte Dewans Hand und bedankte sich noch einmal bei ihm. Zusammen liefen sie auf den wartenden schwarzen Hubschrauber zu. In einiger Entfernung sah Alice vier Jungs stehen, die sie aus ihrer Siedlung kannte. Sie wirkten elend und verängstigt, und einer von ihnen funkelte Alice böse an, als sie an ihnen vorbeikamen.

»Dad, was machen die Jungs hier?«

»Sie sind hier, um ZEUS als Rekruten beizutreten.«

»Aber wir lassen doch nie …«

Ihr Vater hielt sie fest. »Das ist der Preis, den wir bezahlt haben, um dich zurückzubekommen. Vier junge, untrainierte Jungen gegen eine versierte Frontkämpferin wie dich. Als ZEUS eine Gegenleistung verlangte, haben wir alle zusammen diese Entscheidung getroffen.«

Alice fühlte sich, als hätte man ihr in die Magengrube getreten. Der Gedanke, dass nun wegen ihr vier Jungs ohne ihre Familien in der finsteren Welt der ZEUS-Armee aufwachsen mussten, machte sie traurig. Als sie im Hubschrauber Platz nahmen, sah sie ihren Vater an. Er wirkte müde und alt, als sei er in den wenigen Tagen, in denen sie verschwunden war, um Jahre gealtert. Er hatte angedeutet, dass die Anführer entschieden hatten, sie gegen die vier Jungen einzutauschen, aber sie wusste, wie sehr das an seinem Gewissen nagen musste. Sie griff seinen Arm, und er lächelte sie an. Sie sah Dewan, der dem startenden Helikopter hinterher winkte. Alice lehnte sich zurück und fragte sich, in welchen Schlamassel sie da nur geraten war, als sie dem Biter mit den Hasenohren in das Loch folgte.

Alice wurde von den Umarmungen ihrer Mutter nach ihrer Landung beinahe erdrückt, und ihre ältere Schwester Jane strubbelte ihr durch die Haare. Für Janes Verhältnisse war das die innigste Zuneigungsbekundung in der Öffentlichkeit, die Alice je bei ihr erlebt hatte. Jane war beinahe zehn Jahre älter als sie und wusste noch allzu gut, wie die Welt vor DEM AUSBRUCH gewesen war, um verbittert zu sein über all das, was sie verloren hatte. Diese Bitterkeit war nie ganz verschwunden, stattdessen war sie mit den Jahren und dem Kampf ums Überleben immer feiner geschliffen worden. Im letzten Jahr hatten sie ein verlassenes Dorf zu ihrer Heimstatt gemacht. Das Dorf befand sich am Hang eines kleinen Berges, der eine großartige Aussicht in alle Richtungen bot. Auf diese Weise ließ sich die Siedlung leichter gegen Angreifer verteidigen und bot zudem eine Vielzahl von Fluchtmöglichkeiten.

Als Alice das große Gebäude betrat, welches früher einmal eine Schule gewesen war, nun aber als Gemeinschaftsspeisesaal genutzt wurde, spürte sie die Blicke unzähliger Augenpaare. Aufgrund ihrer Fähigkeiten hatte man sie gemocht und respektiert, doch nun hatte sich etwas verändert. Viele der Männer und Frauen, mit denen sie Seite an Seite gekämpft hatte, wendeten ihre Blicke ab. Sie nahm neben Jane Platz, die ebenfalls schlechte Laune zu haben schien.

»Was ist los?«

Jane nahm einen kleinen Bissen und antwortete: »Alle sind sauer auf uns, weil wir uns ZEUS gebeugt und unsere Jungs eingetauscht haben. Sie sind der Ansicht, dass ZEUS wiederkommen wird, jetzt, wo sie einen Fuß in der Tür haben. Manche sagen, Dad hat die anderen dazu überredet, weil es um dich ging.«

Alice aß schweigend, denn nichts, was sie hätte sagen können, hätte etwas genutzt. Sie kehrte in ihr Zimmer zurück, wo man ein frisches Arsenal an Waffen für sie bereitgelegt hatte. Sauer oder nicht – jeder im Dorf wusste nur zu gut, dass man ihre Fähigkeiten jederzeit gebrauchen konnte. Sie verbrachte die nächsten Stunden damit, ihre Pistolen zu reinigen, und dann legte sie sich schlafen.

Jemand klopfte an die Tür. Es war ihr Vater.

»Alice, morgen werden ein paar Leute von ZEUS kommen und dich mitnehmen.«

Alice fuhr in Panik hoch, und fragte sich, ob der Deal vorsah, auch sie an ZEUS auszuliefern. Ihr Vater sah den Ausdruck auf ihrem Gesicht und setzte sich.

»Nein, nein, keine Angst, ich würde niemals zulassen, dass sie dich mitnehmen. Aber sie wollen dir ein paar Fragen stellen. Darüber, was du gesehen und gehört hast, während du in der Basis der Biter warst. Niemand hat bisher so lange hinter feindlichen Linien überlebt, und deshalb wollen sie wissen, was du weißt. Gibt es etwas, dass du mir erzählen willst, bevor du zu ihnen gehst?«

Alice dachte an die Dinge, die ihr die Königin erzählt hatte, doch bevor sie überhaupt etwas sagen konnte, wurde ihr klar, wie lächerlich sich das alles anhören würde. Eine Königin der Untoten, die sprechen konnte. Eine mögliche Verschwörung, die hinter all dem stand, angeführt von Schattenmännern und mit dem Ziel, eine neue Weltordnung zu schaffen. Biter, die nicht wirklich die blutrünstigen Monster waren, für die sie jedermann hielt. Wie man es auch drehte und wendete, es würde sich immer so anhören, als wäre sie vollkommen verrückt oder komplett wahnsinnig geworden. Also zuckte sie nur mit den Schultern, legte sich hin und war Sekunden später eingeschlafen.

Das Geräusch der Hubschrauberrotoren weckte sie, und als sie sich aufsetzte, standen ihre Eltern bereits neben ihrem Bett.

»Mein Schatz, sie sind hier, um dich abzuholen. Sie haben versprochen, dich bis zum Abend wieder zurückzubringen. Sag ihnen einfach, was du weißt, und alles wird gut.«

Alice bemerkte die Anspannung in den Augen ihres Vaters, die etwas anderes sagten als seine beruhigenden Worte. Sie wusste, dass er gezwungen war, eine Menge Zugeständnisse zu machen – die Jungs an ZEUS zu übergeben und sich überhaupt mit jenen auseinanderzusetzen, um die er all die Jahre angestrengt einen großen Bogen gemacht hatte. Er hatte Alice oft klarzumachen versucht, dass im Gegensatz zu den Zeiten vor dem Ausbruch, als zumindest noch eine gewisse Form von Ordnung innerhalb der Regierungen existierte, nun gierige, machthungrige Männer und deren private Armeen das Chaos und die Leere gefüllt hatten, die dem Ausbruch gefolgt waren. All die Jahre hatte er sich dafür eingesetzt, dass ihre Siedlung frei von solchen Männern blieb, und nun, um seine Tochter zu beschützen, musste er mit diesen Leuten verhandeln. Alice war alt genug, um zu verstehen, welch großes Opfer ihr Vater für sie brachte, und sie umarmte ihn fest, bevor sie den schwarzen Helikopter bestieg.

Der Helikopter drehte nach Norden ab und flog über die Wälder der Randbezirke dessen, was einmal Delhi gewesen war, jetzt aber nur noch ›Die Ruinen‹ genannt wurde. Bei den ersten Flügen war sie zu ängstlich oder zu müde gewesen, um Notiz von ihnen zu nehmen, aber nun wagte sie zum ersten Mal einen Blick auf das, was unter ihr lag. Es war ein nur allzu bekanntes, deprimierendes Muster: Kilometerweit erstreckten sich zerstörte Gebäude und Trümmer, die nur hin und wieder von kleinen menschlichen Ansiedlungen unterbrochen wurden. Da nur noch wenige Gebäude unversehrt stehengeblieben waren, wehte der Sand aus den Wüsten Rajasthans beinahe unentwegt und ungehindert als Staubschleier über die angrenzenden Städte hinweg.

Dann erblickte sie ein großes befestigtes Lager, mit Geschütztürmen auf den umgebenden Mauern, und ein daran anschließendes Flugfeld, das sie schon einmal gesehen hatte. Als der Helikopter zur Landung ansetzte, sah sie Dewan, der auf sie zugerannt kam. Obwohl nach wie vor ein Fremder für sie, war er doch das einzig bekannte Gesicht hier, und sie fühlte sich ein wenig besser mit ihm in der Nähe. Er sprach laut, um über den Lärm der Rotoren hinweg gehört zu werden, und Alice beugte sich vor, um zu verstehen, was er sagte.

»Soviel ich weiß, sind unsere Leute bei der Aufklärung hauptsächlich an taktischen Geheiminformationen interessiert. Also erzähl ihnen einfach was passiert ist, nachdem du in die Biter-Basis eingedrungen bist, was du gesehen hast, wie viele Biter es dort gab und so weiter. Außerdem wären Hinweise für verstecke Eingänge sehr hilfreich. Das ist alles, was sie wissen wollen. Eigentlich ganz einfach, und dann bist du auch schon wieder auf dem Weg nach Hause.«

Das sollte nicht allzu schwer werden, und Alice fühlte sich sehr viel erleichterter, als sie den Besprechungsraum betrat. General Appleseed war allein, Dewan salutierte, und der General bot ihm und Alice an, sich zu setzen. Der große Mann verschränkte die Arme vor seinem Körper und lächelte, um Alice zu beruhigen. Mit seinem dicken Hals, seinen breiten Armen und dem Kopf konnte man sich den General nur schwer als etwas anderes als einen wütenden Stier vorstellen, aber Alice lächelte zurück. Immerhin gab er sich zumindest Mühe, freundlich zu wirken.

»Miss Gladwell …«

Er machte eine Pause, verwirrt, weil Alice ein Lachen unterdrückte.

»Tut mir leid, aber mich hat noch nie jemand zuvor Miss Gladwell genannt.«

Appleseed lächelte breit und fuhr fort: »Okay, Alice. Mir ist bewusst, dass du ein paar harte Tage hinter dir hast, aber du weißt, wie furchtbar unser Krieg ist, und jede Information, die uns helfen kann, dem Gegner einen vernichtenden Schlag zu versetzen, wäre für uns von großem Wert.«

Alice schwieg, nicht ohne zu bemerken, dass ZEUS nun für sich beanspruchte, für alle Menschen zu sprechen. Sie fragte sich, was ihr Vater dazu gesagt hätte, als der General weitersprach.

»Nun, bitte erzähle mir alles, was du gesehen und erlebt hast. Mach dir keine Gedanken, ob ein Detail zu klein oder unwesentlich sein könnte – erzähle mir einfach alles, von Anfang an.«

Und so begann Alice mit ihrer Geschichte, wie sie beobachtete, dass einer der Biter in ein Loch sprang und wie sie ihm gefolgt war. Sie sah, dass Appleseed die Stirn runzelte, als sie ihm von ihrer ersten Auseinandersetzung in den Höhlen erzählte und wie sie entkommen war. Er machte sich hektisch Notizen und hielt inne, als sie den Raum erwähnte, in den sie gerannt war, und das Siegel auf dessen Tür. Er sah Dewan an.

»Das kann nur die ehemalige US-Botschaft sein. Ich weiß, dass wir über unterirdische Bunkeranlagen verfügten, aber wer hätte gedacht, dass diese hirnlosen Monster unsere Bunker und die Luftschutzkeller der Inder benutzen? Wenn wir hier fertig sind, soll sich ein Spähtrupp aufmachen und das Gelände erkunden.«

Alice berichtete weiter, wie sie es geschafft hatte, in den Raum zu gelangen, und dort die ganzen alten Zeitungen gesehen hatte. Als Appleseed fragte, was in den Zeitungen stand, antwortete Alice, dass sie Bilder von den ersten Tagen des Ausbruchs gesehen hatte, aber dass sie nicht schnell genug lesen konnte.

Sie glaubte, einen Anflug von Erleichterung in Appleseeds Augen zu sehen, als er sagte: »Diese Kreaturen waren also draußen vor jener Tür. Wie konntest du entkommen?«

Alice fragte sich, wie sie glaubhaft die Zeichnung an der Wand erklären sollte oder warum die Biter nicht über sie hergefallen waren, sie noch nicht einmal gebissen hatten, um sie zu einer von ihnen zu machen. Sie war noch nie eine gute Lügnerin gewesen und zögerte, welche dieser Erlebnisse sie dem General erzählen sollte. Aber ein Soldat klopfte an die Tür und rettete sie aus der Klemme.

»Sir, in der Cafeteria ist das Mittagessen serviert. Leisten Sie uns Gesellschaft oder soll ich es Ihnen bringen lassen?«

Appleseed knurrte, sein freundliches Auftreten war im Nu verflogen. »Wir sind hier bei der Arbeit, Soldat! Colonel, können Sie dafür sorgen, dass man uns etwas zu Essen bringt?«

Dewan legte Alice beruhigend eine Hand auf die Schulter und ging nach draußen. Sie blickte zurück zu

Appleseed. Sein Kinn ruhte in seinen Händen, so als würde er über etwas nachdenken. Schließlich kam er hinter seinem Tisch hervor und setzte sich neben das Mädchen.

»Alice, wir werden mit der Befragung fortfahren, wenn Dewan zurückgekehrt ist, aber da ist eine Sache, die ich dich unter vier Augen fragen muss. Streng vertraulich, niemand anderes darf davon erfahren, aber wenn du mir dabei helfen kannst, könnte das den Ausgang dieses Krieges erheblich verändern.«

Er zog eine Fotografie aus seiner Tasche und legte sie vor Alice auf den Tisch. Die Aufnahme war alt und verblichen, die Ränder waren eingerissen, aber das lächelnde Gesicht mit den ergrauten Haaren in der Mitte des Fotos war unverkennbar. Alice versuchte, ihre Reaktion zu unterdrücken, aber Appleseed musste es bemerkt haben.

»Alice, ich möchte, dass du mir verrätst, ob du diese Frau gesehen hast.«

Dewan trat mit ein paar Sandwiches herein und bewahrte Alice davor, eine Antwort geben zu müssen. Als sie aßen, erzählte Alice, wie sie sich in den darauffolgenden zwei Tagen nach dem Angriff in dem Raum der Botschaft in den unterirdischen Höhlen und Tunneln versteckt hielt. Appleseed schien skeptisch, seine Mimik verriet das auch.

»Als unsere Männer dich das erste Mal sahen, warst du in Begleitung einiger Biter. Wie ist das passiert?«

Alice dachte fieberhaft nach. Sie war lausig darin, Ausreden zu erfinden, und nun sollte sie sich einen glaubhaften Grund dafür ausdenken, warum die Biter sie nicht angegriffen hatten, als der Hubschrauber von ZEUS zum ersten Mal auftauchte.

»General, ich hatte mich hinter ein paar Ruinen versteckt, als die Hubschrauber eintrafen. Die Biter hätten mich beinahe gefunden, wenn sie nicht gewesen wären. Ich war alles andere als mit den Bitern unterwegs, aber inmitten des Handgemenges konnte ich die Soldaten nicht erreichen und versteckte mich stattdessen im Untergrund.«

»Und was ist mit dem Vorfall im Wald, als wir dir den Peilsender gaben? Oder warst du da auch nur ganz zufällig in der Nähe der Biter? Einer meiner Männer berichtete mir, dass es den Anschein hatte, als wärst du ihre Gefangene gewesen.«

Alice merkte, dass sich Appleseed nicht so einfach hinters Licht führen ließ.

»Biter nehmen keine Gefangenen. Sie versuchten, mich im Wald zu erwischen, und ich versuchte sie zurückzuschlagen, als Ihre Männer eintrafen. Es war ein riesiges Durcheinander, sodass es vielleicht für jemanden so ausgesehen haben mag, als hätten sie mich gefangen. Ich war umringt von all diesen Bitern und voller Angst, also bin ich einfach in eine der Öffnungen am Boden gesprungen. Ich nahm an, dass sie eine Ihrer Stützpunkte führen würde, und dort habe ich mich versteckt und auf Ihre Leute gewartet, damit sie mich befreien.«

Dewan gewann mit einem Kopfnicken Appleseeds Aufmerksamkeit und flüsterte ihm zu, dass er beim ersten

Aufeinandertreffen tatsächlich gesehen hatte, wie Alice gegen die Biter kämpfte. Der General grunzte, und Alice führte weiter aus, wie sie tief unter der Erde den Bitern davonlief, als der Rettungstrupp eintraf. Im Laufe ihres Berichts bemerkte sie, wie sich der General ein wenig entspannte. Ein paar ihrer Informationen schienen ihm nützlich genug zu sein, Dinge wie der genaue Standort der Tunnel in der Nähe des Yamuna, und mehr als einmal tuschelte er mit Dewan, dass Spähtrupps in diese Gebiete geschickt werden sollen, um nach Anzeichen von Bitern Ausschau zu halten. Schließlich klappte er den Schreibblock zu und wies Dewan an, nachzusehen, ob der Helikopter für Alices Rückflug startklar war.

Als Dewan den Raum verlassen hatte, setzte sich Appleseed erneut mit dem Foto in der Hand neben Alice.

»Weißt du Alice, ich habe schon viele Männer und Frauen verhört, und ich weiß, dass du etwas vor mir geheim hältst.«

Er beugte sich zu ihr hinüber, packte ihr Knie, und ließ seine Hand dann langsam an ihrem Bein hinaufgleiten.

»Zu meiner Zeit gab es viele Möglichkeiten, junge, attraktive Frauen wie dich zur Zusammenarbeit zu bewegen.«

Alice zuckte zurück, als die Hand des Generals höher glitt, und dann packte sie instinktiv mit ihrer Linken zu. So, wie es die Ausbilder gelehrt hatten, drehte sie herum und bog mit ihrer Handfläche seine Hand ruckartig nach hinten. Appleseed heulte vor Schmerz laut auf, und Alice sprang auf die Füße, zum Kampf bereit. Der General war größer und schwerer als sie, aber ihre Eltern hatten ihr beigebracht, nicht kampflos aufzugeben. Sie würde sich bis zuletzt wehren, wenn das nötig war. Appleseed umklammerte sein Handgelenk. Sein Gesicht war rot angelaufen.

»Ich hätte wissen müssen, dass man mit einem wilden Mädchen aus dem Totenland nicht vernünftig reden kann. Wilde wie du sind es nicht mehr gewohnt, mit Menschen zusammen zu sein. Die Tage der abgeschotteten Siedlungen sind gezählt, und du wirst lernen müssen, dich wieder in einer menschlichen Gesellschaft zurechtzufinden.«

Alice spuckte auf den Boden. Sie wusste, dass sie sich nicht mehr die Mühe machen musste, freundlich zu sein.

»Damit wir Sklaven sein können, für Sie und Ihre Meister, wer immer die auch sein mögen? Ist der Krieg gegen die Biter wirklich Ihre Mission oder nur eine Ausrede, um an die Macht zu kommen?«

Appleseed lächelte. »Die Frau, deren Foto ich dir gezeigt habe, ist eine Verräterin und sympathisiert mit den Bitern. Wir wissen, dass sie unter ihnen lebt und sich für ihre Anführerin hält. Wir behalten diese Information für uns, denn wir wollen nicht, dass bekannt wird, dass eine Koexistenz mit den Bitern möglich wäre. Sie ist eine Verräterin, und das Zentralkomitee hat sie bereits zum Tode verurteilt. Jeder, der mit ihr zusammenarbeitet, gilt ebenfalls als Verräter.«

Alice ließ sich bei dieser Drohung nicht einmal zu einem Blinzeln hinreißen.

»Ich habe keine Ahnung, wer das ist, aber wie es aussieht, sind Sie derjenige, der Geheimnisse für sich behält. Was werden Ihre Männer denken, wenn sie erfahren, dass man mit den Bitern tatsächlich zusammenleben kann, und dass der Krieg auf einer Lüge beruht?«

Alice bereute ihre nächsten Worte noch in dem Moment, als sie ihren Mund verließen, aber sie war aufgebracht und wollte den Moment nutzen, wo sich Appleseed in der Defensive befand.

»Ich kann lesen, wenn auch nicht besonders schnell, und in dem unterirdischen Raum hatte ich Zeit genug, mir einige Schriftstücke anzusehen. Aufzeichnungen, die von Experimenten vor dem Ausbruch berichteten und davon, dass das große Feuer von einigen Leuten innerhalb der Regierung ausgelöst wurde, um an die Macht zu kommen. Und dass es eine Schutzimpfung für die Menschen gibt, wenn ihre Meister das zulassen würden.«

Appleseed sah aus, als hätte man ihm einen Schlag in den Magen versetzt. Aber dann lächelte er – kein ehrliches Lächeln, sondern das Lächeln eines Raubtiers, das auf seine hilflose Beute hinabsieht.

»Deine Freundin Dr. Protima hat anfänglich versucht, mit ihren Kollegen Kontakt aufzunehmen und ihnen diese Geschichten aufzutischen, und ich hatte das Vergnügen, mir die meisten von ihnen persönlich vorzunehmen. Sie selbst bekam ich nicht in die Finger, aber ich konnte dafür sorgen, dass sich diese Lügen nicht weiter verbreiten. Die Leute, denen ich diene, arbeiten seit Jahren daran, eine neue Welt zu erschaffen, eine Welt ohne

Überbevölkerung, ohne Armut, ohne Schwächen. Sie wählten diejenigen aus, die ein Gegenmittel erhalten und unsere Städte neu bevölkern sollten. Ein Neuanfang. Doch die Art, wie sich die Infektion ausbreitete und veränderte, hat uns überrascht, und wenn diese eigensinnige Hexe nicht gewesen wäre, hätten wir bereits vor langer Zeit unser Ziel erreicht und diese Kreaturen vernichtet.«

Auf einmal bekam Alice Angst. Es gab nur einen Grund, warum Appleseed ihr so offen davon erzählte – er ging nicht davon aus, dass sie es irgendwem erzählen konnte. Er türmte sich vor ihr auf.

»Und du, Schätzchen, ein wildes Mädchen aus einer unbedeutenden Ortschaft, angeführt von deinem verwirrten, idealistischen Vater, glaubst du wirklich, du könntest der Vision der mächtigsten Männer dieser Welt in die Quere kommen? Das Zentralkomitee ist in China, aber im Gegensatz zu dem, was dein Vater glaubt, sind es nicht nur die Chinesen. Teile der alten chinesischen Regierung sind dort, zusammen mit den reichsten und mächtigsten Bankern und Politikern der Alten Welt. In ihrer Vorstellung von einer Neuen Welt bist du nicht viel mehr als ein Insekt.«

Als er hörte, dass sich die Tür öffnete und Dewan zurückkam, beugte er sich nah an sie heran und flüsterte: »Sei auf der Hut, meine Liebe. Was man so hört, sind Unfälle im Totenland an der Tagesordnung.«

Benommen vor Angst und in Sorge, was nun werden sollte, lief Alice zu dem Helikopter. Ein Teil von ihr wollte weiter glauben, dass die Tiraden und Prophezeiungen der

Königin nichts weiter als Hirngespinste einer verwirrten Frau waren. Am liebsten hätte sie alles vergessen, was sie bei den Bitern gesehen und gehört hatte und einfach in ihr altes Leben zurückkehren. Dass Appleseed so beiläufig all das bestätigt hatte, ließ sie frösteln. Es blieb kaum ein Zweifel, dass alles, was die Queen erzählt hatte, der Wahrheit entsprach, und dass die Biter nicht die einzigen und schon gar nicht die schlimmsten Feinde waren, die sie und ihre Familie zu fürchten hatten. Als sich der Helikopter in die Lüfte erhob, sah sie Appleseed auf der Landebahn stehen und ihr zuwinken.

Zuerst dachte sie, dass sie ihrem Vater alles erzählen würde. Sie hatte keine Ahnung, ob er ihr glauben würde, aber sie war sich sicher, dass er zumindest eine Idee haben würde, was nun zu tun sei. Denn was konnte sie schließlich allein gegen jemanden wie Appleseed, seine Meister und die Stärke von ZEUS ausrichten? Welche Chance hatte sie, allein zwischen ZEUS und Horden von Bitern, die jedem Menschen mit Angst und Hass begegneten?

Dann wurde sie von einer noch größeren Angst gepackt. Appleseed kannte ihren Vater. Er wusste, dass sie zu ihm gehen und ihm alles erzählen würde. Mit einem Mal machte ihr der Gedanke Angst, was die nächsten Tage für sie und ihre Siedlung bereithalten mochten.

Sechs

Als sie wieder in ihrem Dorf ankam, aß Alice still zu Abend, konnte danach aber nicht einschlafen. Jane lag ein paar Zentimeter neben ihr in ihrem Schlafsack, und Alice dachte darüber nach, sie aufzuwecken, tat es dann aber doch nicht. Was hätte sie ihrer älteren Schwester auch erzählen können, dass ihre Geschichte weniger haarsträubend erscheinen ließ? Schweigend lag sie für ein paar Minuten da, und dann wurde ihr klar, dass sie so aufgekratzt war, dass sie unmöglich einschlafen würde. Ihre Ohren schienen vor Angst jedes Geräusch aufzuschnappen und zu verstärken. Vereinzelte Schritte klangen plötzlich wie die Schritte eines ganzen ZEUS-Bataillons, das Flattern eines Vogels oder einer Fledermaus wurde zu einem herannahenden Hubschrauber. Schließlich setzte Alice sich auf, und ihr wurde klar, dass das Risiko, sich lächerlich zu machen, gar nichts war im Vergleich zu dem, was passieren würde, wenn Appleseed seine Drohung wahr machte und man die ahnungslose Siedlung überrannte.

Sie stand auf und lief leise zum Zimmer ihrer Eltern. Ihre Mutter schlief, aber ihr Vater grübelte noch über ein paar Papieren. Es war eine harte, nackte Wahrheit, dass jeder, der so lange im Totenland überlebt hatte, darin geübt war, andere umzubringen, und sie wusste, dass ihr Vater einen erheblichen Teil zum Kampf und auch zum Tod beigetragen hatte. Trotzdem war er immer ein Mann des Friedens gewesen, weshalb er auch als Anführer in ihrer Gemeinschaft galt. Er war jene Art von Person, auf deren gerechtes Urteil sich die Menschen verlassen konnten, und der jeden Streich zu schlichten vermochte. Ihm vertraute man die Verwaltung und die Verteilung ihrer Vorräte und des Treibstoffs an, eine Arbeit, die ihn auch in diesem Moment beschäftigte. Und er war der einzige Mensch auf der Welt, dem Alice ihr Geheimnis anvertrauen konnte.

Er sah zu ihr auf, lächelte, und bedeutete ihr, sich neben ihn zu setzen.

»Paps, können wir uns draußen unterhalten?«

Er schob die Papiere beiseite und folgte ihr in die Kühle der Nacht. Sie liefen durch die Siedlung, und er wartete schweigend darauf, dass Alice bereit war, damit herauszurücken, was ihr auf der Seele brannte.

»Paps, ich glaube, ich habe etwas herausgefunden. Es klingt vielleicht verrückt, aber ich glaube, es ist wahr, und deshalb könnten wir alle in großer Gefahr sein. Ich habe Angst.«

Er hielt inne und sah sie an. »Alice, damals, als plötzlich alles zum Teufel ging, war auch ich voller Angst.

Deine Mama war mit dir schwanger, und bei all dem Chaos wusste ich nicht, wie ich meine Familie beschützen sollte.«

»Was hast du gemacht?«

Er lächelte, und das Licht der Fackeln, die an den Mauern der Siedlung befestigt waren, spiegelte sich in seinen Brillengläsern. »Ich hatte Hilfe. Manchmal ist um Hilfe bitten das Mutigste, was man tun kann. Ich ging zu einem General der indischen Armee, der mein Freund geworden war, und als die Biter kamen, gewährte er uns Unterschlupf in den Baracken seiner Einheit. Als feststand, dass wir die Städte verlassen mussten, weil sie unbewohnbar geworden waren und wir merkten, dass es keine Regierung mehr gab und niemand zu Hilfe kommen würde, gründeten wir zusammen diese Siedlung.«

Alice schlang die Arme um ihren Körper. Nicht nur wegen der Kälte, sondern auch, weil sie ihre ganze Kraft zusammennehmen musste, um ihre Geschichte zu erzählen. Ihr Vater legte seinen Arm um sie, und gemeinsam gingen sie weiter, während sie sprach. Er unterbrach sie kein einziges Mal, obwohl sie sah, wie sich sein Gesicht vor Zorn verdunkelte, als sie auf ihr Treffen mit Appleseed zu sprechen kam.

Schließlich blieb er stehen und schien ins Weite zu starren. Als er für mehrere Sekunden schwieg, zog Alice an seiner Hand. »Paps, ich weiß, es klingt verrückt. Deshalb hatte ich auch solche Angst, etwas zu dir zu sagen.«

Als sich ihr Vater wieder zu ihr herumdrehte, sah sie, dass Tränen in seinen Augen schwammen.

»Alice, als die ersten Infektionen auftraten, und innerhalb weniger Tage Recht und Ordnung zusammenbrachen, bekam ich in der Botschaft Besuch von einer Dame. Sie flehte mich an, einige Informationen an meine Vorgesetzten in Washington weiterzuleiten. Der Botschafter war in den Vereinigten Staaten, deshalb wollte sie mich treffen. Kurz bevor das Treffen zustande kam, erhielt ich einen Anruf, von jemand direkt aus dem Weißen Haus, und man verbot mir, sie zu treffen oder mich mit ihr zu unterhalten. Ich dachte, dass sie einfach nur eine weitere Verrückte war, der in diesen Tagen die Sicherungen durchgeknallt sind, und so traf ich mich nicht mit ihr.«

Alice blieb beinahe das Herz stehen, denn sie wusste schon, was nun kommen würde.

»Die Frau hieß Dr. Protima Dasgupta. Sie war eine indisch-amerikanische Wissenschaftlerin, die kurz vorher noch für die Regierung gearbeitet hatte. Meine Nachforschungen über sie ergaben, dass sie an einigen Geheimprojekten arbeitete, mit einer Geheimhaltungsstufe, die so hoch war, dass ich nicht einmal herausfinden konnte, was das überhaupt für Projekte waren.«

»Dann ist also alles, was sie sagte …«

Ihr Vater atmete geräuschvoll aus. »Alice, ich kann nicht sagen, ob alles, was sie dir erzählt hat, wahr ist oder nicht. Aber ausgehend von dem, was du gesehen hast, liegt es auf der Hand, dass mehr an den Bitern ist, als man uns bisher glauben ließ. Weißt du, was in den fünf Tagen nach dem Ausbruch, als die Rundfunkmedien noch funktionierten, jeden Tag im Fernsehen zu sehen war?«

Alice hatte nie ferngesehen, kannte es aber aus Erzählungen von ihren Eltern und ihrer Schwester, also schüttelte sie den Kopf.

»Da waren Berichte, wie furchterregend diese Kreaturen, diese Mutanten waren. Berichte darüber, wie unsere tapferen Truppen einen neuen Krieg gegen den Terror führten. Jeder einzelne Kanal schrie förmlich danach, dass man diese Kreaturen ausrotten müsse. Aber das Seltsame war, dass die normale Bevölkerung dem schutzlos ausgeliefert war. Den größten Teil der Nationalgarde hatte man in die Kasernen zurückbeordert. Und dann brachen urplötzlich überall Kriege aus. Wenn ich einer von diesen Verschwörungs-Spinnern wäre, und das bin ich weiß Gott nicht, dann würde ich all diese Punkte miteinander verbinden und der Meinung sein, dass das, was diese Königin oder Dr. Protima sagt, mehr oder weniger richtig ist. Aber das ist es gar nicht, worüber ich mir die meisten Sorgen mache. Mich erschreckt etwas anderes viel mehr.«

»Was, Paps?«

Mit todernstem Blick sah er Alice an.

»Solange Protima lebt, besteht die Chance, dass dieses Geheimnis an die Öffentlichkeit gerät. Sie zu finden ist die einzige Chance, die ZEUS und ihre Befehlshaber haben, um die Biter auszurotten, so wie es ihr Plan ist, und die restlichen überlebenden Menschen unter ihre Kontrolle zu bringen. Appleseed glaubt jetzt, dass du weißt, wo sie sich befindet. Er wird dich holen.«

Alice versuchte, tapfer auszusehen.

»Paps, können wir sie aufhalten? Wir haben beinahe

zweihundert Männer und Frauen, die wissen, wie man kämpft. Wir können alle ganz gut schießen, und wir kennen die Gegend besser als sie es je werden.«

Er schüttelte traurig den Kopf.

»Nein, mein Schatz, wir können sie nicht aufhalten. Du musstest mehr Tod und Verderben mit ansehen als ich es meinem Kind je zumuten wollte, aber die schlimmsten Dinge in dieser Welt sind die, die ein Mensch einem anderen antun kann. Wenn ZEUS mit seinen Luftstreitkräften und seinen schweren Geschützen hier auftaucht, halten wir keine fünf Minuten durch. Sie werden uns auslöschen und dich einfach mitnehmen.«

Alice wusste nicht, was sie sagen sollte. Ein Teil von ihr fühlte sich schuldig, weil sie ihren Vater eingeweiht hatte. Ihr Verstand sagte ihr, dass die drohende Gefahr genauso groß und real war, wenn sie niemanden etwas davon erzählt hätte, aber nun, da sie ihrem Vater davon berichtete und sah, wie viel Angst sogar er hatte, erschien die Gefahr noch realer und ungleich angsteinflößender.

»Gladwell, wir wissen doch noch nicht einmal, ob auch nur ein Wort davon wahr ist.«

Der Mann, der da sprach, hieß Rajiv, ein ehemaliger Bankkaufmann, der zu einer der wichtigsten Personen ihrer Gemeinschaft geworden war, nachdem er und seine Frau auf der Flucht vor einer Horde Biter an ihrer Siedlung vorbeikamen. Alice hatte in der halben Stunde, in der ihr Vater ihre Geschichte erzählte, ruhig dagesessen. Er hatte es ihr freundlicherweise erspart, vor mehr als zweihundert Menschen zu sprechen, von denen nicht wenige im Laufe der Geschichte immer skeptischer dreinblickten.

Alice sah, dass einige aufstanden und den Saal verließen. Sie wusste, dass diese zu jenen gehörten, die Familienmitglieder oder Freunde an die Biter verloren hatten, und die bloße Andeutung, dass die Biter alles andere als eine geistlose, blutrünstige Meute waren, kam für sie einer Beleidigung gleich. Was die Sache noch schlimmer machte, war, dass der erste Vorwurf nicht von den üblichen Aufwieglern kam, sondern von dem für gewöhnlich friedfertigen Rajiv.

Alices Vater sah Rajiv bittend an.

»Warum sollte Alice all das erfinden?«

Verlegen zuckte Rajiv mit den Schultern. »Sie ist nur ein Mädchen. Vielleicht hat sie in den Tunneln einfach Angst bekommen und sich etwas zusammenfantasiert.«

»Vielleicht versuchst du aber auch nur, dich an deine sogenannte Freiheit zu klammern.«

Die spitze Anschuldigung kam aus den hinteren Reihen, und Alice sah, dass ihr Vater zusammenzuckte, so als hätte ihm jemand eine Ohrfeige gegeben. Der Ankläger war mittlerweile aufgestanden, und als sich drei oder vier weitere Männer erhoben, fühlte er sich darin bestätigt, mit seiner Tirade fortzufahren.

»Seit Jahren kommen die von ZEUS zu uns. Sie verlangen nicht viel – dass unsere Jungen ihrer Armee beitreten, einen Anteil der Güter, die wir so finden, und dass wir ihnen melden, wie viele Waffen wir haben. Im Gegenzug bieten sie uns regelmäßige Rationen, Munition und Sicherheit.«

Alice sah, wie sich der Gesichtsausdruck ihres Vaters verhärtete.

»Wir sind FREI! Das ist etwas wert. Jeder von uns hat jemandem gedient, viele von euch der Regierung, oder in einer Uniform, daher wissen wir alle, was das bedeutet. Aber das war etwas anderes – das war Treue gegenüber einer Nation, unserer eigenen Identität. ZEUS ist eine Bande von Söldnern, und deren wahre Befehlshaber zeigen sich nie. Habt ihr all die Ortschaften vergessen, die mit ZEUS einen Vertrag eingingen und denen dann die Waffen abgenommen wurden, weil ZEUS der Meinung war, sie woanders zu brauchen? Wer hat sie von da an vor Übergriffen beschützt? Was ist mit denen, die man in Farmen umgesiedelt hat, damit sie Nahrung anbauen, von denen ZEUS die Hälfte für ihre Herren beansprucht, ohne dafür zu bezahlen? Was ist mit all den jungen Menschen, die man uns weggenommen hat und die nie wieder gesehen wurden, und von denen Gerüchte besagen, dass sie zur Arbeit in den Fabriken und Minen der Eliten gezwungen werden? Warum sollten wir deren Sklaven werden, wenn wir auch frei sein können?«

Das war ein altes Argument, eines, dass er schon bei vielen anderen Zusammentreffen zuvor benutzt hatte, aber Alices Enthüllungen verliehen ihm eine neue Schärfe.

»Wir wissen alle, wie du darüber denkst, und du weißt auch, dass einige von uns anderer Meinung sind. Nicht wenige sind des täglichen Kämpfens überdrüssig, oder der täglichen Suche nach Nahrung für unsere Familien. Und jetzt kommst du praktischerweise mit diesem Märchen deiner Tochter daher, in dem ZEUS und deren Anführer so etwas wie Oberschurken sind, die die Welt zerstörten.«

Als sich die Zusammenkunft auflöste, nahm ihr Vater Alice beiseite.

»Ich habe es versucht, Liebling, aber sie wollen nicht zuhören. Das Problem ist, wenn dieser General wirklich einen Angriff plant, geht uns die Zeit aus. Wir können nicht einfach nur dasitzen und debattieren und hoffen, dass wir diese Leute überzeugen können.«

»Was können wir tun, Paps?«

Er zögerte, so als würde er gedanklich abwägen, ob er damit herausrücken sollte, was ihn im Kopf herumspukte.

»Wir müssen uns mit dieser Dr. Protima treffen. Sie ist die Einzige, die sie überzeugen kann.«

Alice erschauderte bei dem Gedanken daran, wieder zu den Bitern in den dunklen Untergrund zurückkehren zu müssen, und was sie mit ihr anstellen würden, nachdem das Mädchen sie verraten hatte.

»Paps, ich weiß nicht, ob an der Geschichte etwas dran ist oder nicht, aber diese dämliche Prophezeiung und das Buch machen mich fast wahnsinnig.«

»Mein Schatz, das ist nur eine alte Geschichte, von Alice im Wunderland. Ich denke, es ist verständlich, wenn sie da unten ein wenig den Verstand verloren hat und glaubt, das sei so eine Art Weissagung. Ich denke mal, sie haben deinen Namen gehört und gesehen, wie du bei ihnen aufgetaucht bist, und wollten einfach glauben, dass sich die Prophezeiung erfüllt hat. Wenn das alles ist, was es braucht, um uns zu retten, dann spiele das Spiel einfach noch eine Weile mit.«

Alice sah, wie hin- und hergerissen ihr Vater war, weil er wusste, dass er sie in Gefahr brachte. Aber die Tatsache, dass er selbst das in Kauf nahm, machte ihr deutlich, wie verzweifelt ihre Situation war.

Am nächsten Morgen lief Alice wieder in den Wald, wo sie Hasenohr in das Loch gefolgt war. Die Stelle lag gut acht Kilometer von ihrer Siedlung entfernt, und wenn es Probleme geben sollte, würden sie nicht rechtzeitig zurück sein. Und natürlich konnte man so auch nicht auf Hilfe oder Verstärkung hoffen. Alice hielt eine Pistole in ihrer rechten Hand und trug eine Schrotflinte über der Schulter. Aber bei der schieren Menge an Bitern wusste sie, dass ihr die Waffen nichts nützen würden, wenn die Biter sich dazu entschließen sollten, sie anzugreifen. Ihr Vater saß ein paar hundert Meter weiter versteckt zwischen den Bäumen. Sein Gesicht war mit Tarnfarbe bemalt, und seine Augen klebten am Zielfernrohr seines Gewehrs.

Alice war sich nicht sicher, ob Hasenohr oder irgendein anderer Biter überhaupt wieder an diesem Ort auftauchen würden, aber so weit sie das beurteilen konnte, hatte noch kein anderer Mensch diesen Eingang entdeckt. Und jetzt, wo sie das Gebiet absuchte, war er tatsächlich so gut versteckt, dass auch sie ihn nicht mehr fand. Wenn er also nicht entdeckt worden war, bestand die Möglichkeit, dass sie ihn noch immer benutzten. Außerdem suchten sie wahrscheinlich nach ihr. Bei diesem Gedanken schloss sich ihre Hand etwas fester um den Griff der Pistole, während sie wartete.

Das Warten dauerte eine gefühlte Ewigkeit, und als Alice drauf und dran war aufzugeben, zu ihrem Vater zu laufen und ihn zu bitten, wieder in die Siedlung zurückzukehren, nahm sie eine Bewegung zwischen den Büschen wahr. Sie erstarrte, beide Hände an der Waffe, aber sie zwang sich, sie nicht anzuheben. Wenn ihr Plan funktionieren sollte, dann durfte man sie nicht als Bedrohung ansehen. Als sich das Buschwerk teilte, hielt sie den Atem an, ermutigt von dem Gedanken, dass ihr Vater im gleichen Augenblick sein Gewehr auf das richtete, was heraustreten würde. Zuerst sah sie nur zwei spitze Ohren, und dann stand Hasenohr vor ihr. Er knurrte sie an, spuckte in ihre Richtung, und für einen Moment dachte Alice, dass er auf sie losgehen würde. Er stapfte mit den Füßen auf, riss den Kopf nach oben und heulte den Himmel an. Alice beobachtete ihn und verstand, dass sein Heulen kein Ausdruck von wilder Wut, sondern vielmehr ein trauriges Jammern darstellte.

Sie steckte ihre Pistole in den Gürtel und trat einen Schritt näher. Sie sah Hasenohr an, und er blickte mit seinen leblosen Augen zu ihr zurück. Sie wusste nicht, ob er verstand, was sie von ihm wollte, aber sie hatte keine andere Wahl. Mit sanfter Stimme sagte sie: »Es tut mir so leid. Ich hatte keine Ahnung, was ZEUS und deren

Meister planten, und ich habe der Königin kein Wort geglaubt. Aber jetzt weiß ich es, und wir brauchen eure Hilfe. Wir können nur überleben, wenn wir uns gegenseitig helfen. Bitte richte der Königin aus, dass wir ihre Hilfe brauchen. Wir haben versucht, die anderen in unserem Ort zu überzeugen, aber kaum jemand glaubt uns.«

Hasenohr sah sie für ein paar Sekunden einfach nur an und verschwand dann wieder zwischen den Büschen. Alice fragte sich, ob er überhaupt ein einziges Wort verstanden hatte.

Alice schlief mit der Schrotflinte neben ihrem Kopf, und ihre Eltern hatten darauf bestanden, dass sie und ihre Schwester im selben Raum schliefen. Es war kaum zu glauben, dass sich die Dinge in so kurzer Zeit so schnell verschlechtert hatten. Alles hatte mit einer Rangelei zwischen zwei Jungen beim Mittagessen begonnen. Der eine war auf der Seite ihres Vaters gewesen, der andere bestand darauf, dass sie es den vielen anderen Siedlungen gleich tun und sich ZEUS anschließen sollten. Als der Streit persönlicher wurde und ein paar unschöne Worte über Alice fielen, gingen ein paar von ihren Freunden dazwischen. Schnell wurde aus einem Streit eine handfeste Schlägerei, und bevor sich jemand der Sache annehmen konnte, war die Siedlung auch schon in zwei Lager gespalten. Es war offensichtlich, dass es um mehr ging als darum, ob man Alices Geschichte Glauben schenkte oder man darüber nachdachte, sich ZEUS anzuschließen. Es war zu einem Kampf um Macht geworden. Ein Kampf zwischen ihrem

Vater und ein paar anderen der Gründungsväter dieses Dorfes und denen, die sich erst kürzlich der Gemeinschaft angeschlossen hatten, und den die Autorität der Alteingesessenen ein Dorn im Auge war.

Für gewöhnlich hätte ihr Vater das als eine weitere der zahllosen Streitereien abgetan, die immer wieder aufflammten, wenn man die Menschen in derartige Stresssituationen brachte. Aber dieses Mal war es anders. Er kannte die unausweichliche Gefahr, die von ZEUS drohte, und hatte darüber hinaus nun selbst erlebt, dass an Alices Geschichte etwas Wahres dran war. In dem Moment, als er den Biter vor seiner Tochter auftauchen sah, war er versucht gewesen, den Abzug zu drücken, und er musste hart gegen seine jahrelange Konditionierung ankämpfen, um ihm nicht den Kopf wegzublasen. Doch dann sah er ihn da stehen, wie er allem Anschein nach zuhörte, verstand, und dann einfach wieder ging. Nach all der Zerstörung, die diese Welt ertragen musste, war selbst eine kleine Chance, die Dinge wieder ins Reine zu bringen, die Mühen wert.

Er hatte nach dem Frühstück eine Versammlung einberufen, und als sich alle Bewohner der Siedlung eingefunden hatten, sah er, dass bereits ein Keil durch die Menschen getrieben worden war. Die Leute hatten sich in Gruppen zusammengesetzt, und die, von denen er wusste, dass sie seine Sicht der Dinge teilten, saßen bei ihm und seiner Familie. Eine weitaus größere Gruppe saß allerdings bei Rajiv, der die Führung der anderen Gruppe übernommen hatte. *Nun, besser Rajiv als einer der Un-*

ruhestifter, dachte er bei sich, als er von seinem Erlebnis berichtete.

Er hatte noch keine Minute gesprochen, da sah er, wie die gegnerische Partei unruhig wurde.

Rajiv stand auf. »Gladwell, wir beide kennen uns schon lange, aber du kannst nicht ernsthaft glauben, dass wir dir das abkaufen. Ich verstehe, dass du deiner Tochter helfen willst, aber das ist einfach zu unglaublich, um wahr zu sein. Wieso tust du das, nach allem, was die Biter uns angetan haben?«

Ein Pfeifkonzert ertönte, und aus der Menge dröhnte eine männliche Stimme: »Er hat doch nur Angst, dass er nicht mehr der Obermacker ist, wenn wir uns ZEUS anschließen. Das ist alles. Und wenn er ZEUS angeblich so sehr hasst, wieso hat er dann einen Handel mit ihnen abgeschlossen, um seine Tochter zu retten?«

Alice sah, wie ihr Vater angesichts der Kritik in sich zusammensank. Er senkte geschlagen den Kopf und wusste, dass keine Antwort der Welt einen Unterschied mehr machen würde.

Plötzlich schrie jemand aus einem der Wachtürme: »Ein Eindringling nähert sich!«

Mit einem Schlag waren alle Differenzen vergessen, Männer und Frauen griffen und entsicherten ihre Waffen und nahmen ihre Positionen ein. Diejenigen, die zu jung, zu alt oder zu krank zum Kämpfen waren, zogen sich eilig in das Gebäude in der Mitte des Dorfes zurück, das als Gemeinschaftsspeisesaal genutzt wurde. Von allen anderen erwartete man, dass sie kämpften. Alice war als eine der ersten an der Mauer, von wo aus der Ruf gekommen war, und stand bereits auf einer der Kisten, die den Scharfschützen als Hochsitz dienten, bevor die älteren und langsameren Männer überhaupt den Wall erreicht hatten. Sie hob ihr Gewehr an die Schulter und spähte durch das Zielfernrohr, hörte, wie die anderen um sie herum ihre Positionen einnahmen und wie die, die noch keine Kämpfe erlebt hatten, nervös mit den Füßen scharrten und vor sich hin fluchten. Alice wartete, und empfand dabei eine Klarheit, die sie in dem Durcheinander der letzten Tage vermisst hatte. Dafür war sie ausgebildet worden, seitdem sie aufrecht gehen konnte. In diesen Momenten gab es keine Unklarheiten, mit denen man auskommen musste. Hier ging es einfach nur um töten oder getötet werden. Ein vertrauter Adrenalinstoß durchfuhr sie, und sie hieß in willkommen und wartete, dass sich das Ziel zeigte.

»Alice, kannst du was sehen?«

Alice grinste und gab dem Mann zu verstehen, dass er sich gedulden sollte. Es war einer von denen, die vor wenigen Minuten noch ihren Vater in die Mangel genommen hatten. Gut zu wissen, dass sie noch immer die Tatsache respektierten, dass Alice einer der besten Schützen des Dorfes war.

»Ram, hast du wirklich was gesehen, oder hattest du gestern wieder zuviel von deinem Fusel?«

Die Frage ihres Vaters trug zu allgemeinem Gelächter reihum bei und half, dass sich bei allen die Anspannung etwas löste. Alice war noch zu jung, um es ganz zu verstehen, aber sie hatte eine intuitive Vorstellung davon, warum so viele Männer und Frauen ihrem Vater über so lange Zeit gefolgt waren. Nicht weil er der Stärkste oder der Mutigste von ihnen war, sondern weil er die Menschen in Krisensituationen beruhigen konnte. Er behielt stets einen klaren Kopf, wenn andere die Nerven verloren. Sie blickte wieder durch ihr Zielfernrohr und dieses Mal sah sie, wie jemand aus dem frühen Morgennebel trat. Als die Umrisse deutlicher wurden, sah sie, dass die Person einen langen Mantel trug, der etliche Nummern zu groß schien, und mit langsamen, beinahe gemächlichen Schritten auf ihr Dorf zuhielt. Sie hob das Gewehr ein Stück und hielt den Atem an, als sie die Person erkannte. Es war Dr. Protima, oder wie sich mittlerweile lieber nannte: die Königin der Biter.

Alice hörte, wie ein oder zwei Waffen durchgeladen wurden und rief: »Nicht schießen. Das ist nur eine alte Frau.«

Zwei Männer öffneten das Tor, liefen nach draußen und näherten sich vorsichtig der Alten, die jetzt noch etwa hundert Meter entfernt war. Alice beobachtete, wie sie ein paar Worte wechselten, und atmete erleichtert auf, als die Männer sie hereinführten.

Als die Königin durch das Tor schritt, hatten sich alle Männer, Frauen und Kinder der Ortschaft versammelt, um zu sehen, wer die Fremde war. In den Anfangstagen waren immer wieder einzelne Nachzügler bei ihnen eingetroffen, doch mittlerweile lebten die Menschen entweder in Gruppen zusammen – oder waren tot. Ein einzelner Mensch, und ganz besonders eine alte Frau, hatte buchstäblich keine Chance, allein im Totenland zu überleben. Alice sah, dass sich die Königin gut vorbereitet hatte. Ihr übergroßer Mantel verbarg ihren Körper und ihre Arme, und sie trug lange Handschuhe, die ihre Hände verdeckten. Getönte Brillengläser verdunkelten ihre Augen, und als sie vorbeilief, ließ sie nur einen flüchtigen Blick über Alice gleiten und verriet mit keiner Miene, dass sie das Mädchen wiedererkannte.

Nachdem ihr jemand einen Stuhl angeboten hatte, nahm sie darauf Platz und gab an, dass sie mit den Anführern sprechen wolle. Als kurz darauf Alices Vater und ein paar andere Männer um sie herum saßen, blickte sie die vielen Menschen an, die sich versammelt hatten. Wahrscheinlich wartete sie, dass man sie allein ließ, aber jeder aus der Siedlung wollte hören, was diese seltsame alte Frau zu sagen hatte.

Und dann begann sie mit ihrer Geschichte: »Mein Name ist Dr. Protima, ich komme ursprünglich aus Indien und habe mehrere Jahre in den Vereinigten Staaten als Biologin gearbeitet und gelebt.«

Alice sah, wie ihr Vater die Augen aufriss, als er erkannte, wer sie war, und einige der Männer wurden unruhig, trotzdem blieben alle sitzen und hörten weiter zu. Die Königin hatte sich darauf vorbereitet, vor einem skeptischen Publikum aufzutreten. Unter ihrem Mantel trug sie eine kleine Tasche bei sich, aus der sie alte verblichene Pässe, Ausweise und offizielle Dokumente hervorholte, die das Siegel der US-Regierung trugen. Die jüngeren

Menschen konnten damit nicht viel anfangen, schienen aber beeindruckt, doch die Älteren, die das Leben vor dem Ausbruch kannten, wussten Bescheid. Alice sah, dass sich ein paar der Männer, die sich gegen ihren Vater gestellt hatten, gegenseitig die Dokumente reichten, und einige von ihnen warfen ihr immer wieder Blicke zu.

Nachdem die Königin ihre Erzählung damit beendet hatte, wie Alice bei ihr aufgetaucht war, fand schließlich Rajiv den Mut, das Wort zu erheben. »Dr. Protima, wir haben einiges davon bereits von Alice gehört, und es erscheint uns immer noch ungeheuerlich. Wie sollen wir das alles glauben?«

Sie antwortete nicht, sondern stand auf und ließ ihren Mantel herabgleiten. Dann nahm sie ihre Handschuhe und die Brille ab und sah Rajiv unverwandt an. Ein Raunen ging durch die Menge, und ein oder zwei Frauen schrien auf. Rajiv stolperte zurück und hielt sich stützend an einem anderen Mann fest, als sein Blick auf die verfaulenden, leblosen Augen und die gelblichen, blutigen Arme der Königin fiel.

Für ein paar Sekunden schwiegen alle, dann sprach Alices Vater: »Dr. Protima, wenn dieser Impfstoff in die richtigen Hände käme, könnte es die restlichen Menschen davor bewahren, einer von …« Er suchte nach einer angemessenen Bezeichnung, und sie antwortete: »Ja. Damit wäre sichergestellt, dass sich nie wieder ein Mensch Sorgen um den Virus machen muss. Stellen Sie sich vor, welche Auswirkungen das hätte. Die Menschen könnten sich endlich damit auseinandersetzen, dass wir nicht einfach nur gefährliche Tiere und eine lebensbedrohliche Gefahr sind, die man ausmerzen muss. Was würde das für die Panikmache bedeuten, die ZEUS betreibt, um uns auszurotten und Sie alle unter ihre Kontrolle zu bringen?«

Alice hörte beipflichtendes Gemurmel aus der Menge, und dann sah die Königin sie direkt an.

»Aber da ist noch mehr. Bevor alles außer Kontrolle geriet, arbeiteten wir nicht nur an Impfstoffen, sondern auch an einem Gegenmittel. Wenn ich den Impfstoff in ein Labor bringen kann, wären wir in der Lage, ein Heilmittel zu finden. Ich weiß nicht, wie groß der Hirnschaden bei den Infizierten ist und ob er rückgängig gemacht werden kann, aber es besteht Hoffnung. Alice, ich habe dir erzählt, dass uns meine Prophezeiung einen Ausweg zeigt.«

Niemand der Umstehenden verstand die Bedeutung ihres letzten Satzes, aber alle sahen Alice mit einer Mischung aus Scham und Ehrfurcht an. Sie hatten an ihr gezweifelt und sie abgewiesen, aber nun stand der Beweis, dass sie recht hatte, direkt vor ihnen. Und obendrein hüteten nun alle dieses schreckliche Geheimnis. Die Leute begannen zu reden, jeder hatte eine eigene Idee, was zu tun sei, aber alle waren sich darin einig, dass man dafür sorgen musste, dass der Impfstoff in die richtigen Hände geriet.

Als Nächstes ergriff Alices Vater das Wort, und seine Worte ließen alle verstummen.

»Die Männer, die dafür verantwortlich sind, werden uns nicht einfach so gewinnen lassen. Wir wissen, dass sie Jagd auf Dr. Protima machten, und jetzt sind sie hinter uns her.«

Darauf wusste niemand etwas zu sagen. Alice wollte gerade das Wort erheben, als die Stille von dem Geräusch eines sich nähernden Hubschraubers unterbrochen wurde.

Sieben

Jeder Bewohner ihrer Siedlung, die meisten über die Visiere ihrer Waffen hinweg, beobachteten, wie der schwarze Helikopter am Fuße des Hügels landete, der zu ihrem Dorf führte. Alice hatte ihr Scharfschützengewehr an ihrer Schulter, und obwohl ein paar der jüngeren Kinder etwas von einem Angriff plapperten, wusste sie es besser. Wenn ZEUS sie hätte angreifen wollen, hätten sie das aus der Luft getan. Sie hätten Raketen und Bomben auf sie niedergehen lassen, und Alice und die anderen wären dem hilflos ausgeliefert gewesen. Aber indem man den Hubschrauber an einer derart angreifbaren Stelle landete, signalisierten die Ankömmlinge, dass man in friedlicher Absicht hier war. Zumindest vorerst.

Alice nahm ihr Gewehr herunter und gab den Männern hinter ihr zu verstehen, dass sie nicht einfach wild drauflos schießen und erst auf ihr Signal warten sollten, bevor sie etwas unternahmen. Als sie wieder zurück zu dem Hubschrauber blickte, brauchte sie nicht mehr durch ihr Zielfernrohr sehen, um zu wissen, wer da kam. Der eindrucksvolle massige Körper und der kahle Schädel des Mannes, der nun den Hügel heraufstieg, waren eindeutig.

Wieso kam Appleseed allein? Alice hatte die letzten Tage mit der Angst gelebt, dass er unerwartet zuschlagen würde. Wieso kam er jetzt auf diese Art hierher?

Als er das Tor des Dorfes erreicht hatte, gab Alices Vater den Befehl, es zu öffnen, und Appleseed schritt in die Mitte von zweihundert bewaffneten, vor Angst schlotternden Menschen.

»Gladwell, sagen Sie Ihren Leuten, dass ich keine Gefahr für sie bin. Wie Sie alle sehen können, bin ich unbewaffnet.«

Appleseed hob die Hände, um seinen Worten Nachdruck zu verleihen, aber selbst das trug nicht dazu bei, die Anspannung zu verringern. Jeder hier hatte Alices Geschichte und die Drohungen des Generals gehört, und keiner von ihnen war gewillt, ihm Glauben zu schenken. Appleseed sah sich um, und als er Alice erblickte, lächelte er gezwungen und sagte: »So trifft man sich wieder, junge Dame.«

Alice spuckte in seine Richtung, und ein paar der Umstehenden johlten. Appleseed schien davon unbeeindruckt und sagte an ihren Vater gewandt: »Gladwell, Ihre Tochter ist im Totenland groß geworden, also nehme ich es ihr nicht übel. Aber Sie … Sie waren einmal ein Diplomat. Bestimmt sind Sie in der Lage, sich mit mir an einen Tisch zu setzen und sich auf zivilisierte Art mit einem unbewaffneten Gast zu unterhalten?«

Alices Vater hob die Schrotflinte, die er bei sich trug, und zielte damit wie beiläufig auf Appleseeds wohlgenährten Bauch. »Wer meine Tochter bedroht, ist kein Gast hier.«

Mit einem Mal wich jede Spur von Höflichkeit aus Appleseeds Gesicht. Er zog einen Stuhl heran, setzte sich und sah Alices Vater mit unverhohlener Feindseligkeit an.

»Meinetwegen, dann eben auf Ihre Art. Liefern Sie mir Dr. Protima aus, und Sie können mit Ihrem erbärmlichen Leben weitermachen.«

Für einen Moment waren alle sprachlos, und als Alices Vater etwas entgegnen wollte, schnitt ihm Appleseed das Wort ab. »Verschwenden Sie nicht meine Zeit. Seitdem Ihre Tochter so freundlich war und alles über ihre irre Freundin ausplauderte, habe ich das Dorf von unbemannten Drohnen überwachen lassen. Deshalb weiß ich, dass sie hier ist. Ich will, dass Sie sie mir überlassen. Oh, und gemäß den Statuten des Zentralkomitees haben Sie sich alle des Verrats schuldig gemacht, weil Sie mit dem Feind kollaborierten. Ich könnte Sie alle hinrichten lassen. Stattdessen würde ich mich damit begnügen, dass wir Ihre Waffen konfiszieren und Sie in eine der sicheren Zonen umsiedeln.«

In der Gruppe der Umstehenden regte sich tumultartig Widerstand, und Alices Vater brüllte zornig: »Wir lassen uns von Ihrem Zentralkomitee, diesen reichen Leuten, die sich zusammen mit den chinesischen Tyrannen in ihren Basen verstecken, nichts vorschreiben. Diese Leute herrschen vielleicht über Hunde wie Sie, aber hier haben sie keine Zuständigkeit. Und was Dr. Protima angeht, haben Sie keine Befehlsgewalt hier.«

Appleseed blieb ruhig, denn er wusste, dass er alle Trümpfe in der Hand hielt.

»Es braucht nur einen einzigen Angriff aus der Luft, um Sie alle hier in rauchende Kadaver zu verwandeln. So verlockend das für mich gerade auch sein mag, aber ich brauche diese Hexe lebendig. Und das ist der einzige Grund, warum ich überhaupt noch hier sitze und nicht durch Ihre zu Staub verbrannten Leichen wandere. Das Zentralkomitee muss sicherstellen, dass sie ihre Lügengeschichten nicht weiter verbreitet, und das wir in Erfahrung bringen, wo sich ihre geheimen Stützpunkte befinden. Das ist Ihre letzte Chance, bevor Sie sich ganz offiziell des Verrats schuldig machen.«

Alice bemerkte, wie Rajiv ihren Vater ansah, und fragte sich, ob es hier Leute gab, die Appleseeds Forderungen nachgeben würden. Denn wie viele von ihnen würden schon ihr Leben und das ihrer Familien für eine alte Frau und deren wundersame Geschichte opfern? Ihr Vater dachte wohl genau das gleiche, und er ergriff das Wort, an alle Menschen der Siedlung gerichtet: »Wir haben seit Jahren ein Leben gelebt, dass aus wenig mehr als dem täglichen Kampf ums Überleben bestand. Wir haben unseren Kindern nicht viel mehr beibringen können als zu töten und zu vermeiden, selbst getötet zu werden. All jene von uns, die das Leben aus der Zeit vor dem Ausbruch kennen, wissen, dass es mehr sein kann als das. Ich habe dieses Leben vergessen und mich einem Schicksal ergeben, in dem meine einzige und größte Leistung darin bestand, meine Familie einen weiteren Tag erleben zu können. Aber heute habe ich verstanden, dass es noch Hoffnung gibt. Die Hoffnung, dass das Unheil, das unser aller Leben überrollt hat, rückgängig gemacht werden kann. Die Hoffnung, dass wir eines Tages wieder wie Menschen und nicht wie wilde Tiere leben können. Diese Hoffnung ist es wert, dafür zu kämpfen, und ich werde mich nicht jenen Mächten ergeben, die unser Leben zerstörten. Wenn ihr euch mir nicht anschließen wollt, werde ich diesen Ort mit meiner Familie, denen, die zu mir halten und Dr. Protima verlassen.«

Appleseed schnaubte verächtlich.

»Seine Tochter hat ihm die Ohren mit ihren Märchen verklebt, und diese verwirrte alte Frau bedeutet euch nichts. Wollt ihr wirklich euer Leben für sie wegwerfen?«

Rajiv trat zu Appleseed und sah im in die Augen.

»Als ich noch ein Bänker war und der verdammte Aktienmarkt zusammenbrach, dachte ich, das ist das Ende der Welt. Wenn all das Elend, welches wir erleiden mussten, für etwas gut war, dann dass es mir eine neue Sichtweise eröffnet hat. Ein Gespür dafür, was wirklich zählt, und wofür es sich einzutreten lohnt. Ich bin auf der Seite jener Menschen, die mich in ihrer Mitte aufnahmen, als ich nichts hatte, und mit denen ich Schulter an Schulter jeden Tag gekämpft habe. Sie können sich Ihr Zentralkomitee in Ihren fetten Arsch schieben.«

Wer durch die Ansprache von Alices Vater noch nicht vollends überzeugt war, war es spätestens jetzt nach Rajivs Worten. Die Menge lachte. Alice lief zu Appleseed und tippte ihm auf die Schulter.

»Ich glaube nicht, dass Sie hier noch willkommen sind.«

Er funkelte sie böse an und wollte gehen, als die Königin aus einem der Gebäude trat, in dem sie sich versteckt hielt, und sich neben Alice stellte.

»Warten Sie, General. Ich denke, Sie suchen nach mir.«

Er hielt inne, drehte sich zu ihr um und sprang erschrocken zurück, als sie ihre Handschuhe und ihre Brille abnahm.

»Ich fürchte, für eine verwirrte alte Frau habe ich noch nicht meinen Biss verloren.«

Sie ließ ihre blutigen Zähne auf und zu schnappen. Appleseed stolperte zurück und fiel beinahe hin, als ihm die wahre Natur der Dr. Protima klar wurde, die er nun seit so vielen Jahren verfolgt hatte.

Er rannte förmlich zu dem Tor hinaus, und um Alice ertönte Gelächter. Die Queen sah sich um und sprach in die Runde: »Die Menschen haben ihre Güte noch nicht verloren. Noch besteht Hoffnung.«

Alices Vater rief über die johlende Menge hinweg: »Ruhe! Wir haben genug gefeiert, wir müssen uns vorbereiten.«

»Worauf?«, rief jemand aus der Menge.

»Auf den Angriff, der jeden Augenblick gestartet wird.«

Alice zwang sich so lange hinzusehen, bis die Mischung aus Rauch, der ihr in die Augen wehte, und ihre eigenen Tränen es unmöglich machte, überhaupt noch etwas zu erkennen. Jane zog an ihrem Arm und rief etwas, aber Alice verstand kein Wort von dem, was sie sagte. Alles, was sie hörte, war das prasselnde Geräusch ihres Wohnhauses, in dem sie über ein Jahr gelebt hatte, das vor ihr bis auf seine Grundmauern abbrannte. Und das Geräusch der schreienden Männer. Männer, mit denen sie trainiert hatte, die sie schon ihr ganzes Leben kannte. Darunter ein Mann, den sie von ganzem Herzen liebte – ihr Vater.

Kurz nachdem Appleseed sie verlassen hatte, stellte ihr Vater ein Team aus zwanzig Freiwilligen zusammen. Sie sollten im Dorf bleiben und zum einen die Streitkräfte von ZEUS aufhalten, die mit Sicherheit bereits unterwegs waren, und zum anderen dafür sorgen, dass die Überwachungsdronen nicht bemerkten, dass sie in Wahrheit bereits die Siedlung verließen. Als klar war, dass ihr Vater zurückbleiben würde, hatte Alice geschrien und gebettelt. Doch er hielt nur ihre Hand, während sie weinte, und sagte: »Alice, du musst am Leben bleiben. Dr. Protima und ihr Geheimnis müssen am Leben bleiben. Denke immer daran. Und auch wenn du noch sehr jung bist, musst du jetzt den Rest unserer Gemeinschaft anführen.«

Halb gebückt, halb kriechend bewegten sich die übrigen Menschen durch die engen Abwasserkanäle hinter dem Dorf. Ihr Vater hatte sie vor langer Zeit abdecken lassen, weil er wusste, dass sie ein gutes Versteck oder einen geheimen Fluchtweg boten, und nun benutzten

Alice, ihre Mutter, ihre Schwester, Dr. Protima und die anderen diese Tunnel um in die angrenzenden Wälder zu flüchten. Von dort aus beobachtete Alice, wie der Angriff startete. Drei schwarze Helikopter kamen im Tiefflug und bezogen nur wenige Meter über ihrer Siedlung Stellung. Appleseed befand sich in einem von ihnen und Alice konnte hören, wie seine Stimme dröhnend aus den Lautsprechern klang und er ein letztes Mal anbot, sich zu ergeben. Als keine Antwort erfolgte, seilten sich die ZEUS-Soldaten aus den Hubschraubern ab. Für einen kurzen Moment hatte Alice noch Hoffnung, dass ihr Vater und die anderen Männer es schaffen würden, denn ihre erste Salve streckte mehrere Soldaten nieder. Doch dann wurde ihr klar, wie grausam und gnadenlos Appleseed war. Er hatte den ersten Schwung seiner Männer als Bauernopfer eingesetzt, damit die Rebellen ihre Position verrieten. Drei weitere Helikopter, wendige schnelle Kampfhubschrauber, flogen heran, und überzogen das Dorf mit Raketen und Maschinengewehrfeuer. Der brutale, verlustreiche Angriff endete erst, als mehr als die Hälfte der Gebäude in Flammen standen und die Gewehre der Rebellen verstummt waren.

Eine weitere Welle von ZEUS-Soldaten landete, aber Alice sah, dass ihr Vater noch ein paar Tricks im Ärmel hatte. Mit von Tränen erfüllten Augen beobachtete sie, wie eine Reihe von notdürftig zusammengeflickter Bomben, die hauptsächlich aus mit Benzin gefüllten Kanistern bestanden, explodierten und die ZEUS-Soldaten zwangen, in Deckung zu gehen. Gleichzeitig donnerte mehrmals ein Scharfschützengewehr aus dem zweiten Stock ihres ehemaligen Wohnhauses. Zwei Soldaten fielen zu Boden und standen nicht mehr auf. Vier Soldaten stürmten auf das Gebäude zu, von denen aber zwei weitere von dem Scharfschützen zur Strecke gebracht wurden. Schließlich aber feuerte ein Helikopter zwei Raketen ab, die das Gebäude zerstörten. Alice schrie gequält auf.

Weitere ZEUS-Soldaten betraten die Siedlung und begannen, von Haustür zu Haustür zu laufen. Als klar wurde, dass die meisten Bewohner die Siedlung bereits verlassen hatten, sah Alice, wie sie den über ihnen kreisenden Hubschraubern hektisch Zeichen gaben. Sie wusste, dass sie nicht länger warten durfte. Ihre Kehle brannte, und sie spürte das Verlangen, sich den Männern, die ihren Vater getötet hatten, entgegenzustellen, aber sie rief sich ins Gedächtnis, was er ihr gesagt hatte. Die meisten der kampferprobten Veteranen waren im Dorf zurückgeblieben und hatten es vorgezogen, im Kampf zu sterben, damit ihre Familien eine Chance hatten. Von denen, die geflohen waren, war Alice bis auf wenige Männer, die gute Schützen waren, diejenige, die die meiste Kampferfahrung hatte und sich am besten in den Wäldern auskannte. Sie musste sie jetzt in Sicherheit bringen. Bei ihrer hastigen Flucht hatte sie die Königin aus den Augen verloren und konnte nur hoffen, dass sie die Menschen nicht im Stich gelassen hatte, die so viel opferten, um sie und ihre Sache zu beschützen.

Es war jetzt fast dunkel, und die Helikopter waren nicht mehr zu hören. Das konnte nur eines bedeuten:

Appleseed hatte erkannt, dass es zwecklos war, sie aus der Luft zu verfolgen; jetzt, wo es dunkel wurde und sie sich durch den dichten Wald schlugen. Sie mussten sie zu Fuß verfolgen. Das war Alice ganz recht. Wie die meisten anderen Überlebenden aus dem Dorf hatte sie gelernt, sich hier draußen zurechtzufinden, zu Fuß und im Dunkeln zu kämpfen, mit nichts anderem als den Waffen, die sie tragen konnte. Sie hatte die furchteinflößende Feuerkraft gesehen, die ZEUS aufbringen konnte, aber auch bemerkt, dass sich die Soldaten zu sehr auf die Luftstreitkräfte und deren schwere Waffen verließen. Doch jetzt befanden sich die Soldaten auf ihrer Seite des Spielfelds, und Alice würde sie für das, was sie getan hatten, bezahlen lassen.

Sie wies die Gruppe an, eine Pause einzulegen, und musterte die Überlebenden. Mehr als die Hälfte von ihnen waren Kinder und zu klein, um zu kämpfen, oder zu alt und zu krank. Jeder im Dorf wusste mit einer Waffe umzugehen. Seit dem Ausbruch gehörte das zum Grundlehrplan, den jedes Kind absolvieren musste, wenn es die nächsten Jahre erleben wollte. Aber es war eine Sache, geistlose Biter aus der Ferne auszuknipsen, und eine andere, es mit schwerbewaffneten und gut ausgebildeten ZEUS-Soldaten aufzunehmen. Alice pickte sich ein Dutzend junger Männer und Frauen heraus, mit denen sie bereits zusammen trainiert hatte und von denen sie wusste, dass sie im Nahkampf geübt waren. Sie war die Jüngste von ihnen, aber niemand stellte ihre Autorität infrage. Alice galt schon immer als jemand, deren Kampferfahrung weit über ihr eigentliches Alter hinaus ging, aber durch die Rolle, die sie bei der Aufdeckung des tödlichen Geheimnisses der Biter gespielt hatte, umgab sie einmal mehr die Aura des Besonderen.

Alice wies den Rest der Gruppe an, weiterzugehen. Sie wusste, dass sich in etwa acht Kilometern Entfernung ein paar verlassene Minen befanden, und sie dort die Nacht verbringen würden. Wenn sie es unbemerkt bis dorthin schafften, konnte ZEUS sie aus der Luft unmöglich lokalisieren. Und wenn die Sonne wieder aufging, würde sie versuchen, mit der Königin Kontakt aufzunehmen. Alice hoffte, dass sie ihnen Unterschlupf gewähren würde.

Was dann folgte, war etwas, auf das sich Alice nicht vorbereiten konnte. Sie rief die zwölf jungen Leute zusammen, die mit ihr zurückgeblieben waren, und ließ sie sich in einem Kreis aufstellen.

»Das sind keine Biter. Die laufen nicht blindlings vor den Lauf und lassen sich abknallen. Sie haben bessere Waffen als wir, und sie wissen, wie man damit umgeht.«

»Danke für die inspirierende Ansprache, Boss«, witzelte einer der Jungen.

Alice lächelte und antwortete: »Sie sind keine Biter, aber sie sind Menschen, und deshalb fühlen sie etwas, was die Biter nicht tun.«

»Und das wäre?«

»Angst.«

Alice saß etwa neun Meter über dem Erdboden, von den Ästen des Baumes verborgen, auf dem sie kauerte, und hielt den Atem an. Die anderen waren auf ähnliche Weise versteckt und warteten darauf, dass die Soldaten erschienen.

Zwei Jungs waren als Aufklärer ausgesandt worden, und als sie die ungefähre Route ausgekundschaftet hatten, welche die Soldaten nahmen, gab Alice ihnen den Befehl, sich in Position zu begeben. Das war eine Taktik, die sie schon oft angewendet hatten, und die aus der simplen Erkenntnis resultierte, dass noch nie jemand Biter auf Bäume hatte klettern sehen, so bösartig sie auch sein mochten. Alice hörte die Soldaten, lange bevor sie ihre Schatten in der Dunkelheit sah.

Die trampeln wie schwangere Kühe, dachte sie bei sich, als sie die schweren Schritte und ihre Stimmen hörte. Für jemand wie sie, die auf dem Land aufgewachsen war und von klein an gelernt hatte, was es hieß, sich lautlos und im Schatten zu bewegen, war diese Art der Kriegsführung vertraut. Den ZEUS-Soldaten, die es gewohnt waren, aus der Luft abgesetzt zu werden und von dort Rückendeckung zu bekommen, war das jedoch überaus fremd. Das war die tödliche Schwachstelle, die das Mädchen zu nutzen beabsichtigte.

Als Alice ihr Gewehr auf den Schatten anlegte, der ihr am nächsten war, kamen ihr Zweifel. Das war etwas anderes als auf Biter zu schießen, die sie für leb- und geistlos gehalten hatte. Aber auf andere Menschen zu schießen, Menschen die bluteten, die schrien und um sich schlugen, während sie starben, Menschen, die ZEUS womöglich aus anderen Siedlungen eingezogen hatte …

Doch dann erinnerte sie sich, was sie in ihrem Dorf erlebt hatte, wappnete sich, und eröffnete das Feuer.

Ein einzelner Schuss ertönte, und ein Soldat brach am Bein getroffen zusammen. Er schrie und seine Kameraden blieben stehen und suchten verzweifelt nach den Angreifern, die unsichtbar blieben. Sie trugen Nachtsichtgeräte auf ihren Zielfernrohren, doch die nützten nur dann etwas, wenn man wusste, wo man suchen musste.

Eine Blendgranate rollte auf die Soldaten zu. Sie explodierte, machte ihre Nachtsichtgeräte unbrauchbar und hüllte sie in ein geisterhaftes Leuchten.

Alice und ihre Gefährten feuerten; einzelne, sorgfältig gezielte Schüsse. Der Schusswechsel dauerte weniger als zwanzig Sekunden, und als er vorüber war, lebte keiner der zwölf Soldaten mehr.

Alice pfiff, woraufhin alle von den Bäumen kletterten und den Fluchtweg entlang rannten. Sie würden nicht direkt zu den Minen gehen, um die Soldaten nicht zu der größeren Gruppe zu locken, die dorthin auf dem Weg war, sondern sie ablenken, nach Norden führen, und dann, wenn sie sicher waren, in einem Bogen zurückkehren.

Alice stürmte durch den Wald, ihr Herz schlug wild in ihrer Brust, und lauschte angestrengt den Geräuschen hinter ihr. Mehrere Hubschrauber kreisten über ihnen, und auch wenn diese sie durch das dichte Blätterdach des Waldes nicht ins Visier nehmen konnten, bedeutete es womöglich, dass ZEUS Verstärkung angefordert hatte. Weitere Truppen waren unterwegs, um ihre gefallenen

Kameraden zu rächen, und Alice glaubte zu hören, wie Appleseed Befehle brüllte. Ein Teil von ihr wollte umkehren und sich an ihm rächen, aber sie wusste, dass sie die Aufgabe, mit der sie ihr Vater betraut hatte, nicht ausführen konnte, wenn sie sich auf ein Himmelfahrtskommando begab. Ohne das Überraschungsmoment waren sie den zahlreichen und besser bewaffneten Soldaten hoffnungslos unterlegen. Sie musste den Vorteil der Überraschung wieder auf ihre Seite holen, denn sonst würde niemand von ihnen den nächsten Tag erleben.

Sie konnte in der Dunkelheit unmöglich auf jeden Mann und jede Frau in ihrem Team Acht geben, und als sie ein geeignetes Versteck sah, sprang sie hinter einem großen, umgefallenen Baum in Deckung. Sie pfiff, hoffte dass ihre Kameraden sich bei ihr versammeln würden, und bald darauf huschten sie um sie herum in Position. Schnell ließ sie ihre Kameraden durchzählen, und stellte fest, dass drei von ihnen fehlten.

»Wo sind Rahul, Divya und Chetan?«

Die Antwort folgte nur einen Sekundenbruchteil später, als Gewehrfeuer ertönte. Eine Stimme bettelte um Gnade und wurde durch einen einzelnen Schuss zum Schweigen gebracht. Alice kämpfte gegen ihre Tränen an und dachte nach, was sie nun tun sollte. Sie wusste, wie man kämpfte, hatte sich aber immer darauf verlassen, dass ihr Vater sie anführte und ihnen Befehle gab. Nun fürchtete sie, dass sie der Verantwortung über so viele Leben nicht gewachsen war. Aber bereit oder nicht, sie muste etwas tun, denn die ZEUS-Soldaten kamen näher.

»Okay, wir gehen durch Wassergräben nach Westen, und von da aus zu den Minen.«

Sie machten sich sofort auf den Weg und rannten durch den Wald. Ihre selbst gemachten weichen Sohlen verursachten im Vergleich zu den schweren Stiefeln der Soldaten, die sie verfolgten, kaum ein Geräusch. Alice sah vor sich ein paar Schemen auftauchen und kam rutschend zum Stehen, als einer der Umrisse ein Gewehr hob. »Halt!«

Ihre Warnung kam zu spät. Das Gewehr donnerte los und Alice sah den Jungen neben sich fallen. Er schrie kurz auf, und verstummte.

»Sie sind direkt vor uns!«

Sie ließ ihre Gruppe eilig Deckung zwischen Bäumen suchen, aber jetzt wurde Alice ihr Fehler klar. ZEUS hatte nicht einfach nur Verstärkung eingeflogen, sondern die Wendigkeit der Hubschrauber dazu benutzt, Alice und ihre Einheit einzukesseln. Nun befanden sich Soldaten auf beiden Seiten und kamen näher. Sie hob ihre Waffe und schoss auf den erstbesten Schatten, konnte aber nicht sehen, ob sie getroffen hatte. Die Soldaten, ausgestattet mit Nachtsichtgeräten, hatten diesen Nachteil nicht. Zwei Kugeln schlugen in den Baumstamm, nur Zentimeter von ihrem Gesicht entfernt. Holzsplitter prasselten auf sie ein. Sie schrie, und ging in Deckung. Ihre rechte Wange blutete. Nun drangen von überall Schüsse heran, und sie hatte die Kontrolle über die Situation verloren. Jetzt waren sie keine geschlossene Einheit mehr, sondern nur noch acht oder neun verängstigte Kinder, die sich im Dunkeln einer Übermacht schwerbewaffneter Soldaten gegenüber sahen.

Sie hörte, wie einer ihre Freunde schmerzerfüllt aufschrie, und dann fühlte es sich tief in ihr an, als hätte jemand einen Schalter umgelegt. Ihr Leben war schwer genug gewesen, aber zumindest kannte sie eine liebende Familie, die Geborgenheit, in einer Gemeinschaft von Menschen aufzuwachsen, die für einander einstanden. Sie würde nicht zulassen, dass ihr das alles in nur einer Nacht genommen würde, nur durch die Gier und Grausamkeit einiger Männer. Sie sah vor sich eine größere Truppe ZEUS-Soldaten auftauchen, holte ihre letzte Blendgranate hervor, rollte sie ihnen entgegen und schloss die Augen, als diese explodierte und die Soldaten kurzzeitig blendete.

Sie schwang das Gewehr auf ihren Rücken, nahm die Pistole in die rechte und ihr Messer in die linke Hand und stürmte aus dem Schatten auf die ZEUS-Soldaten los. Der erste Soldat, den sie erreichte, rieb sich noch die Augen. Sie drückte zweimal ab, zielte auf seinen Kopf, denn sie wusste, dass die Soldaten Körperpanzerung trugen, die Treffer kleinerer Waffen abhielt. Als der Soldat zu Boden fiel, stieß sie sich mit der rechten Hand von dessen Rücken ab, sprang über ihn, kam in gebückter Haltung auf und stieß ihr Messer in das Bein eines nächsten Soldaten. Der packte sein Bein, schrie, und sie stand auf und schoss ihm ins Gesicht. Hinter ihr hob ein weiterer Soldat seine Waffe, doch einer ihrer Freunde erschoss ihn.

Alice rettete sich zwischen die Bäume. Sie sah flüchtende Schatten und wusste, dass sie ihren Freunden genug Zeit für eine Flucht verschafft hatte, aber nun war sie allein in der Dunkelheit, und umzingelt von feindlichen Einheiten. Sie hörte Appleseed brüllen: »Du kleine blonde Hexe, zeig dich, und ich lasse dich vielleicht am Leben. Bring uns nicht dazu, dich zu jagen, denn das wird ziemlich unschön für dich enden.«

Alice versuchte, ruhig zu bleiben, aber ihr Atem erschien ihr so laut, dass sie fürchtete, man könnte es durch den gesamten Wald hören. Sie presste sich eng an einen Baum und hörte, wie ZEUS-Soldaten überall um sie herum liefen. Es würde nur eine Frage der Zeit sein, bevor einer von ihnen mit seinem Nachtsichtgerät in ihre Richtung sah und das Spiel vorbei war. Sie überlegte, auf einen Baum ganz in der Nähe zu klettern, als sie neben sich Schritte vernahm. Da war ein Soldat auf der anderen Seite des Baumes. Sie hörte, wie er den Reißverschluss seiner Hose öffnete und sich erleichterte. Sie musste aufpassen, dass sie aufgrund der Absurdität der Situation nicht laut auflachte, und wartete, bis er sich wieder entfernte.

Sie spähte um den Baumstamm herum, um zu sehen, ob die Luft rein war, und schlich dann vorsichtig hinter einen anderen Baum. Es war ein quälend langsamer Vorgang, sich auf diese Art vorwärts zu bewegen, aber wenigstens näherte sie sich so ihren Kameraden. Sie hoffte nur, dass sie nicht auch versuchten, sie zu retten, denn das wäre in Anbetracht der Lage Selbstmord. Alice trat auf einen Ast, und das knackende Geräusch ließ sie das Gesicht verziehen. Doch keiner der Soldaten reagierte darauf. Sie lief weiter. Und dann sah sie sich einem grinsenden Soldaten gegenüber. Der Mann war bestimmt zweimal so groß wie Alice und sah auf sie herab. Im Dunkeln konnte sie das Weiße seiner Zähne sehen. Es war das erste Mal, dass sie aus der Nähe einen Blick auf einen der Soldaten werfen konnte, die sie bekämpften, und sie stellte fest, dass er sich deutlich von den braunhäutigen, früher als Inder bekannten Menschen oder auch den weißhäutigen Menschen wie sie selbst einer war unterschied. Dieser Soldat hatte schmale, schräg stehende Augen und sprach mit einem seltsamen Akzent. Das musste einer der Roten Garde sein, von der die Leute sprachen.

»Hallo, Schätzchen. Bis die anderen hier sind, können wir ja ein wenig Spaß haben.«

Sein grober Fehler war, dass er, als er sie packte, nur ein junges Mädchen allein in einem Wald in ihr sah und nicht einen ausgebildeten Killer, der seinen ersten Biter im Alter von zehn Jahren erschossen hatte. Alice drehte ihm das Handgelenk um, so weit, bis sie ein knackendes Geräusch hörte, und als der Mann vor Schmerzen aufkeuchte, zog sie ihm mit der Rechten den schweren elfenbeinfarbenen Griff ihres Messers über das Gesicht und brach ihm die Nase. Sie verspürte den Drang, ihn zu erschießen, aber das hätte zu viel Lärm verursacht, also lief sie an dem blutspuckenden, heulenden Mann vorbei und hielt auf den nächsten Baum zu.

Da spürte sie plötzlich einen stechenden Schmerz in ihrer linken Schulter, und einen Augenblick später hörte sie den Knall eines Schusses. Der Aufprall der Kugel riss Alice von den Füßen und sie prallte gegen einen Baum. Sie tastete nach ihrer linken Schulter, und als sie ihre rechte Hand zurückzog, war diese mit Blut bedeckt. Es war schwer zu sagen, ob es ein Durchschuss war oder die Kugel noch in ihr drin steckte. Aber das spielte auch keine große Rolle, denn sie wusste, dass sie, wenn sie sich nicht beeilte, zu fiel Blut verlieren und zu schwach sein würde, weiterzulaufen. Sie richtete sich auf, und eine weitere Kugel schlug über ihren Kopf in den Baumstamm. Sie ließ sich wieder auf den Boden fallen und griff nach der Pistole in ihrem Gürtel. Sie zog sie heraus und machte sich bereit; hoffte, dass sie die Chance bekam, wenigstens noch ein paar Soldaten mit in den Tod zu nehmen.

Umrisse näherten sich. Sie trugen Sturmgewehre und die unverkennbare schwere Panzerung der ZEUS-Soldaten. Sie lachten, witzelten herum und gingen offensichtlich davon aus, dass sie sie erwischt hatten. Da sprang plötzlich ein großer Schatten hinter einem Baum hervor, und drehte einem der Soldaten das Genick um. Als die anderen sich herumdrehten und den unsichtbaren Angreifer attackieren wollten, sprangen zwei weitere Schatten hinzu, schlugen sie zu Boden und schlugen ihnen mit bloßen Händen den Schädel ein. Die beiden verbliebenen Soldaten wollten weglaufen, aber der große Schatten packte sie, schlug ihre Köpfe gegeneinander und warf sie beiseite wie ungeliebte Puppen. Als die drei Schatten näher kamen, konnte Alice einen genaueren Blick auf sie werfen. Der große Umriss gehörte einem riesigen Biter, der einen Schlapphut trug. Er starrte Alice nur an, dann hob er langsam einen Arm und grunzte etwas.

Alice, die am eigenen Leib erfahren hatte, dass in der größten Not oftmals Hilfe aus völlig unerwarteter Richtung kommen konnte, griff seine Hand.

Acht

Alice öffnete ihre Augen. Ihre Kehle war ausgedörrt, und sie brachte kaum einen Ton heraus, als sie um Wasser bat. Jemand tröpfelte ihr kühles Wasser über ihre Lippen, das sie gierig aufnahm, dann legte sie ihren Kopf wieder zurück und wurde erneut ohnmächtig. Sie wusste nicht, wie lange sie ohnmächtig war und wo sie war, aber sie erinnerte sich an die Träume, die sie währenddessen hatte. Träume, in den Appleseed ihr Zuhause anzündete, Träume, in denen sie von seltsamen schlitzäugigen Männern in schwarzen Uniformen gejagt wurde, und Träume, in denen Vater ihr erklärte, dass sie am Leben bleiben musste.

Als sie schließlich aufwachte, war Mutter bei ihr. Ihre Mutter, die immer für sie da gewesen war, sah mit den zerzausten Haaren und tränenbedeckten Wangen ausgezehrt und mitgenommen aus.

»Alice! Gott sei Dank geht es dir gut!«

Alice schaffte es, sich aufzusetzen, und sank in die Arme ihrer Mutter.

»Mom, was ist passiert?«

Sie erfuhr, dass sie wegen des hohen Blutverlustes ohnmächtig geworden war und die Königin sie zusammen mit den anderen Überlebenden in die unterirdische Basis hatte bringen lassen. Also hatte sie Alice nicht im Stich gelassen. Im Gegenteil, wahrscheinlich hatte sie ihnen allen das Leben gerettet. Sie war in dem Wald aufgetaucht und hatte die Menschen in einen Tunnel geführt, wo sie sich seit drei Tagen versteckten. Von dort aus sendete sie immer wieder ein paar Biter aus, um Überlebende einzusammeln, die in kleinen Gruppen versuchten, die ZEUS-Soldaten zurückzudrängen. Alice stand auf, lief mit der Hilfe ihrer Mutter ein paar Schritte herum, und sah die große unterirdische Halle, wo man all die Menschen unterbrachte.

Sie hatten sich zu kleineren Gruppen zusammengekauert, und als Alice hereinkam, standen alle auf. Sie sahen schmutzig aus, keiner von ihnen hatte in den letzten drei Tagen eine vernünftige Mahlzeit gegessen oder ein Bad genommen, aber jeder von ihnen lächelte. Manche wollten, dass Alice ihnen die Hand schüttelte, und andere umarmten sie. Ihr Vater mochte ihr aufgetragen haben, diese Leute zu führen, aber durch ihre Taten im Wald hatte sie sich noch etwas anderes erworben: ihr Vertrauen.

Alice blickte zu den offenen Türen am anderen Ende der großen Halle und sah dort einige Biter stehen. Hasenohr war unter ihnen, der Hutmacher auch, und sie alle schienen nur dazustehen und sahen sie an. Ihre Lage hatte eine merkwürdige Eigendynamik entwickelt. Die Menschen wussten, dass sie ihr Leben den Bitern und der

Königin verdankten, und die Biter wussten, dass Alice irgendwie der Schlüssel für ihre Erlösung war, und sie deshalb ihrer Königin gehorchen mussten. Trotzdem wichen beide Gruppen voreinander zurück. Jahre des gegenseitigen Hasses und der Angst ließen sich nicht in ein paar wenigen Tagen ungeschehen machen.

Die Königin erschien hinter den Bitern und Alice trat auf sie zu. Nun, da sie den Menschen ihr wahres Erscheinungsbild gezeigt hatte, machte sie sich nicht länger die Mühe, ihre Brille oder ihre Handschuhe zu tragen. Noch vor wenigen Tagen wäre es für die Menschen undenkbar gewesen, auf so engem Raum mit Bitern zusammengepfercht zu sein, ohne das beide Gruppen versucht hätten, sich gegenseitig auszulöschen, aber sie hatten eingesehen, dass die Welt nicht ganz so war, wie man es ihnen beigebracht hatte.

Die Königin besah sich Alices bandagierte Wunden und schaute ihr dann in die Augen.

»Ich freue mich zu sehen, dass du dich erholt hast. Ich danke euch allen für die Opfer, die ihr gebracht habt.«

Schlagartig fielen Alice wieder ihr Vater und die anderen ein, die nun verloren waren, und sie mühte sich, die Fassung zu bewahren. Sie lehnte an ihrer Mutter und sah eher wie ein zerbrechliches junges Mädchen aus als die Anführerin der Menschen, zu der man sie auserkoren hatte.

»Alice, ich weiss, du hattest eine schwere Zeit, aber wir müssen uns unterhalten. Komm mich doch in meinem Zimmer besuchen, sobald du dazu bereit bist.«

Wenige Minuten später stand Alice vor der Königin, und es wurde klar, welche Sorge die Königin mit sich herumtrug.

Sie konnte in ihrem unterirdischen Versteck problemlos mehrere hundert Menschen unterbringen, aber sie konnte sie nicht mit Nahrung und Trinkwasser versorgen.

»Wir selbst brauchen keine Nahrung oder Wasser, Alice, aber ihr schon. Ich kann auch meine Leute nicht aussenden, um etwas zu holen. Sie würden nicht verstehen, was sie mitbringen sollen.«

Alice dachte an die Jahre zurück, die sie mit Plündern verbracht hatten, in denen sie jagten, hausgemachtes Brot buken, nach wilden Früchten und Beeren suchten, und – wann immer sie lange genug an einem Ort blieben – die gelegentlichen Versuche, Ackerbau zu betreiben. Jetzt, wo ZEUS zweifellos nach ihnen suchte, war es unmöglich, eine derart große Gruppe auf die Suche nach Nahrung loszuschicken, also musste ein kleinerer Trupp nach draußen gehen und Essen und Wasser sammeln. Alice machte sich sofort daran, den Leuten die Aufgabe zu erklären, und nachdem sie alles durchgegangen waren, wunderte es sie nicht, dass mehrere Dutzend Hände nach oben gingen, als sie nach Freiwilligen fragte. Sie wählte vier von ihnen aus, alles Jungen, jeder von ihnen bekannt dafür, schnell und zumindest etwas kampferprobt zu sein. Sie wies sie an, kurz zu warten, und lief zu ihrer Mutter und ihrer Schwester, die in einem Winkel der Höhle ihre Waffen zusammensuchten. Ihre Mutter drückte fest ihre Hand.

»Alice, du musst verrückt sein, in deinem Zustand aufzubrechen. Du hast dich doch kaum erholt!«

Alice sah ihrer Mutter in die Augen und zog sanft ihre Hand zurück. »Mom, ich kann keinen dieser Menschen bitten, da rauszugehen, wenn ich nicht auch gewillt bin, es selbst zu tun. Mach dir keine Sorgen, ich passe auf mich auf.«

Als sie den versteckten Ausgang des Stützpunktes verließen, erkannte Alice, dass die Königin ihn klug gewählt hatte. Der Durchschlupf war unter alten Stahlrohren verborgen. Aus fünfzig Metern Entfernung ließ sich nicht mehr erkennen, dass etwas darunter verborgen lag. Alice trug nur ihre Pistole und das Messer bei sich, und die anderen Jungs waren ähnlich leicht bewaffnet. Ihr Plan war, schnell und beweglich zu sein, denn das Letzte, was sie wollten, war, in einen Kampf zu geraten. Sie liefen in die Wälder, und Alice spitzte die Ohren. Nicht nur der Soldaten wegen, sondern auch, um das Geräusch von Wasser zu vernehmen. Sie wusste, dass hier in der Nähe ein Bach verlief und dies der schnellste Weg war, an Wasser zu kommen. Nach nur ein paar Minuten Suche hörte sie etwas, und lief in die Richtung, aus der das Geräusch kam.

»Wasser!«

Sofort waren die Jungs bei ihr und grinsten breit auf das fließende Wasser hinunter. Drei der Jungen hatten sich Flaschen um die Hüfte geschnallt, die sie jetzt nacheinander füllten. Es würde kaum für alle reichen, aber es war ein Anfang, und Alice beabsichtigte, eine größere Gruppe hinterherzuschicken, wenn sie wussten, dass die

Gegend sicher war. Als Nächstes pflückten sie von den umstehenden Bäumen Beeren und Früchte, und als sie wieder zu ihrem Unterschlupf zurückkehrten, empfing man sie als Helden. Das Abendessen war mehr als kärglich, aber jeder lächelte, und Alice sah, wie etwas aufflammte, von dem sie dachte, dass es mit der Asche ihres Dorfes verloren gegangen war: Hoffnung.

Deshalb war Alice in besonders guter Stimmung, als sich die Königin zu ihr gesellte.

»Wir können nicht ewig so weitermachen. Jetzt, wo uns ZEUS und ihre Befehlshaber auf den Fersen sind, werden sie uns früher oder später zerschlagen.«

Alice war ein wenig erstaunt, dass die Königin so unverblümt ihre Niederlage eingestand.

»Aber ihr wolltet sie doch bekämpfen.«

Die Königin sah sie mit ihren leblosen, roten Augen an. »Das stimmt. Aber wir können einen bewaffneten Konflikt nicht gewinnen. Deshalb habe ich so sehr auf dich gewartet – ein Mensch, der unsere Botschaft und den Impfstoff in die richtigen Hände bringen kann. Mir würde nie jemand Glauben schenken.«

Alices Mutter mischte sich ein. »Sie haben gesehen, wozu ZEUS fähig ist. An wen sollen wir uns denn wenden?«

»Mrs. Gladwell, mir ist natürlich bewusst, dass die meisten ranghohen Offiziere von ZEUS Teil der Verschwörung sind, aber meinen Sie, jeder einfache Fußsoldat ist es auch? Die meisten von denen unterscheiden sich kaum von dem, wie sie noch vor wenigen Tagen waren:

Verängstigte Menschen aus dem Totenland, die wirklich glaubten, die Biter hätten nur ihre Ausrottung im Sinn. Und selbst unter den ranghöheren Offizieren wird es einige geben, die die ganze Wahrheit nicht kennen. An einer Verschwörung dieser Größenordnung wird nicht jeder Einzelne in der Befehlskette beteiligt gewesen sein.«

Als Alice sich schlafen legte, dachte sie über die Worte der Königin nach. Konnte es wirklich wahr sein, dass es da draußen Männer in hohen Ämtern gab, die nicht Teil dieser Verschwörung waren? Bestand vielleicht immer noch Hoffnung?

Ein paar Tage später befanden sich Alice und zwei Begleiter auf einer Erkundungsmission ein paar Kilometer außerhalb der Basis. Alice verstand so langsam, wie schwer es war, sich um die nötige Logistik zu kümmern. Um knapp zweihundert hungrige Münder zu füttern, benötigte man eine Menge Vorräte, und sie mussten sicherstellen, dass sich Nahrungsquellen in der Nähe befanden. Sie erblickte den Hutmacher zwischen den Büschen und wusste, dass die Königin ein paar ihre Biter ausgesandt hatte, um dafür zu sorgen, dass sich keine ZEUS-Soldaten in unmittelbarer Nähe befanden. Trotzdem war es noch nicht möglich, dass Menschen und Biter auf geordnete Art und Weise zusammenarbeiteten. Die Menschen würden wahrscheinlich auf Alice hören, wenn sie ihnen befahl, dass sie mit den Bitern auf ihren Missionen zusammenarbeiten sollten, aber die Biter schienen nur von der Königin Befehle anzunehmen, und Alice wollte nicht riskieren, dass sie sich gegen die Menschen wandten, wenn sie in einen Kampf gerieten.

Nach ein paar Minuten fand Alice einen Bach und befahl den anderen, zurückzukehren, während sie sich ein wenig frisch machte. Sie kniete sich am Ufer nieder und spritzte sich das kalte Wasser ins Gesicht. Sie sah auf ihr Spiegelbild hinab. Sie hatte sich verändert. Die alte Alice hatte immer ein schelmisches Lächeln im Gesicht getragen, war immer auf einen Scherz aus und spielte den anderen im Dorf gern Streiche. Einen Kobold hatte ihr Vater sie liebevoll genannt. Die Alice, die jetzt zu ihr zurückblickte, besaß härtere Gesichtszüge und einen schärferen Blick in den Augen.

Als sich Alice auf den Weg machen wollte, erstarrte sie. Sie hatte Männerstimmen gehört, ganz in ihrer Nähe. Sie war auf einer Lichtung, ohne Deckung und ohne Waffen außer der Pistole und dem Messer. Wenn sich hier eine ZEUS-Patrouille herumtrieb, waren ihre Chancen, lebend aus einem Schusswechsel hervorzugehen, mehr als gering. Sie ließ sich auf den Bauch fallen, robbte auf eine sanfte Anhöhe zu und spähte vorsichtig darüber. Keine drei Meter von ihr entfernt saßen drei vollbewaffnete ZEUS-Soldaten. Sie hatten sie offenbar noch nicht bemerkt, denn sie hatten die Helme abgenommen, ihre Waffen lagen neben ihnen auf dem Boden, und sie aßen eine kleine Mahlzeit. Dem Aussehen nach zu urteilen waren dies Jungen aus der Gegend, und der Verdacht bestätigte sich, als sie sich in jener Mixtur aus Hindi und Englisch zu unterhalten begannen, mit der Alice aufgewachsen war. Einen von ihnen, er schien der Jüngste der Gruppe zu sein und nicht älter als Alice, schien etwas zu beunruhigen.

»Ashok, weißt du, was sich die ganzen anderen Typen erzählen?«

Der ältere und größere Junge, dem die Ansprache galt, spuckte auf den Boden. »Jeevan, wie oft soll ich dir noch sagen, wegzuhören und deinen Mund zu halten? Kapierst du das nicht? Wir haben einen guten Job. Unsere Familien bekommen ihre Rationen und sind in Sicherheit. Erinnerst du dich noch, wie das Leben im Totenland aussah?«

Der dritte Junge, der bislang geschwiegen hatte, sah auf. »Ich denke, er hat recht, Ashok. Wir sind nicht nur für Nahrung und Sicherheit Soldaten geworden, sondern auch, weil wir dachten, wir bekämen so eine Chance, andere Leute zu beschützen und schließlich gegen die Biter zu kämpfen, die uns so viel genommen haben. Wie passt dann aber der Angriff auf eine menschliche Siedlung in dieses Bild?«

Jetzt hatten sie Alices ganze Aufmerksamkeit, denn sie sprachen offensichtlich über die Attacke auf ihr Dorf. Neugierig, was die Soldaten sonst noch wissen würden, kroch sie näher heran und lugte so weit wie möglich über die Anhöhe.

»Naveen, sie sagten, das wären Verräter gewesen.«

Der Junge namens Naveen wirbelte zu dem älteren Jungen herum und sagte unverhohlen zornig: »Verräter? Warum haben unsere Offiziere uns vor der Attacke nichts darüber erzählt? Warum gab es die Erklärung erst hinterher von diesem kahlköpfigen Offizier? Und verrate mir mal eines: Warum haben sie nicht eine ihre Einheiten vor Ort geschickt, sondern die chinesische Rote Garde eingeflogen?«

Mit einem Mal begriff Alice, warum der Soldat, auf den sie gestoßen war, so anders als die anderen ausgesehen hatte. Sie kannte China aus den Erzählungen über die alten Nationen, und wusste von den Vermutungen, dass die Rote Garde die eigentliche Armee der verborgenen Führer hinter ZEUS waren, aber sie verstand nicht, warum ZEUS Truppen von dort einfliegen sollte.

»Diese Truppen sind in Ladakh stationiert, Naveen. Und die Rote Garde besteht eben ausschließlich aus Chinesen.«

»Das ergibt immer noch keinen Sinn, und mir gefällt das Ganze nicht.«

Die Jungs beendeten ihre schnelle Mahlzeit in unangenehmem Schweigen und packten dann ihre Sachen zusammen. Alice kroch den Weg zurück, den sie gekommen war, als sie mit dem Fuß gegen etwas stieß. Sie wirbelte herum und sah einen großen Soldaten, der sich über sie beugte. Sie wollte nach ihrer Pistole in ihrem Gürtel greifen, doch der Soldat brachte im Nu seine Waffe in Anschlag, und Alice starrte in den Lauf eines Sturmgewehrs.

»Jungs, wir haben Gesellschaft.«

Die anderen Soldaten kamen die Anhöhe hinauf gerannt, und dann war Alice von Soldaten umzingelt. Sie stand auf und wendete sich dem jungen Soldaten zu, den sie als erstes sprechen gehört hatte. »Ich habe gehört, wie ihr über das Dorf gesprochen habt, das angegriffen wurde. Ich komme von dort.«

Der große Soldat, der sie gefunden hatte, drehte sie zu sich herum. »Sprich gefälligst zu mir. Ich habe hier das Sagen, und du bist meine Gefangene.«

Er sprach die letzten Worte mit einem leeren Gesichtsausdruck, und Alice wusste sofort, was er vorhatte. Ein Mädchen in ihrem Alter in glücklicheren Zeiten, als die Welt noch nicht in Flammen aufgegangen war, wäre in einer Situation wie dieser sicher vor Angst wie gelähmt gewesen, aber für Alice kamen Instinkt und Training zuerst, und erst dann dachte sie an Angst. Sie trat dem Jungen zwischen die Beine, und er sackte schmerzerfüllt zusammen. Ein anderer Junge versuchte sie von hinten zu greifen, aber sie packte seinen Arm am Ellbogen, drehte ihn herum, sodass er auf die Knie fiel, und trat ihm dann mit dem Knie ins Gesicht. Der Junge fiel mit gebrochener Nase nach hinten um, und Alice sprang über die Böschung und rannte auf die Deckung zwischen den Bäumen zu. Sie hörte, wie hinter ihr Waffen entsichert wurden und bereitete sich auf die Salven vor, die zweifellos folgen würden, als jemand so nachdrücklich und voller Autorität einen Befehl brüllte, dass sie unwillkürlich langsamer wurde und sich umdrehen musste, um zu sehen, wer da sprach.

»Nicht schießen!«

Dewan stand da mit erhobener Waffe. Für eine Sekunde hoffte sie, dass er sie retten würde, doch dann verstand sie, dass seine Waffe direkt auf sie gerichtet war. Ohne sie aus den Augen zu lassen, sagte er zu den Soldaten: »Benutzt ihr Idioten auch mal euer Gehirn? Überprüft eure Kommunikatoren und findet heraus, wen ihr da vor euch habt!«

Alice stand wie angewurzelt da. Sie wusste, dass es keine Möglichkeit zur Flucht gab, ohne dabei erschossen zu werden, als einer der Soldaten ein kleines Gerät aus seiner Tasche zog und darauf blickte. Alle vier Soldaten standen nun in strammer Haltung vor Dewan, der mit seiner Standpauke fortfuhr.

»Sie ist eine gesuchte Terroristin, kein Spielzeug für Idioten wie euch, und ich will sie lebend, um sie ausfragen zu können. Und jetzt zurück in eure Einheiten, ich kümmere mich selbst um sie.«

Nach dieser Standpredigt trotten die vier Soldaten davon, während Dewan mit noch immer erhobener Waffe auf Alice zukam.

»Colonel …«

»Halt die Klappe.«

Die schroffe Antwort Dewans, der bei ihrem letzten Treffen so freundlich und hilfsbereit gewesen war, erschreckte Alice. Er behielt seine Pistole in der linken Hand, zog ein kleines Gerät mit der Rechten hervor und hielt es Alice entgegen. »Sie dir das an.«

Der Bildschirm zeigte ein Bild von Alice mit einer Menge Worten drum herum. Darüber war das Wort »Gesucht« zu lesen. Sie fragte Dewan, was dort noch geschrieben stand.

»Da steht, dass du eine gefährliche Terroristin bist, die wegen Mordes an mehreren Soldaten der Roten Garde gesucht wird, und verdächtigt wirst, mit gewissen Elementen zusammenzuarbeiten, die den Frieden destabilisieren wollen, den das Zentralkomitee so mühsam im Totenland zu etablieren versucht.«

Alice hätte angesichts der Absurdität des Ganzen beinahe laut aufgelacht.

»Kommen Sie schon, Colonel, Sie wissen, dass ich keine Terroristin bin. Haben Sie überhaupt eine Ahnung, was Appleseed getan hat?«

Dewan kam näher, und nun bemerkte Alice, wie verängstigt er aussah.

»Das weiß ich, und deshalb habe ich nach dir gesucht. Ich weiß, dass dieses Terroristen-Ding Unfug ist, aber ich weiß nicht, warum das alles passiert. Als ich hörte, was in deiner Siedlung geschehen ist und dass sie auf der Jagd nach dir sind, bin ich mitgekommen in der Hoffnung, dass ich dich zuerst finde.«

Alice spürte einen Anflug von Erleichterung, aber sie bemerkte, dass Dewan alarmiert schien.

»Der Rest der Einheit wird jeden Moment hier sein. Gibt es einen Ort, wo wir uns ungestört unterhalten können?«

Alice überlegte, ob sie erwähnen sollte, dass ihre Definition von »ungestört« bedeutete, in Gegenwart von zweihundert Menschen und mehreren Bitern zu sein, ließ es aber bleiben. Ihr fiel wieder ein, was die Königin gesagt hatte; darüber, jemanden mit Befehlsgewalt zu finden, der ihnen Glauben schenken würde, und Dewan schien ihre letzte Hoffnung zu sein.

Alice führte Dewan durch einen der versteckten Eingänge zur Basis, der durch ein Loch in einem Baumstamm führte. Als sie den engen Tunnel betraten, blickte Dewan sich um.

»Wie haben deine Leute in nur wenigen Tagen ein so aufwendiges Versteck bauen können?«

Alice schwieg, und wog in Gedanken ab, wann und wie sie die volle Wahrheit über ihre Situation mit Dewan teilen sollte. Sie brauchten ihn an ihrer Seite, brauchten sein Vertrauen, und sie war unsicher, ob es nicht vielleicht noch zu viel und zu früh war, ihm den Ursprung der Biter und die Rolle von ZEUS zu enthüllen. Als sie weit genug in den Tunnel vorgedrungen waren, dass Alice sicher war, von oben nicht mehr gehört zu werden, bat sie Dewan, sich zu setzen.

»Colonel …«

»Du kannst mich einfach Amit nennen.«

»Okay, Amit. Es gibt eine Menge Dinge, die du wissen solltest. Ich weiß gar nicht, wo ich anfangen soll, es hört sich alles verrückt an.«

Dewan legte ihr aufmunternd seine Hand auf die Schulter. Er unterschied sich sehr von ihrem Vater – er war kleiner, sehr viel kräftiger gebaut, und hatte ein kantigeres Gesicht, aber seine Augen strahlten die gleiche Liebenswürdigkeit aus. Alice fiel es leicht, in seiner Gegenwart entspannt zu sein.

»Alice, ich war frisch gebackener Offizier der indischen Armee. Ich hatte eine Freundin, um deren Hand ich anhalten wollte. Ich hatte eine Karriere vor mir. Und von einem Tag auf den anderen brachen mein Leben und meine Welt um mich herum zusammen, und ich musste ums nackte Überleben kämpfen. Ich hielt mich monatelang im Totenland versteckt, lebte von dem, was ich fand, nutzte mein Training in der Spezialeinheit in einer Weise, wie ich es nie für möglich gehalten hätte, kämpfte gegen Biter und menschliche Plünderer gleichermaßen, bis ich von einem ZEUS-Hubschrauber aufgegabelt wurde. Sie waren das erste Anzeichen für Stabilität und Sicherheit in dieser verrückten Neuen Welt, und ich trat ihnen ohne nachzudenken bei. Seitdem diene ich nur einem Zweck – die Monster zu bekämpfen, die so viel Elend verursacht haben, und den Menschen zu helfen, die noch immer da draußen sind. Ich habe deren Handlungen nie infrage gestellt – bis heute. Nach allem, was ich gesehen und erlebt habe, kann nichts, was du mir sagen oder zeigen wirst, zu viel für mich sein.«

Alice wollte etwas entgegen, als sich vor ihr ein Schatten bewegte. Sie erschrak. Es war Hasenohr, der vor ihr stand und sie ansah, als wunderte er sich, warum sie mit einem ZEUS-Soldaten in ihrer Basis war.

»Heilige Scheiße!«

Dewan war aufgesprungen und wollte sein Gewehr in Anschlag bringen. Hasenohr, den die plötzliche Bewegung erschrocken hatte, bleckte die Zähne und zischte, als Alice Dewans Hände ergriff.

»Amit, nicht! Nicht schießen, bitte!«

»Aber, das ist …«

Alice sah ihn an, flehte ihn an.

»Vertrau mir, nur für eine Minute, und komm weiter hinunter. Du wirst mit eigenen Augen sehen, was ich entdeckt habe, und den wahren Grund erkennen, warum Appleseed so plötzlich meinen und den Tod meiner Freunde will.«

Dewan haderte eine Weile mit sich selbst. Sein Training und seine Erfahrung sagten ihm, dass er das Feuer eröffnen sollte, aber gleichzeitig wollte er Alice vertrauen. Als das Mädchen seine Hände losließ, sah sie, wie er ihr kurz einen Blick zuwarf, ihn dann aber sofort wieder Hasenohr zuwendete.

»Alice, wenn du eine Terroristin wärst und meinen Tod wolltest, wäre ich schon nicht mehr am Leben. Deshalb werde ich dir vertrauen, aber nicht diesem – Ding. Eine falsche Bewegung, und blas ihm die Rübe runter.«

Hasenohr knurrte, als Dewan ihn herausfordernd ansah. Mit dem mulmigen Gefühl, nur einen sehr unsicheren Waffenstillstand erzielt zu haben, wanderten die drei den engen Tunnelgang tiefer in die Basis hinab. Als sie die Halle erreichten, wo die Menschen Unterschlupf gefunden hatten, hörte Alice, wie beim Anblick eines ZEUS-Soldaten in Uniform mehrere Waffen durchgeladen und auf ihn gerichtet wurden. Alice trat vor Dewan.

»Bitte, er ist ein Freund. Er kann uns helfen.«

Alle hörten auf Alice, doch hätten Blicke töten können, wäre Dewan längst tot gewesen. Jeder in der Halle musterte ihn mit unverhohlener Feindseligkeit und Verachtung. Alice führte ihn ohne Umschweife direkt zum Raum der Königin, die bereits von ihrer Ankunft gehört haben musste, denn sie war dem Anlass entsprechend gekleidet, trug ihre getönte Brille, die Handschuhe und den Schal, der ihren Körper verdeckte. Als Dewan sie sah, schien er sich an etwas zu erinnern, und er holte sein handliches Gerät hervor.

»Lassen Sie mich raten – in Ihrem System werde ich sicherlich als gesuchter Terrorist geführt, oder?«

Verlegen blickte er die Königin an, die lächelte, dabei ihre rötlich gefärbten Zähne zeigte und Dewan sich fragen ließ, mit wem oder was er es hier eigentlich zu tun hatte.

»Amit, bitte hör dir an, was sie zu sagen hat, und lies die Dokumente, die sie besitzt. Das ist alles, worum ich dich bitte – hör erst einmal nur zu, bevor du etwas sagst.«

Dewan saß einfach nur da, als die Königin ihm ihre Geschichte erzählte, komplett mit allen Dokumenten und schlussendlich mit der Offenbarung, wer sie wirklich war. Alice bemerkte, dass Dewan keineswegs beunruhigt schien von dem, was er hörte oder sah. Tatsächlich wirkte er, als wäre er in Gedanken versunken, beinahe so, als wäre er gedanklich ganz woanders. Als die Königin zum Ende kam, waren alle Augen auf Dewan gerichtet, neugierig, wie seine Reaktion ausfallen würde. Er stand auf, atmete laut seufzend aus und begrub dann sein Gesicht in seinen Händen. Alice machte sich Sorgen, dass er vielleicht kurz davor war, durchzudrehen, und wollte zu ihm gehen, aber er streckte die Hand aus, damit sie stehenblieb. Als er schließlich die Stimme erhob, war diese kaum mehr als ein Flüstern.

»Wenn die Menschen nur verängstigt genug sind, beginnen sie, jede Art von Tyrannei zu akzeptieren. Denn blinder Gehorsam gegenüber unbekannter Herren ist leichter, als sich den bekannten Gefahren zu stellen.«

Alice erkannte, dass Dewan sich etwas von der Seele reden wollte, also trat sie zurück und er fuhr fort, indem er mehr zu sich selbst als zu den anderen im Raum sprach.

»In all den Jahren habe ich nie hinterfragt, wem wir dienten. Ich wusste nur, dass das Zentralkomitee in China gegründet worden war und den Wiederaufbau überwachte, aber ich habe mir nie Gedanken darüber gemacht, wer sie wirklich waren. Hin und wieder traf ich meine Vorgesetzten, und der einzige Befehl, den sie gaben, war immer: Rottet die Biter aus und bringt mehr Menschen des Totenlandes in Siedlungen, die vom Zentralkomitee kontrolliert werden. Wenn sich Siedlungen weigerten, uns beizutreten, wurden wir anderen Aufgaben zugewiesen, und wir sahen, wie Soldaten der Roten Garde aus China eingeflogen und in isolierten Camps in unserer Basis untergebracht wurden, aber wir fragten nie nach, wieso diese Truppen hier waren.«

Er unterbrach sich, blickte zu Alice, und sie sah, wie sich Tränen in seinen Augen bildeten.

»Ich habe gesehen, wie tausende Menschen nach China umgesiedelt wurden. Es gab immer wieder Gerüchte, dass man sie in Sklavenlager brachte, aber ich ignorierte die

Geschichten und redete mir ein, dass das nichts weiter als Verschwörungstheorien waren. Weißt du, was das Witzige an all dem ist, was du mir gezeigt hast?«

Alice schaute zu, wie der Colonel versuchte, sich wieder in den Griff zu bekommen.

»Das Witzige ist, dass sowohl ich als auch viele andere Offiziere das Gefühl hatten, dass etwas nicht stimmte, dass dieses mysteriöse Zentralkomitee all die Dinge nicht aus reiner Herzensgüte tat, und dass wir Herren dienten, deren wahre Gründe nicht immer erkennbar waren. Aber wir hatten erlebt, wie chaotisch und unbeständig das Leben im Totenland war, ohne Autoritäten oder Regierungen, also zogen wir es vor, unsere Augen davor zu verschließen und uns weiter der Illusion hinzugeben, dass wir einfach nur einen gerechten Krieg auskämpften. Aber was du mir heute gezeigt hast, geht weit über diese Realität hinaus – es könnte alles verändern!«

Die Königin hatte Dewan beobachtet und trat nun näher heran.

»Colonel, wir brauchen Ihre Hilfe. Wir wissen, dass wir einen Krieg gegen das Zentralkomitee nicht ewig überleben werden, aber wir benötigen jemanden an deren Spitze, der uns hilft, die Wahrheit zu verbreiten. Gibt es jemanden mit genügend Macht und Einfluss, an den wir uns wenden könnten?«

Dewan schüttelte den Kopf.

»Ich kenne niemanden, und jetzt, wo Appleseed so stark involviert ist, weiß ich nicht, wem man noch trauen kann. Und wie ich bereits sagte: Ich habe noch nie jemanden vom Zentralkomitee zu Gesicht bekommen. Aber wir müssen gar nicht bis ganz nach oben, um eure Nachricht zu verbreiten.«

»Wie meinen Sie das?«

Dewan sah Alice an, während er der Königin antwortete: »Wir fangen ganz unten an, bei den gewöhnlichen Soldaten. Den jungen Männern und Frauen aus den Siedlungen wie der euren hier, die das Rückgrat von ZEUS bilden. Dort bringen wir den Stein ins Rollen.«

NEUN

Einige Menschen hatten sich um Dewan versammelt, als dieser in seinem Rucksack wühlte und ein glattes, flaches Gerät hervorkramte.

»Was ist das?«, fragte Alice.

»Das sieht wie ein Tablet-Computer aus, aber ich habe so was schon seit Jahren nicht mehr gesehen«, erklärte ihre Mutter.

Alice war ohne die vielen technischen Spielereien und Spielzeuge aufgewachsen, welche die Kinder vor dem Ausbruch gekannt hatten, und als sie alt genug gewesen war, um etwas damit anfangen zu können, hatten die Menschen in ihrer Siedlung die meisten ihrer Computer oder Handys bereits verloren oder weggeworfen. Sie lehnte sich über die Schultern ihrer Mutter, um sehen zu können, was Dewan da in seiner Hand hielt. Das Gerät erwachte plötzlich zum Leben. Helle, leuchtende Farben erschienen auf dem Bildschirm. Sie erkannte das ZEUS-

Logo, welches dann einer Reihe von Nummern, Buchstaben und Symbolen wich. Als Dewan eines der Bilder mit dem Finger berührte, erschien eine neue Ansammlung von Bildern und Texten. Für Alice sah das beinahe wie Magie aus.

Ihre Mutter las laut und für alle Umstehenden verständlich vor: »Das Zentralkomitee hat den Beginn der neuen Erntezeit angekündigt, in der sich alle Arbeiter mit Eifer an der Aussaat und der Arbeit auf den Feldern beteiligen, um ein neues Jahr in Wohlstand vorzubereiten. Wie der Vorsitzende Wang erklärte, vollbringt die Rote Garde anhaltend Heldentaten im Totenland Indiens und Amerikas, führt siegreich ihren Kampf gegen die Biter und trägt dazu bei, weitere menschliche Überlebende in den Schoß der Revolution zurückzuführen.«

Alice sah, wie ihre Mutter angewidert den Mund verzog und Dewan anblickte.

»Was soll dieser Unsinn? Kontrollieren die Chinesen jetzt schon alles und jeden?«

Dewan sah sie überrascht an.

»Wussten Sie das nicht? Oh, ich vergaß, Sie und Ihre Leute leben nun schon seit einer Weile unter dem Radar. Ein paar Jahre nach dem Ausbruch, als die Menschen mit dem Wiederaufbau begannen, stellte China die einzige Großmacht dar, die relativ unbeschadet geblieben war. Sie begannen, sich unter dem Zentralkomitee neu zu formieren. Dabei benutzten sie die ehemalige Chinesische Armee als Basis für die spätere Rote Garde, aber heuerten ZEUS an, um im Totenland auszuhelfen.«

Die Königin stand nun hinter Dewan. »Es erscheint mir überaus praktisch, dass der Ausbruch in der Konsequenz dazu geführt hat, dass die Vereinigten Staaten und andere Großmächte verwüstet und weitgehend zerstört wurden, während China sich als Zentrum einer neuen menschlichen Zivilisation erheben konnte. Damals hielt ich den Gedanken der Vereinigten Staaten, China anzugreifen, für Wahnsinn. Jetzt bin ich mir da nicht mehr so sicher. Vielleicht stimmte es, dass die Eliten des Westens, die eine neue Weltordnung anstrebten, gemeinsame Sache mit den Chinesen machten, um diese zu planen.«

Dewan saß schweigend da und dachte darüber nach.

»Sehen Sie, Dr. Protima, ich diente in der ehemaligen Indischen Armee, und wir sahen in China alles andere als einen Verbündeten, aber mir ist nicht klar, warum sie all das hätten tun sollen. Wieso sollte man die ganze Welt zerstören und danach nur über deren Trümmer herrschen wollen?«

Alices Mutter ergriff das Wort: »Colonel, ich habe in meinem früheren Leben in einer Bank gearbeitet, und wir alle erinnern uns noch, wie die Welt damals beschaffen war. Die Märkte schrumpften, und die Vereinigten Staaten standen kurz davor, an ihren Schulden zu ersticken. Überall auf der Welt gab es Proteste gegen die Eliten, die die Welt an diesen Punkt gebracht hatten. Chinas Wirtschaft hingegen boomte, aber China war gleichzeitig der größte Gläubiger amerikanischer Schulden. Wenn das US-System zusammengebrochen wäre, hätte das auch China ruiniert. Wenn man sich dann noch an die wachsenden Forderungen nach mehr Demokratie in China und das zweite Massaker am Tinanmen-Platz von 2012 ins Gedächtnis ruft, fällt es mir nicht mehr allzu schwer zu glauben, dass sie das alles inszeniert haben. Aus meiner Sicht geht es denen gut – vielleicht ja deshalb, weil sie sich darauf vorbereiten konnten. Bei ihnen gibt es noch immer Großstädte, und sie benutzen Sklavenarbeiten aus dem Totenland, um ihre Ernten einzufahren und ihre Leute zu ernähren. Und jeder Überlebende ist so verängstigt, dass er nur allzu gern bereit ist, in jeder Art von Diktatur zu leben, so lange sie ein Mindestmaß an Sicherheit verspricht.«

In Alices Kopf überschlugen sich die Gedanken. Wieso sollte jemand so viel zerstören und so viele unzählige Menschen töten, nur um an der Macht festzuhalten? Sie begann zu verstehen, warum ihr Vater jene Männer hasste, die nach der Macht gierten, und so verbissen dafür gekämpft hatte, ihre Siedlung vor den Klauen von ZEUS und deren Führern zu bewahren. Als sie nun Dewan ansah, entdeckte sie die Zweifel an ihm, jetzt, wo er zum ersten Mal so richtig verstand, welche Rolle er bislang unwissentlich in dieser ganzen Verschwörung gespielt hatte.

Alice setzte sich neben ihn. »Amit, was können wir tun, um deren Armee zu bekämpfen? Kannst du uns helfen, ein paar von uns zu trainieren oder uns vielleicht ein paar bessere Waffen zu beschaffen?«

Dewan schüttelte den Kopf.

»Nein, Alice. Du kannst diesen Krieg nicht mit Waffen gewinnen. Was du bislang gesehen hast, ist nichts, verglichen mit der Feuerkraft, die sie tatsächlich haben. Die Truppen von ZEUS verfügen nur über ihre eigenen Waffen und etwas Luftunterstützung, aber das Zentralkomitee hat Raketen und schwere Bomber. Die würden uns ausradieren, bevor wir auch nur einen Schuss auf sie abfeuern könnten.«

»Was tun wir dann?«

Dewan sprang auf und begann, in dem Raum auf und ab zu laufen.

»Genau das, was ich bereits sagte: Wir müssen dafür sorgen, dass die breite Masse, das Fußvolk der ZEUS-Soldaten die Wahrheit erfährt. Wenn diese erst einmal erkennen, was sie tun und wem sie eigentlich dienen, haben wir mehr Verbündete in unserem Kampf.«

Alices Mutter hielt nun das Tablet in ihren Händen und sah Dewan an. Ein Gedanke formte sich in ihrem Kopf.

»Wir sind von dem Kommunikationsnetz, das ZEUS und das Zentralkomitee nutzen, komplett abgeschnitten. Aber Sie nicht. Wenn Sie uns dieses Tablet überlassen, könnten wir Nachrichten abschicken, die alle ZEUS-Soldaten lesen würden.«

Dewan schien das für keine gute Idee zu halten, denn er schüttelte energisch den Kopf.

»Sie würden das Tablet innerhalb weniger Minuten orten, und wie sollte …«

Plötzlich unterbrach er sich, so als wäre ihm eine andere Idee gekommen.

»Was, wenn ich mein Gepäck im Kampf verloren und

jemand meine Ausrüstung an sich genommen hätte, einschließlich meines Tablets?«

Die Queen verstand, worauf Dewan hinaus wollte und fuhr dazwischen.

»Könnte jeder von uns das Gerät benutzen? Wir haben seit Jahren keinen Computer mehr aus der Nähe gesehen, und dieses Gerät ist sehr viel weiter entwickelt als das, was wir früher kannten.«

Ein Mann trat vor.

»Hey, ich kannte mich früher ziemlich gut mit Technik aus. Ich war Blogger und bin sicher, dass ich damit umgehen kann, wenn der Colonel mir die Grundlagen beibringt.«

»Dann haben wir einen Plan.«

Alice blickte Dewan an.

»Einen Plan? Wir behalten das Tablet hier, finden heraus, wie man damit Nachrichten an die ZEUS-Soldaten schickt, aber was ist mit dir?«

Dewan sah sie an.

»Ich kehre in mein Lager zurück. Gebe vor, ein wildes Feuergefecht überlebt zu haben, und werde dann weiterhin ein loyaler Soldat des Zentralkomitees sein.«

Mehrere Leute redeten durcheinander, und die Königin musste ihre Stimme erheben, um sie zu beruhigen.

»Bitte, lasst ihn ausreden.«

»Aber wie können wir sicher sein, dass er sie nicht hierher führt?«

Dewan drehte sich zu der Stimme um, eine ältere Frau, die bei seinem Blick zurückzuckte.

»Nun, Sie werden mir vertrauen müssen. Ich bin ein großes Risiko eingegangen, auf eigene Faust nach Alice zu suchen. Wäre ich einfach nur meinen Befehlen gefolgt, hätte ich sie gefangen genommen oder umgebracht, als ich sie allein im Wald traf.«

Alice hörte, wie weitere Leute in der Gruppe murmelten, also stellte sie sich vor Dewan und sprach zu der Menge.

»Hört zu, in dieser Sache müsst ihr mir einfach vertrauen. Der Colonel hätte nicht mit mir hier runter kommen müssen. Er hätte mich nicht vor den Männern im Wald retten müssen und ganz sicher hätte er nicht dieses große Risiko eingehen brauchen, mir Vertrauen zu schenken. Ich glaube ihm. Und ich bitte euch, seinem Plan zu folgen, wenn ihr mir vertraut.«

Ihre Worte überzeugten, und als sich die Menge zurückzog und viele der Menschen in der Gruppe ihrem Blick auswichen, fragte sie sich erneut, was aus ihr geworden war. Sie hatte nie eine Anführerin sein wollen und hatte sich ganz sicher nicht um die Verantwortung und die Belastung gerissen, die damit einherging. Aber nun erkannte sie, ob sie es wollte oder nicht, dass alle zu ihr aufsahen. Sie hoffte nur, dass sie es nicht allzu sehr vermasseln würde.

Dewan berührte sie sanft an der Schulter. »Danke, Alice. Es wird nicht zu eurem Nachteil sein, wenn ihr jemanden bei der Gegenseite habt, der euch hilft.«

Nach einer kurzen Verabschiedung nahm Dewan sein Gewehr, ließ aber den Rest seiner Ausrüstung zurück und schlüpfte hinaus in die Wälder. Er drehte sich noch einmal um, um ihr zuzuwinken, dann verschwand er zwischen den Bäumen. Alices Herz raste bei dem Gedanken, ob sie die richtige Entscheidung getroffen hatte, ihn gehen zu lassen, oder ob sie damit alle dem Untergang geweiht waren.

Dewan saß an seinem Schreibtisch und tippte zum dritten Mal seinen Einsatzbericht. Er hatte seinen ersten Entwurf eingereicht, den Appleseed mit über einem Dutzend Fragen zurückgehen ließ. Er hatte sich bemüht, jede Einzelne davon sorgfältig zu beantworten, aber er wusste – egal, was er antworten würde, es würde nichts an der unterschwelligen Skepsis darüber ändern, wie ein Elitesoldat während eines Nahkampfes mit Terroristen in Gefangenschaft geraten konnte und es geschafft hatte, ohne seine Ausrüstung wieder zu entkommen. Sein zweiter Entwurf hatte es bis zum Zentralkomitee nach Schanghai geschafft, und war mit weiteren Fragen und Anmerkungen zurückgekommen. Dewan hatte gehofft, dass man die Sache nicht allzu genau überprüfen würde, aber bei dem Grad von Angst und Paranoia, die Appleseed Alice und den geflohenen Menschen entgegenbrachte, würde er Dewan nicht so ohne Weiteres vom Haken lassen. Dewan war nicht entgangen, dass Appleseed nichts zu der Attacke auf das Dorf gesagt hatte und auch die Königin nicht erwähnte. Wenn Dewan auch nur den kleinsten Zweifel an Alices Geschichte hegte, dann war Appleseeds Verhalten der beste Beweis für deren Richtigkeit.

Das Fenster mit den Benachrichtigungen auf seinem Monitor blinkte und er sah, dass Appleseed ihn zu einer Nachbesprechung in sein Büro beorderte. Als er dort ein paar Minuten später eintraf, sah er zu seiner Überraschung, dass Appleseed mit einem chinesischen General zusammensaß, den er noch nie vorher getroffen hatte. Der schlanke Mann trug auch im Gebäude seine Kappe, und als er aufstand, sah Dewan den roten Stern, der an der Vorderseite prangte. Dewan salutierte, und der Mann erwiderte den militärischen Gruß.

»Rühren, Colonel. Ich bin General Chen vom Zentralkomitee. Ich bin letzte Nacht von Schanghai herübergeflogen, um Sie persönlich zu treffen.«

Sofort war Dewan auf der Hut.

»Sir, Sie hätten mich jederzeit anrufen können. Es tut mir leid, dass Sie wegen mir eine so weite Reise auf sich nehmen mussten.«

Chen lächelte, er zog die dünnen Lippen zurück und Dewan wusste, dass er einem sehr gefährlichen Mann gegenüberstand. »Colonel, Sie hatten in den letzten Tagen einige Auseinandersetzungen mit Bitern und Sie haben diese Konterrevolutionärin dingfest gemacht, dieses Mädchen namens Alice. Wir haben mit einigen Ihrer Kameraden gesprochen, und wie es scheint, konnten Sie sie wieder einfangen, als man sie zuletzt sah.«

Dewan hatte Mühe, sich seine Angst nicht anmerken zu lassen. »Sir, ich hatte sie, aber als ich sie zurückbringen wollte, geriet ich in einen Hinterhalt einiger ihrer Gefolgsleute, und verlor das Mädchen wieder.«

Chen sah ihn ein paar Sekunden lang an. »Ja, Colonel, und so wie es aussieht, haben Sie den Großteil Ihrer Ausrüstung verloren, einschließlich Ihres Tablets.«

»Ja, Sir. Einer von ihnen griff nach meinem Rucksack und zog ihn herunter.«

Chen nahm etwas vom Tisch, und als er Dewan wieder ansah, hielt er ein anderes Tablet in der Hand. Er schaltete es ein und tippte auf den Browser. Als dieser sich öffnete, sah Dewan, wie eine neue Meldung auf der Intranet-Seite von ZEUS erschien. Sein Herz machte einen Sprung, als er die Überschrift las.

Was steckt tatsächlich hinter dem Ausbruch? Erfahren Sie mehr!

»Colonel, das wurde letzte Nacht veröffentlicht. Wir haben vermittels Triangulation den Ursprung irgendwo tief im Totenland ausgemacht, aber als eine unserer Einheiten dort eintraf, war natürlich niemand anzutreffen.«

Als Dewan wahrheitsgemäß angab, dass er die Nachricht noch nicht gesehen hatte, lächelte Chen.

»Natürlich haben Sie das nicht. Sie war nur für etwa fünf Minuten online, bevor wir sie entfernt und Ihren Account gesperrt haben, von dem aus die Nachricht verschickt worden war. Wer auch immer dahinter steckt, wird sich deswegen nicht davon abhalten lassen, neue Accounts anzulegen und es wieder zu veröffentlichen, aber es lässt einen nachdenklich werden. Biter können keine Tablets benutzen, aber ihre menschlichen terroristischen Verbündeten können es. Konterrevolutionäre wie diese Alice.«

Die letzten beiden Worte trafen Dewan unvorbereitet und er verstand, dass er sich auf dünnem Eis bewegte. Alles, was er nun sagte, könnte ihn in ernsthafte Schwierigkeiten bringen.

»Sir, ich habe die letzten vierzehn Jahre damit verbracht, der Sache zu dienen, für die wir alle kämpfen, und ich möchte Ihnen in jeder erdenklichen Art helfen.«

Chen entließ ihn, nicht ohne den Hinweis: »Colonel, vielleicht werde ich eines Tages auf Ihr Angebot zurückkommen.«

Dewan kehrte mit pochendem Herzen zu seinem Schreibtisch zurück. Er wusste, dass seine Geschichte alles andere als wasserdicht war, und die Anwesenheit von Chen zeigte, wie ernst das Zentralkomitee die Bedrohung nahm. Die Medien und das, was man vom Internet herübergerettet hatte, wurden streng kontrolliert, und darüber hatte sich nie jemand ernsthaft beschwert. Ein weiteres Beispiel, in dem man Demokratie gegen Sicherheit eingetauscht hatte. Aber zum allerersten Mal war jemand in dieses sorgfältig überwachte Informationsnetz eingedrungen.

Etwas später ging er zum Abendessen in die Cafeteria und traf dort auf einige Soldaten. Er nahm neben ein paar jungen Rekruten Platz, und obwohl diese sofort verstummten, als er sich setzte, hatte er bemerkt, dass sie sich bis eben noch in einer angeregten Unterhaltung befunden hatten. »Also, Jungs, worüber habt ihr gesprochen?«

Einer der Soldaten sah sich um, so als ob er Beistand von seinen Kameraden suchte, dann blickte er Dewan an.

»Es ist nichts, Sir, nur ein paar lächerliche Gerüchte, die jemand aufgeschnappt haben will.«

Dewan wurde von seinen Männern stets gemocht, nicht zuletzt, weil er immer ein offenes Ohr hatte und man auf ihn zählen konnte, wenn man Hilfe brauchte. Viele seiner Männer waren kaum mehr als junge Burschen, die man im Totenland aufgelesen hatte, und Dewan hatte mit ihnen trainiert und nicht selten im Kampf ihr Leben gerettet. Er blickte zu einem jungen Soldaten, den er gut kannte.

»Satish, worum geht es bei diesen Gerüchten?«

Dem jungen Soldaten schien es schwerzufallen, mit der Sprache herauszurücken.

»Sir, so wie es aussieht, hat jemand Ihren Account gehackt und letzte Nacht irgendwelches Zeug über den Ausbruch gepostet. Ein paar Leute haben das wohl gelesen, und erzählen jetzt die wildesten Geschichten.«

Dewan musste sich zwingen, nicht zu grinsen.

»Ich hörte, dass ein paar Bastarde meinen Account gehackt haben. Was haben sie gepostet?«

Ein anderer Soldat ergriff das Wort, schien aber zu ängstlich, seine Worte laut auszusprechen.

»Irgendetwas darüber, dass der Ausbruch von menschlichen Regierungen ausgelöst wurde und China hinter der ganzen Sache steckt.«

Nun, da das Thema angeschnitten worden war, ergriff wieder ein anderer Soldat etwas selbstbewusster das Wort: »Ich habe außerdem gehört, dass es darum ging, was all die Leute in den Kolonien im Totenland für sie tun müssen. Dass es nicht viel mehr als Sklavenarbeit sei. Sir, das mögen alles Lügen sein, soweit es mich betrifft, aber warum sollte jemand plötzlich so etwas erfinden und in unserem Netzwerk verbreiten?«

Er verstummte augenblicklich, als ein ganzer Trupp Rotgardisten in die Cafeteria kam und sich an einen angrenzenden Tisch setzte, weshalb sie ihr Abendessen schweigend beendeten, aber Dewan frohlockte innerlich trotz der Angst, die er bei dem Treffen mit Chen verspürt hatte.

Sein Plan begann zu funktionieren. Nun lag es bei Alice und ihrer Gruppe, die Sache weiter voranzubringen. Mit Chen und seinen Rotgardisten vor Ort würden sie es weiß Gott nicht leicht haben.

»Nikhil, beeil' dich!«

Alice knirschte frustriert mit den Zähnen, weil Nikhil so lange brauchte, die neueste Nachricht hochzuladen. Sie verstand nur wenig von der ganzen Technik, aber sie wusste, dass die Rote Garde binnen weniger Minuten herausfinden würde, von wo die Nachricht abgeschickt worden war und sie ihre Soldaten losschicken würden. Bis jetzt hatten sie in der vergangenen Woche zwei Nachrichten abgesetzt. In beiden Fällen hatten sie sich weit von ihrer Basis entfernt, waren die ganze Nacht durch die Wälder gestreift, hatten die Nachricht hochgeladen und sich dann wieder auf den Rückweg gemacht. Alice hatte keine Ahnung, ob jemand die Nachrichten überhaupt las oder welche Auswirkungen sie haben würden, aber Nikhil war sich sicher, dass das Zentralkomitee alles daran setzen würde, die Meldungen zu löschen oder zu blockieren. Nikhil war über fünfzig und anders als die meisten Männer ihrer Siedlung. Er war von schlanker Statur und trug eine zerbrochene Brille, die notdürftig von Klebeband zusammengehalten wurde. Vor dem Ausbrauch war er angeblich ein Blogger gewesen, auch wenn die anderen älteren Leute darauf beharrten, dass er eher ein Hacker war. Alice wusste nicht genau, was diese Worte bedeuteten, aber sie wusste, dass er das Tablet bedienen konnte, das Dewan zurückgelassen hatte, und dass er bereit war, mit ihr die gefahrvolle Reise durch die Wälder zu unternehmen.

Um das Risiko, entdeckt zu werden, so gering wie möglich zu halten, hatten nur sie beide sich auf den Weg gemacht. Auf diese Weise war es zwar leichter, unentdeckt zu bleiben, aber es bedeutete auch, dass ihre Chancen gleich Null waren, würde man sie entdecken. Alice war bis an die Zähne bewaffnet. Nikhil trug zwar eine Pistole bei sich, aber Alice war nicht sicher, ob er überhaupt wusste, wie man diese richtig benutzte. Und als ob das nicht schon schlimm genug war, saß er nun schon seit über fünfzehn Minuten über das Tablet gebeugt und murmelte etwas über Firewalls. Die Meldung, die er gerade hochlud, war eine detaillierte Beschreibung in der Ich-Form über Appleseeds Rolle bei der Zerstörung ihrer Siedlung, basierend auf Alices Geschichte. Es war riskant, sie persönlich zu erwähnen, aber sie waren zu dem Schluss gekommen, dass es die Geschichte glaubhafter machen würde, wenn man sie mit einem Gesicht versah, anstatt sie anonym abzusenden. Zudem galt Alice als gesuchte Terroristin, und auf diese Weise würde es Zweifel in den Köpfen der ZEUS-Soldaten säen, wer hier wirklich der Feind war.

Schließlich richtete er sich auf und warf Alice einen triumphierenden Blick zu.

»Geschafft! Und dieses Mal habe ich gewartet, um zu sehen, ob es irgendwelche Antworten gibt, um sicher zu sein, dass auch jemand unsere Nachrichten liest.«

Alice erstarrte.

»Du hast gewartet? Du weißt, dass sie jeden Moment hier sein können. Lass uns von hier verschwinden!«

Nikhil zögerte und reichte ihr das Tablet.

»Sieh dir das an.«

Weil sie wusste, dass dieser Krieg gleichsam mit Worten wie mit Kugeln geführt werden musste, hatte Alice schließlich ihre Mutter gebeten, ihr das Lesen beizubringen, und frischte seitdem ihre Kenntnisse auf. Es gab nur eine Antwort auf Nikhils Meldung, aber sie war kurz genug, um Alices Lesekompetenz nicht allzu sehr zu überfordern.

Ein ZEUS-Soldat hatte geschrieben: *Deswegen wimmelt es also mittlerweile überall von Rotgardisten.*

Alice wusste, dass der Schreiber dieser Antwort mit großen Schwierigkeiten rechnen musste, jedoch war es ein kleiner, aber wichtiger Beleg dafür, dass ihre Nachrichten zu den ZEUS-Soldaten durchdrangen und erste Zweifel in ihren Köpfen säten. Als Nikhil das Tablet ausschaltete und in seinen Rucksack stopfte, hörte Alice das dumpfe Dröhnen herannahender Hubschrauber.

»Nikhil, los doch! Sie sind jeden Moment hier!«

Die Sonne war gerade erst aufgegangen, und Nikhil hatte die Nachricht zeitlich so abgesetzt, dass sie die Aufmerksamkeit von jedem ZEUS-Soldaten erregen würde, der bereits wach war, aber noch etwas Zeit hatte, bevor die morgendlichen Exerzierübungen begannen. Das war eines der vielen Details, mit denen Dewan sie versorgt hatte, und die dabei halfen, die Meldungen mit den Pausen der Soldaten abzustimmen, in denen diese mit einiger Sicherheit auf ihren Tablets herumsurften.

Alice und Nikhil stürmten in den Wald, als der erste Hubschrauber am Horizont erschien. Alice drehte sich um und sah, dass es sich um zwei windschnittige Kampfhubschrauber und einen größeren Truppentransporter handelte. Als die ersten Rotgardisten am Boden waren, befanden sich Alice und Nikhil bereits einen Kilometer voraus, und eilten so schnell sie konnten durch den Wald. Alice wusste aus früheren Begegnungen mit der Roten Garde, dass diese sie sehr wahrscheinlich flankieren und versuchen würde, sie in eine Falle zu treiben. Anstelle des Pfades, der zu der Straße führte, welcher sie zurück zu ihrer Basis folgen mussten, wandten sie sich daher nach rechts und rannten durch den Wald, bis sie zu einer Lichtung kamen. Alice erkannte die Überreste alter Gebäude. Nikhil hatte ihr erzählt, dass das früher mal eine schicke Vorstadtsiedlung gewesen war, und dass einige der bewaldeten Flächen, durch die sie gerannt waren, einmal Teile von Farmland der Eliten gewesen waren. Diese Art von Welt war ihr völlig fremd, aber sie war dankbar für die Deckung, welche die Häuser abgeben würden. Sie stürmten in ein altes Wohnhaus und eilten die Treppen hinauf. Im zweiten Stockwerk hielten sie inne und sahen nach ihren Verfolgern, aber es gab keine Anzeichen von ihnen.

Alice entspannte sich ein wenig und schaute sich neugierig um. Für jemanden, der den größten Teil seines Lebens im Freien verbracht hatte, war es schwer vorstellbar, in diesen Betonhüllen zu leben. Aber andererseits war für die früheren Bewohner ein schneller Fluchtweg keine Priorität gewesen, sonst hätten sie vielleicht länger während des Ausbruchs überlebt. Das Wohnhaus war ganz offensichtlich verlassen, und als sie von Wohnung zu Wohnung liefen, fanden sie nur wenig, was von Interesse war. Gebäude wie diese waren schon vor Jahren geplündert worden. Als Alice eine der Wohnungen betrat, sah sie etwas Kleines in einer Ecke liegen. Es war eine weibliche Figur mit halb verbrannten blonden Haaren.

»Nikhil, was ist das?«

»Das, Alice, war eine Barbiepuppe. Damit haben die Mädchen gern gespielt.«

Alice warf die Puppe beiseite und fragte sich, wie Mädchen jemals genug Freizeit gehabt haben konnten, um herumzusitzen und mit albernen kleinen Figuren zu spielen. Sie sah aus dem Fenster und erstarrte. Ein Dutzend oder mehr Rotgardisten waren dort draußen und liefen, die Waffen schussbereit, an dem Wohnhaus vorüber. Sie bedeutete Nikhil, in Deckung zu gehen, und beobachtete die Männer. Einer von ihnen sprach in ein kleines tragbares Funkgerät, und als Alice nach oben in den Himmel blickte, erspähte sie die schwache Kontur von etwas Schwarzem, dass über ihnen schwebte. Das musste eine von den Drohnen sein, die Appleseed erwähnte, dachte Alice und fragte sich, ob man sie auf ihrem Weg in das Gebäude bereits entdeckt hatte. Die meisten der Wachmänner liefen an ihnen vorbei, und Alice wollte schon erleichtert aufatmen, als einer von ihnen anhielt und zurück zu dem Wohnhaus blickte. Alice duckte sich, der Mann hob das Gewehr an die Schulter, blickte durch das Zielfernrohr und feuerte aufs Geratewohl eine Kugel ab.

Das Projektil schlug außen in der Wand ein, hinter der sich Alice und Nikhil versteckten, und sie warteten eine Minute oder länger, hofften, dass der Wachmann weitergegangen war. Als Nikhil sich vorsichtig aufrichtete, ließ eine weitere Kugel das Fensterglas zersplittern. Nikhil tauchte nach rechts ab, und auch ohne die bellenden Befehle des Rotgardisten an seine Männer zu verstehen, wusste Alice, dass die plötzliche Bewegung sie verraten hatte. Binnen einer Sekunde war Alice am Fenster, das Gewehr im Anschlag, und feuerte auf den ersten Rotgardisten, der sich dem Haus näherte. Ihre Kugeln wirbelten um die Männer herum Staub auf, und sie sah, wie einer von ihnen zu Boden ging. Bevor sie ein neues Ziel ausmachen konnte, eröffneten die Gardisten das Feuer. Das Fenster zersplitterte, und es regnete Glasscherben. Sie waren in der Unterzahl, und es war aussichtslos, siegreich aus diesem Gefecht hervorzugehen.

Alice sah, wie sich Nikhil gegen die Wand presste, und seine Hände, die die Pistole umklammerten, zitterten unkontrolliert. Als sie die Lage abwägte, kam ihr eine Idee.

»Nikhil, halte einfach deine Pistole aus dem Fenster und schieß auf sie. Du musst nicht mal zielen, halt sie einfach hinaus, drück alle paar Sekunden ab und lass dich bitte nicht umbringen.«

Er lächelte ein wenig, als sie das Gewehr nahm und aus der Deckung und die Stufen hinab rannte. Alice hörte das Ploppen aus Nikhils Pistole, das sofort von einer überwältigenden Maschinengewehrsalve der Rotgardisten beantwortet wurde. Sie umrundete die Ecke im Flur und kletterte aus einem offenen Fenster, das einmal als Notausstieg gedient hatte. Geduckt kroch sie auf die enge Feuertreppe hinaus und sah die Gardisten, vier von ihnen, die von Deckung zu Deckung eilten, während ihre Kameraden mit verheerenden Salven das Fenster eindeckten, hinter dem sich Nikhil versteckt hielt. Sie war beinahe hinter den Rotgardisten angelangt, und diese hatten sie noch nicht bemerkt. Alice stellte ihre Waffe auf Einzelschussmodus, um keine Kugeln zu verschwenden, und zielte sorgfältig auf die Gardisten, die sich dem Gebäude näherten. Ihr erster Schuss traf einen der Soldaten am Hals und tötete ihn sofort. Bevor die anderen sich versahen, ging auch ein Zweiter zu Boden. Als die Gardisten sie erspähten und ihr Offizier, ein großer dünner Mann, seinen Männern Befehle zuschrie, sackte der dritte Gardist in sich zusammen.

Alice zog sich in den Korridor zurück. Kugeln prasselten gegen die Treppe, auf der sie sich noch vor wenigen Sekunden befunden hatte. Neun Rotgardisten waren noch übrig, und obwohl sie es geschafft hatte, ihnen eine unschöne Überraschung zu bieten, standen die Chancen immer noch gegen sie. Alice zog sich nach oben zurück, wo Nikhil auf sie wartete.

»Hab ich jemanden getroffen?«

Trotz der angespannten Situation lächelte sie.

»Nikhil, du solltest besser bei deinem Tablet bleiben.«

Sie spähte aus einem anderen Fenster und sah, dass sich die Gardisten wieder dem Gebäude näherten. Alice hob ihr Gewehr. Sie würde nicht einfach kampflos aufgeben. Doch in diesem Moment stürmte ein dunkler Umriss mit einem Hut auf dem Kopf aus dem Wald, packte den nächstbesten Rotgardisten, drehte ihm das Genick um und warf den Körper achtlos beiseite. Dann brachen weitere Biter aus den Büschen hervor, und Alice sah, wie ein Soldat der Roten Garde einem von ihnen in den Kopf schoss, bevor er auf das Wohnhaus zurannte. Vollkommen überrumpelt und in der Unterzahl hatten die Rotgardisten kaum eine Chance, und bevor sich der Hutmacher zu voller Größe aufrichten und einen Schrei ausstoßen konnte, waren bereits zwei oder drei weitere Soldaten getötet worden. Die anderen Biter verstanden seinen Ruf und die verbliebenen Rotgardisten wurden gebissen, aber nicht getötet. Der Offizier, der sich dem Wohnhaus näherte, hob seine Waffe und zielte direkt auf den Hutmacher, der sich nun auf ihn stürzte. Der Offizier war kurz davor, den Abzug zu drücken, als eine einzelne

Kugel aus Alices Waffe ihn am Hals traf und er zusammenbrach. Der Hutmacher starrte mit seinen ausdruckslosen roten Augen nach oben und sah Alice am Fenster stehen.

Alice war noch nie zuvor so froh gewesen, ein paar Bitern zu begegnen, und als sie und Nikhil hinab liefen, sahen sie die vier Gardisten, die gebissen worden waren, nun zuckend am Boden liegen, als hätten sie einen schweren Anfall. Dann setzten sie sich auf, alle Spuren von Menschlichkeit waren aus ihren Augen gewichen, und das Blut aus ihren Bisswunden lief an ihren Körpern hinunter. Sie starrten Alice und Nikhil an. Einer von ihnen zischte und wollte sich auf sie stürzen, aber der Hutmacher verpasste ihm einen harten Schlag und brüllte etwas. Alice verstand nicht, was er sagte, aber es schien klar zu sein, wer das Sagen hatte, denn als sie sich auf den Rückweg durch den Wald zu ihrer Basis machten, versuchten die frisch verwandelten Biter nicht mehr, auf sie loszugehen. Nachdem sie ein paar Minuten gerannt waren, drehte Alice sich um, und sah, dass der Hutmacher und die anderen Biter ihnen folgten. Und mit etwas Abstand auch die neuen Konvertierten.

Alice lächelte, und Nikhil fragte sie, was so lustig war, wo sie doch eben noch dem Tod von der Schippe gesprungen sind.

»Als der Colonel meinte, dass wir ZEUS-Soldaten auf unsere Seite ziehen sollten, hatte er sicher etwas anderes im Sinn.«

ZEHN

»Dreihundert?«

Chens rhetorische Frage ließ Appleseed blass werden. Eines hatte er von seinem chinesischen Vorgesetzten gelernt: Wenn er Fragen stellte, erwartete er nur selten eine Antwort. Für gewöhnlich fällte er damit eher ein Urteil, und in diesem Fall wusste Appleseed, dass dieses Urteil für ihn tödlich ausfallen konnte. Appleseed war Berufsoffizier in der ehemaligen US-Armee gewesen, und als er in Afghanistan stationiert wurde, waren ein paar seiner alten Berater an ihn herangetreten und hatten diverse Geheimprojekte erwähnt, bei denen sie seine Hilfe brauchten. Zu diesem Zeitpunkt schien ihm die Million Dollar in bar die Geheimniskrämerei wert, mit der er zu tun hatte, und inmitten des Ausbruchs dachte er wirklich, dass er auserwählt war, diese Plage als einer der Eliten zu bekämpfen. Fünfzehn Jahre später war er nicht mehr sicher, wem oder welcher Sache er wirklich diente. Das Geld war längst nichts mehr wert, aber er hatte eine Frau und drei Kinder.

Er wusste, dass es nur einen Befehl Chens brauchte, um ihn mit einem Schlag auf das Level all der Millionen anderen Sklavenarbeiter zu befördern, die in den Camps schufteten und starben, welche die verheißungsvolle neue Weltordnung aufrecht erhielten, die das Zentralkomitee ankündigte. Die einzige Währung, die er kannte und die noch etwas galt, war Macht, und er beabsichtigte, daran festzuhalten.

Appleseed drückte den Rücken durch und sah Chen an. »Ja, Sir. In der letzten Woche hatten wir mehr als dreihundert Fälle von Fahnenflucht zu verzeichnen.«

Appleseed sah, wie sich Chens bleiches Gesicht verdunkelte und sich seine Fäuste rot färbten, als er mit ihnen seinen Stuhl umklammerte.

»Das, General, ist genau das Problem, wenn man die Besetzten ihr eigenes Territorium führen lässt.«

Appleseed biss sich auf die Zunge. Er wusste, wie schwer die chinesische Rote Armee von Vergeltungsschlägen der US-Atomstreikkräfte in den Tagen nach dem Ausbruch getroffen worden war. Und auch wenn es in den ehemaligen Vereinigten Staaten von Amerika etwas besser lief als im asiatischen Totenland, das er überwachte, gab es doch anhaltenden erbitterten Widerstand von Gruppen amerikanischer Guerilla-Kämpfer, welche die Rote Garde langsam ausbluten ließen. Er wusste, dass Chen und seine chinesischen Vorgesetzten jeden Aufruhr in Asien im Keim erstickt sehen wollten, und dass sie darauf vertrauten, dass er dafür sorgte. Das war die wichtigste Quelle seiner Macht. In den vergangenen fünfzehn Jahren hatte er mit eiserner Faust über das asiatische Totenland regiert, das Ergebnis umfangreicher Erfahrungen, die er vor dem Ausbruch in Afghanistan gesammelt hatte. Die Bekämpfung von Aufständischen war das glühende Fundament, das ihm half, die Zahl der Biter zu dezimieren und die meisten verbliebenen menschlichen Siedler zurück in den Schoß des Zentralkomitees zu führen. Natürlich nur so lange, bis dieses dumme Gör namens Alice auftauchte und die ganze Sache außer Kontrolle zu geraten drohte. Er spürte eine nur allzu bekannte Regung in sich, als er daran dachte, wie er mit dem Mädchen allein war. Im Geiste war er ein Soldat, der seine Pflicht tat, aber es gab dunkle Momente und dunkle Triebe, denen er sich bewusst nicht gern stellte. Tief in seinem Innersten genoss er die Macht, die er über andere hatte, die Macht, sie seinem Willen zu unterwerfen, die Macht, sie betteln zu lassen. Er rief sich all den Ärger ins Gedächtnis, den ihm diese Alice beschert hatte, und schwor sich, dass er sie um Gnade flehen lassen würde, wenn er das nächste Mal mit ihr allein wäre.

In den letzten zwei Wochen hatten ihre Schergen das ZEUS-Intranet mit durchschnittlich mehr als drei Nachrichten am Tag bombardiert, und obwohl Chen Technikexperten aus Schanghai einfliegen ließ, die jede Nachricht innerhalb weniger Minuten löschten, zeigten die aufrührerischen Meldungen langsam Wirkung. Die größten Verluste an Rekruten waren in den Siedlungen im Totenland des ehemaligen Indiens zu verzeichnen, und die Desertionen nahmen zu. Alle Bemühungen, die Absender der

Nachrichten ausfindig zu machen, hatten sich als nutzlos erwiesen, und alle Anstrengungen, zurückzuschlagen, hatten ihnen außer erheblichen Verlusten wenig eingebracht.

»Fünfundachtzig Rotgardisten sind in einer Woche gestorben. Klingt das für Sie nach etwas, dass das Zentralkomitee tolerieren wird?«

Appleseed stellte Dewan diese theoretische Frage auf die gleiche Art, wie Chen seine Fragen an ihn stellte, und es machte ihn wütend, dass Dewan scheinbar teilnahmslos vor ihm stand.

»Verdammt noch mal, Colonel! Sie patrouillieren seit Jahren in dieser Gegend. Erzählen Sie mir nicht, dass Sie keine Ahnung hätten, wo diese Leute stecken.«

Dewan sah Appleseed direkt in die Augen und wartete ein paar Sekunden, bevor er antwortete, so als würde er nach der besten Formulierung suchen.

»Sir, General Chen besteht darauf, Rotgardisten direkt aus Tibet oder China einfliegen zu lassen. Männer, die nichts über die Gegend oder die ansässigen Menschen wissen. Deshalb tappen sie von einem Hinterhalt in den nächsten. Wenn man mir und meinen Männern freie Hand ließe, würden wir bessere Ergebnisse erzielen.«

Appleseed drehte sich wütend zu Dewan um.

»Colonel, der Grund, warum er das tut, ist, weil er sich nicht mehr sicher sein kann, welchen seiner Truppen vor Ort er noch vertrauen kann. Ich hoffe, ich muss Sie nicht erst an die zahlreichen Desertionen in den letzten Wochen erinnern.«

Dewan überlegte, wie er darauf antworten sollte, und

als er es wusste, bemerkte Appleseed, dass der Colonel ihm dabei nicht in die Augen blickte.

»General, die Leute wissen nicht mehr, was sie glauben sollen. Die Absender im Totenland verschicken Nachrichten, die alles infrage stellen, was wir sind oder was wir tun. Das Zentralkomitee hat bislang noch keine schlüssigen Gegenargumente vorgebracht, außer diese Nachrichten zu zensieren und die Rote Garde an die Orte auszusenden, von wo aus die Nachrichten angeblich hochgeladen wurden.«

»Colonel, ich hoffe, Sie sind sich darüber im Klaren, dass solche Äußerungen über das Zentralkomitee an Hochverrat grenzen.«

Appleseed bemerkte, dass Dewan die unterschwellige Drohung nicht zu berühren schien, und ihm kam eine Idee. »Colonel, würden Sie mir beipflichten, dass jeder, der nicht in den anerkannten Siedlungen lebt, zumindest als Sympathisant angesehen werden muss, wenn nicht sogar als aktiver Kollaborateur mit den konterrevolutionären Kräften innerhalb der Menschen, und deshalb kaum mehr Mitgefühl als diese Biter verdient?«

Dewan war sprachlos angesichts des Jargons, den sich Appleseed von Chen und seinen chinesischen Vorgesetzten geborgt hatte, und sein Zögern ließ Appleseed fortführen: »Ich gehe weiterhin davon aus, dass diese Alice und ihre Anhänger sich nicht so ohne Weiteres frei im Totenland bewegen könnten, wenn die verbliebenen menschlichen Siedlungen sie nicht bedingungslos unterstützen würden?«

Dewan hatte keine Ahnung, wo das Ganze hinführen sollte, und er wusste auch, dass nichts, was er sagen würde, ihm helfen könnte, also schwieg er, während Appleseed weiter ausführte: »Nun, Colonel Dewan, aus Ihrer Antwort schließe ich, dass jeder, der sich noch im Totenland in unautorisierten Siedlungen befindet, höchstwahrscheinlich ein Sympathisant dieser Alice ist oder von den Bitern und ihrer sogenannten Königin unterwandert wurde. Über Jahre hinweg haben wir davon abgesehen, aktive Maßnahmen gegen die Biter zu ergreifen, weil wir die Kollateralschäden in den menschlichen Ansiedlungen so gering wie möglich halten wollten. Wahrscheinlich hat sich dieses Gleichgewicht nun geändert.«

Dewan spürte, wie es ihm kalt den Rücken hinunter lief, denn jetzt erkannte er, wohin dieses Gespräch führen würde. Appleseed hob sein Funkgerät, um Chen zu rufen.

»General Chen, ich habe einen Plan, der uns vielleicht helfen wird, die Bedrohung, der wir uns gegenüber sehen, ein für alle Mal zu beseitigen.«

Als Dewan hörte, wie Appleseed seinen Plan darlegte, ergriff ihn die nackte Panik. Er musste etwas unternehmen, um Alice und die anderen zu warnen, aber es gab keinen Weg, das zu tun, ohne sich selbst zu verraten.

»Das ist sie!«

In den letzten Wochen hatte sich Alice langsam an diese Art der Reaktion gewöhnt, wenn sie eine Siedlung im Totenland betrat. Obwohl Nikhil unermüdlich unzählige Nachrichten an die ZEUS-Soldaten versandte, hatte

Alice es nicht für möglich gehalten, wie schnell sich die Neuigkeiten unter den Siedlungen verbreiten würden. Die meisten Fahnenflüchtigen waren zu ihren Dörfern zurückgekehrt und hatten die Geschichten weiter verbreitet – über die Lügen, die man ihnen erzählte, wie das Zentralkomitee, das alles andere als eine wohlwollende Regierung war, eine Macht darstellte, die in ihrem Streben nach totaler Kontrolle eine Katastrophe wie den Ausbruch überhaupt erst möglich gemacht hatte. Die meisten Menschen taten sich schwer bei dem Gedanken, die Biter als etwas anderes als die Monster zu sehen, für man sie immer gehalten hatte, aber sobald die ersten Zweifel an der wahren Natur des Zentralkommandos gesät waren, erwiesen sie sich als hartnäckig. Dazu das unbarmherzige Eingreifen der Roten Garde, und eine Siedlung nach der anderen begann sich Alice anzuschließen.

In dieser Ortschaft, westlich von der Gegend gelegen, die früher ein Vorort von Noida gewesen war, sah sich Alice nun mehr als dreihundert Menschen gegenüber. Ihr Anführer, ein grauhaariger alter Mann, kam auf sie zu und musterte sie eingehend.

»Du bist nur ein junges Mädchen, kaum mehr als ein Kind, und eine Fremde dazu. Wieso sollten wir uns dir anschließen und eine Auseinandersetzung mit der Roten Garde riskieren?«

Alice sah dem alten Mann in die Augen.

»Ich erwarte von dir oder deinen Leuten nichts anderes, als dass ihr mich anhört. Danach könnt ihr immer noch eure Jüngsten ZEUS überlassen, damit sie als Sklaven in den Camps des Zentralkomitees arbeiten. Oder ihr entscheidet euch für den Kampf.«

Der alte Mann schnaubte verächtlich.

»Kämpfen? Wofür? Für jemanden in deinem Alter nimmst du den Mund ganz schön voll. Hast du überhaupt eine Ahnung, was diese Worte bedeuten?«

Alice wich nicht zurück und antwortete: »Ich kämpfe für die Freiheit, die allen menschlichen Wesen zusteht. Die Freiheit, so zu leben, wie wir das wollen, die Freiheit, unsere Anführer zu wählen. Jene Freiheit, für die mein Vater und hunderte Andere gestorben sind, um sie zu bewahren.«

Der Mann wandte seinen Blick von ihr ab und drehte sich zu der versammelten Menge um.

»Wir wollen hören, was sie zu sagen hat.«

Als Alice mit ihrer Ansprache fertig war, hatten sich weitere zwanzig junge Männer und Frauen ihren Reihen angeschlossen. Sie hatte gar nicht bemerkt, ab wann ihr Ringen um die Sicherheit und das Überleben ihrer eigenen Siedlung zu mehr geworden war. Vielleicht war es gewesen, als sie zusehen musste, wie ihr Vater und dessen Freunde von der Roten Garde umgebracht wurden. Vielleicht, als sie das volle Ausmaß der Verschwörung verstand. Aber was immer es war, jetzt zählte nur eines: Ob sie es wollte oder nicht, sie war jetzt die Anführerin einer stetig wachsenden Armee, die gegen die Rote Garde kämpfte.

Noch wollten die Biter keine direkten Befehle von ihr annehmen, doch sie hatte bemerkt, dass sie sich immer in der Nähe der Königin herumdrückten und auf ihre Befehle warteten, Alice im Kampf zu unterstützen.

Auf einem kleinen Hügel außerhalb der Siedlung wartete Alice darauf, dass Nikhil seine neueste Nachricht absendete – darüber, dass immer mehr Leute desertierten. Sie hatten ein Dutzend Überläufer getroffen, die auf dem Heimweg in ihre Dörfer waren, und Nikhil hatte mit der Kamera in dem Tablet ein paar Aussagen aufgenommen, die er ebenfalls anhängte. Als er fertig war, sah er Alice an. »Der Akku ist bald leer. Wir sollten zurückkehren.«

Alice hatte verstanden, dass sich das kleine Tablet in Nikhils Händen in ihrem Kampf als weitaus vernichtendere Waffe herausgestellt hatte als alles Kriegsgerät zusammen, und sie verstand auch, dass es aufgeladen werden musste. Dewan hatte ein Ladegerät zurückgelassen, aber nur einer der unterirdischen Zufluchtsorte verfügte über einen alten Generator, der ein wenig Elektrizität lieferte. Alice und Nikhil machten sich in strammem Tempo auf den Weg durch den Wald. Unterwegs sah Alice drei Männer mit Gewehren, die ihr zuwinkten. Selbst Leute, die sie noch nie gesehen hatten, schienen das blonde Mädchen zu kennen. Alice lief schneller und schneller. Sie bemerkte, das Nikhil zurückfiel, aber sie machte sich keine Sorgen deswegen. Es gab keine Anzeichen von Rotgardisten in der Nähe, und es waren nur noch fünf Kilometer, bis sie in den Untergrund verschwinden würden. Rennen hatte ihr schon immer geholfen, den Kopf freizubekommen, und ihr wurde bewusst, was für einen wilden Haufen sie eigentlich anführte. Da waren natürlich die Leute aus ihrem eigenen Dorf, von denen sie wusste, dass sie ihr bis zum Ende folgen würden. Dann gab es jene aus anderen Ansiedlungen im Totenland, die sie unterstützen, aber den Bitern nicht vertrauten und es deshalb vorzogen, in ihren eigenen Siedlungen zu bleiben und sie bei der Aufklärungsarbeit zu unterstützen. Und schließlich gab es noch jene, die helfen wollten, aber nicht den Befehlen eines jungen Mädchens folgen wollten und daher allenfalls sehr unsichere Verbündete darstellten. Und auch bei den Bitern gab es Unterschiede. Während die Königin die meisten von ihnen befehligte und ihrer Loyalität sicher sein konnte, gab es im Totenland kleinere Grüppchen, die beinahe tollwütig waren, wild vor Angst und Hass, und jeden Menschen sofort angriffen. Das machte es ihr nicht gerade leichter, ihre Geschichte zu verkaufen, dass man mit den Bitern zusammenarbeiten konnte. Das Ganze war ein derart vertrackter Schlamassel, dass es ihr Kopfschmerzen bereitete und sie sich wünschte, nicht diejenige zu sein, die sich mit all dem auseinandersetzen musste.

»Alice, halt!«

Sie verlangsamte ihr Tempo und sah, wie Nikhil sich vornüberbeugte, die Hände auf den Knien, und um Luft rang. »Nikhil, die Rote Garde wird jeden Moment an dem Ort sein, von dem aus wir die letzte Nachricht abgesetzt haben. Wir müssen so schnell wie möglich in den Untergrund.«

Nikhil presste die Handflächen in einer theatralischen flehenden Geste zusammen. Alice lachte schallend auf.

Nikhil war kein Kämpfer, aber er war lustig, und außerdem der einzige, der das Tablet bedienen konnte, und das machte ihn zu einem unschätzbar wertvollen Mitstreiter.

»Okay, trink etwas Wasser, und dann machen wir uns wieder auf den Weg.«

Nikhil zog eine Wasserflasche aus seinem Rucksack, trank, und als er sie wegpackte, holte er das Tablet für einen letzten prüfenden Blick hervor.

»Mal sehen, ob sie meine Nachricht schon gelöscht haben.«

Alice sah ihn an, und wusste, dass etwas nicht stimmte.

»Nikhil, was ist passiert?«

Er rief sie zu sich und zeigte ihr den Bildschirm. Dort stand eine einzelne Nachricht.

»An alle Freunde im Totenland – haltet die Köpfe unten. Es droht ein Gewitter.«

Die Nachricht stammte von Dewans Account. Alice presste aus Wut und Frustration die Zähne aufeinander.

»Wieso sollte er sich derart zu erkennen geben, um so etwas zu posten? Appleseed und die anderen werden ihn doch bestimmt befragen.«

Nikhil schaltete das Gerät aus.

»Alice, er hat versucht, so kryptisch wie nur möglich zu sein, und wahrscheinlich wird er behaupten dass diese Meldung seinen Kameraden im Einsatz galt, aber er würde ein solches Risiko nur eingehen, wenn er uns verzweifelt eine Nachricht zukommen lassen wollte.«

»Was …«

Alice bekam nicht die Chance, den Satz zu vollenden,

denn ihre Stimme wurde von einem Dröhnen übertönt. Sie sah auf und erblickte unzählige Jets am Horizont. Sie kannte die gelegentlich auftauchenden ZEUS-Helikopter, aber Fluggeräte wie diese hatte sie noch nie gesehen – große Bomber mit breiten Tragflächen, die in Formation flogen und den Himmel wie Heuschreckenschwärme verdunkelten.

»Nikhil! Sind sie gekommen, um die Stellung zu bombardieren, von der wir die letzte Nachricht abgeschickt haben?«

Sie sah, wie Nikhil mit vor Angst gelähmtem Gesicht die herannahende Armada anstarrte.

»Alice, es braucht nicht so viele schwere Bomber, um ein Ziel anzugreifen. Diese Flotte könnte viele, viele Meilen Land dem Erdboden gleich machen.«

»Könnten sie unsere unterirdischen Zufluchtsorte erreichen?«

Nikhil wendete den Blick nicht von den näherkommenden Flugzeugen ab.

»Ich weiß es nicht. Einige davon scheinen verstärkte Luftschutzbunker zu sein, die man vor dem Ausbruch gebaut hat, aber der Rest ist nicht viel mehr als Kanalisation, alte Versorgungstunnel und Tiefgaragen. Die würden einen direkten Treffer nicht überstehen. Und im Freien hätte niemand eine Chance.«

Alice dachte an die vielen Menschen, einschließlich ihrer Mutter und ihrer Schwester, in einem dieser Bunker, und an die unzähligen Siedlungen an der Oberfläche des Totenlandes.

»Nikhil, wir müssen …«

Alice unterbrach sich mitten im Satz. Sie wusste nicht, was sie sagen sollte, dass auch nur einigermaßen angemessen war. Sie konnten niemanden warnen, und sie konnten kein einziges Leben retten. Noch immer waren sie kilometerweit vom Eingang in den Untergrund entfernt, der sie zu dem Rest ihrer Gruppe führen würde. Schweigend stand sie da, blickte zurück in die Richtung, aus der sie gekommen waren, und sah die Rauchsäulen am Horizont aufsteigen. Feuerstellen in den Dörfern, wo die Menschen Wärme suchten, sich vielleicht ihr kärgliches Mahl zubereiteten, und vielleicht wie Alice und Nikhil die herannahende Flotte beobachteten, ohne zu ahnen, was da auf sie zukam.

Alice spürte, wie Nikhil an ihrem Arm zerrte. »Alice, sie sind nicht mehr weit entfernt. Alles, was wir tun können, ist rennen und Deckung suchen.«

Alice rannte so schnell wie noch nie zuvor in ihrem Leben, und schon bald konnte sie die drei großen gelben Blätter auf einem Ast sehen, die den Eingang zu dem unterirdischen Tunnelsystem markierten. Sie drehte sich zu Nikhil um, der Mühe hatte, das Tempo zu halten. Alice rief ihm etwas zu, doch ihre Stimme ging im Motorengeheul der Maschinen unter. Alice duckte sich unter den Ästen hindurch und krabbelte auf allen vieren in den schmalen Eingang. Sie hoffte, dass Nikhil ihr folgen würde. Sie wusste, dass über ihren Köpfen wenig Schutz war außer ein paar Baumstümpfe, und robbte schneller voran. Ihre Handflächen und Knie waren an unzähligen

Stellen aufgerissen und zerkratzt, als sie schließlich den beinahe senkrechten Gang erreichte, der zu dem Luftschutzbunker unter ihr führte. Sie warf sich hinein, als die ersten Bomben einschlugen, und landete auf dem Betonboden. Als sie es schaffte, sich aufzurichten, spürte sie, wie der Boden um sie herum zitterte und unter dem Bombenhagel immer wieder Stücke aus der Betondecke bröckelten und herabregneten.

Von Nikhil fehlte jede Spur. Sie rief ein paar Mal nach ihm, hörte aber keine Antwort. Im Dunkeln tastete sie die Wand nach der Fackel ab, von der sie wusste, dass sie da sein würde, und kramte aus ihrem Rucksack die kleine Flasche mit Brennstoff und den Feuerstein, um sie anzuzünden. Als die Fackel brannte, sah sie, dass nun noch größere Brocken aus der Decke brachen, und als sie ein besonders großer Trümmer nur um Haaresbreite verfehlte, hängte sie die Fackel wieder an die Wand und rollte sich mit den Händen über dem Kopf in Embryonalstellung auf dem Boden zusammen. Das Grollen erscholl unvermindert weiter, und dann glaubte sie, eine Stimme zu hören. Sie sah Nikhil am Rand der Öffnung über ihr stehen. Er warf seinen Rucksack nach unten und wollte hinterher springen, als ein lauter Knall Alice buchstäblich vom Boden hob und sie durch den Korridor wirbelte.

Dann verlor sie das Bewusstsein.

Dewan musterte die Pistole in seiner Hand und stellte fest, um wie vieles leichter es war, jemand anderes das

Leben zu nehmen als sich selbst. Er hatte keine Familie und nicht viel, für das es sich zu leben lohnte, und doch fiel es ihm unsagbar schwer, sich die Waffe an den Kopf zu halten und den Abzug zu drücken.

Er hatte oft getötet, Menschen und Biter, unzählige Male und bei vollem Bewusstsein in den Jahren des Kampfes, die sein Leben bestimmt hatten, aber nun brachte er es nicht fertig, dasselbe bei sich zu tun. Es war nicht nur die Angst, die ihn davon abhielt, sondern viel mehr ein Gefühl unendlicher Traurigkeit, das aus der Erkenntnis resultierte, dass sein Leben letzten Endes so wenig wert war.

Einen Großteil dieses Lebens hatte er einem Zweck gewidmet, der sich als Lüge herausgestellt hatte, und als er dachte, er hätte die Chance bekommen, es wieder gutzumachen, war es zu wenig und zu spät gewesen. Er hatte die schweren Bomber aus Tibet heranfliegen sehen und wusste, dass Chens Befehle so einfach wie brutal waren. Er hatte das flächendeckende Bombardement des Totenlandes rund um Delhi befohlen, eine Welle nach der anderen, bis nichts mehr übrig blieb.

Dewan ertrug es nicht, in die Gesichter seiner Leute in der Cafeteria zu sehen, Jungen aus der Region, die ihn mit angsterfüllten Augen ansahen. Er hatte keine Antworten auf die Fragen in ihren Augen. Keine Antwort, wieso ihre Freunde und Familien vom gleichen Zentralkomitee zu einem grauenvollen Tod verurteilt wurden, dem sie dienten, um angeblich den menschlichen Überlebenden zu helfen.

Hunderte Rotgardisten hatte man in der letzten Nacht eingeflogen, und alle ZEUS-Einheiten, in denen es Deserteure gegeben hatte, waren entwaffnet und unter Arrest gestellt worden. Die Propaganda-Maschinerie des Zentralkomitees lief auf Hochtouren und berichtete von Konterrevolutionären und Terroristen, die einige versprengte Einheiten im Totenland unterwandert haben sollten und nun dank des heldenhaften Eingreifens der Roten Garde neutralisiert wurden. Dewan war das Risiko eingegangen, eine Warnung abzuschicken, aber er wusste, dass es dafür wohl zu spät war. Und er wusste auch, dass es für ihn zu spät war. Die Rote Garde würde bald bei ihm sein. Als er sich die Waffe zum letzten Mal an den Kopf hielt, hörte er Schritte vor seiner Tür und hielt inne. Nein, wenn er schon sterben musste, dann würde er das, was von seinem Leben noch übrig war, wenigstens einer guten Sache opfern.

Er öffnete den Browser auf seinem Tablet und loggte sich in seinen offiziellen E-Mail-Account ein. Seine Tür hatte er bereits mit einem klobigen Bücherregal verbarrikadiert, und er begann zu tippen, als es gegen seine Tür hämmerte. Er schrieb in halsbrecherischem Tempo, schrieb darüber, was er erfahren hatte, wie der wahre Grund des Ausbruchs verschleiert wurde, und dann darüber, wie Chen und seine Meister beim Zentralkomitee die ZEUS-Truppen hinters Licht geführt hatten. Schüsse fielen, als die Rotgardisten mit Maschinengewehren auf die Tür feuerten und begannen, sie einzutreten. Dewan beendete den Text und drückte auf »Senden«, als der erste

Rotgardist den Raum betrat. Dewan warf das Tablet nach ihm, und schoss zweimal. Zwei weitere Rotgardisten betraten den Raum, und Dewan streckte jeden von ihnen mit einem Kopfschuss nieder. *Dann waren die Jahre, in denen ich Biter jagte, wohl zu etwas gut*, dachte er, als er sich das Gewehr des ersten Rotgardisten schnappte und hinter seinen Schreibtisch rollte. Er sah, dass weitere Männer vor seiner Tür standen und feuerte eine kurze Salve, hörte Schreie, als die Gardisten in Deckung gingen. Etwas polterte über den Boden, und er sah einen kleinen schwarzen Zylinder, der auf ihn zurollte. Die Blendgranate explodierte, er schloss die Augen, aber nicht schnell genug. Als er die Augen wieder öffnete, sah er nur weiße und schwarze Flecken. Er richtete sich unsicher auf, versuchte, anhand der Fußschritte abzuschätzen, wo die Gardisten sich befanden, und schoss im Dauerfeuer um sich, ohne zu wissen, ob er jemanden traf. Er blinzelte, um die grellen Blitze zu vertreiben, dann trafen ihn die ersten Kugeln.

Alice öffnete die Augen und spürte Nässe auf ihrem Gesicht. Zuerst fragte sie sich, wo all das Wasser herkam, doch der rostige Geruch und metallene Geschmack verrieten ihr, dass es ihr eigenes Blut war. Vorsichtig richtete sie sich auf und sah sich um. Der Gang, in dem sie sich befand, war lichtdurchflutet. Sie sah nach oben und entdeckte ein Loch in der Decke, das die Bomben aufgerissen hatten. Mehrere Betonbrocken lagen verstreut am Boden, und die pochende Wunde an ihrem Kopf, die noch immer blutete, und die unzähligen Kratzer und Schnittwunden an ihrem Körper verrieten ihr, dass einige der Trümmer sie getroffen haben mussten. Aber zumindest war sie noch am Leben, und dafür war sie dankbar.

Sie atmete tief ein, spürte, wie ihre Rippen schmerzten, und hoffte, dass sie keine inneren Verletzungen davongetragen hatte. Der Staub in der Luft machte das Atmen schwer, und sie stellte fest, dass der Gang, der in die Tunnel führte, zusammengestürzt war.

Sie suchte nach Griffmulden an den Wänden, um aus dem Bombentrichter herauszuklettern, und dann sah sie Nikhil. Oder vielmehr seine Hand, die noch immer das Tablet hielt. Der Rest von ihm war unter einer großen Betonplatte verborgen. Alice kniete sich neben ihn, fühlte seine leblose, kalte Hand, und wand ihm schließlich das Tablet aus seinen Händen und verstaute es ihn ihrem Rucksack.

»Mach's gut, Nikhil.«

Sie kletterte hinaus und erblickte etwas, dass wie die Hölle aussah, die die alten Religionen verkündet hatten. Einige Menschen beteten noch immer vor ihren Götterbildern und Kreuzen und heiligen Schriften, aber Alice war nie in einem bestimmten Glauben erzogen worden. Ihr Vater hatte einmal gesagt, dass es eine größere Macht außerhalb der menschlichen Vorstellungskraft geben musste, denn anders ließe sich der Ausbruch nicht erklären, aber es sei töricht, sich ein eigenes Bild von diesen Göttern zu machen und darüber Kriege zu führen, wessen Vorstellung nun die richtige sei. Die Angst vor den

Bitern und Marodeuren, die Jagd auf einen machten, hatte ihren Teil dazu beigetragen, dass die Menschen zusammenhielten, ungeachtet der Götter, die sie früher angebetet hatten. Nichtsdestotrotz wusste Alice jetzt, was die alten Religionen gemeint hatten, wenn sie von der Hölle sprachen. Überall um sie herum brannte der Wald. Dichte Rußwolken und brennende Baumstümpfe, die dem Namen alle Ehre machten, den das Gebiet seit Jahren trug: das Totenland.

Verzweifelt rannte Alice, um ihre Mutter, ihre Schwester und die anderen zu finden. Nach ein paar Minuten erreichte sie die Ruinen eines kleinen Dorfes. Die wenigen Zelte waren bei dem Bombardement nahezu pulverisiert worden, und bis auf die Asche und ein paar Gliedmaßen gab es kein Anzeichen für irgendwelche Menschen. Alice würgte, übergab sich, und blinzelte ihre Tränen zurück.

Wie viele tausend Leben waren heute ausgelöscht worden? Was waren das für Menschen, die zu solchen Gräueltaten fähig waren?

Die Antwort lag direkt vor ihr: Dieselben Menschen, die beinahe die gesamte menschliche Zivilisation ausgelöscht hatten, damit sie über die Asche regieren konnten. Dieselben Menschen, die sich nun hinter der Anonymität des Zentralkomitees versteckten und die Rote Garde und ZEUS benutzten, um ihren Willen durchzusetzen, jeden Anflug von Widerstand auszumerzen und über ihr Imperium zu herrschen, während der Rest der Menschheit ein Dasein wie wilde Tiere fristen musste.

Alice lief weiter, voller Sorge, was mit den anderen passiert sein mochte, aber trotz des Schmerzes, der in ihrem Körper und ihrer Seele brannte, war ein Gedanke glasklar: Sie würde dafür sorgen, dass Nikhil und all die anderen Opfer, die heute ihr Leben gelassen hatten, gerächt würden.

ELF

Alice rannte durch den verkohlten Wald, versuchte angestrengt, etwas zu erkennen und trotz des dichten Rauchs zu atmen. Soweit sie sehen konnte, stand ein Großteil des Bodens noch in Flammen. Was waren das für Waffen, die die Rote Garde eingesetzt hatte, die solche Schäden verursachten, und riesige Flächen Land in einen Ozean aus Feuer verwandeln konnten? Sie hob ihre Hände vor den Mund, um einen Schreckensschrei zu unterdrücken, als sie das große klaffende Loch sah, wo sich eigentlich der Eingang zu ihrem Unterschlupf befinden sollte. Sie hegte noch immer die Hoffnung, dass es den Menschen möglich gewesen war, sich tiefer in die Bunker zurückzuziehen, aber als sie näherkam, erkannte sie, dass diese Hoffnung vergebens war. Die Menschen waren in den größeren, aber weitaus weniger sicheren Kammern nahe der Oberfläche geblieben. Es gab für sie keinen Grund, sich in die kleineren Kammern weiter unten zu quetschen, wo sie doch gar nicht wussten, was sie erwartete. Alice blieb abrupt stehen, als sie in das Loch hinabsehen konnte, und dann fiel sie auf die Knie, weinte und schrie, als sie unzählige Leichen übereinander liegen sah, teilweise bis zur Unkenntlichkeit verbrannt.

Alice hatte keine Ahnung, wie lange sie einfach nur da saß, zu ängstlich, um hinein zu gehen und sich das wahre Ausmaß des Horrors anzusehen und mit ihrem Verlust konfrontiert zu werden. Sie spürte eine Hand an ihrer Schulter, und wirbelte herum, bereit für einen Kampf. Stattdessen sah sie die Königin auf wackeligen Füßen vor sich stehen. Ihr Körper war mit Dutzenden Wunden übersät, und ihr linker Arm endete am Ellbogen in einem Stumpf.

»Alice, es ist vorbei. Sie sind alle tot.«

»Mom …«

Die Königin schlurfte davon und murmelte zu sich selbst: »Alle tot. Alle tot.«

Alice sprang in das Loch, und dreißig Minuten später war sie zurück, saß mit dem Rücken an einen Baum gelehnt, und ihr Kopf war wie leer gefegt, wegen des Verlustes und des Grauens, das sie erlebt hatte. Es gab keinen einzigen menschlichen Überlebenden, und soweit sie das sagen konnte, waren auch alle Biter in den Tunneln verbrannt. Sie nahm die Pistole aus ihrem Gürtel und spielte damit. Es brauchte nur einen kurzen Druck auf den Abzug, und sie könnte all dem ein Ende setzen. Welchen Sinn hatte das Leben noch, wenn einem innerhalb weniger Tage alles und jeder genommen wurde?

Sie bemerkte, dass jemand neben ihr stand, und sah zu der Königin auf. In ihrem Gesicht lag keinerlei Gefühlsregung. Sie schien einfach in die Ferne zu starren und bat Alice, die Waffe wegzulegen.

»Alice, die Prophezeiung lebt noch immer.«

Alice sah, dass die Königin mit ihrer verbliebenen Hand das Buch umklammert hielt, dass ihr so viel bedeutete. Alice packte das verkohlte Buch, warf es fort, und brüllte die Königin an: »Verdammt sollst du sein, du und deine bescheuerte Prophezeiung! Sieh dich um – es ist vorbei. Vorbei!«

Alice lief davon und kauerte sich schluchzend an einen Baum. Aus den Augenwinkeln konnte sie sehen, dass die Königin zu dem Buch lief. Sie hob es auf, und dann sah Alice, wie sich ihr Gesichtsausdruck veränderte, wie sie die Lippen bleckte und dabei ihre schartigen Zähne entblößte, und wie ein in die Enge getriebenes Tier zischte und nach jemandem spie, der sich von rechts näherte. Alice drehte sich um und erblickte ein Dutzend ZEUS-Soldaten. Instinktiv griff sie nach der Pistole in ihrem Gürtel, doch noch bevor ihre Hand diese erreichte, wusste sie, dass sie niemals genug Zeit dafür bekäme.

Ein Soldat trat vor die anderen. »Du musst Alice sein.«

Die Hand des Mädchens lag noch immer auf ihrer Waffe. Sie überlegte, ob sie versuchen sollte, wenigstens einen der ZEUS-Soldaten mit in den Tod zu nehmen, anstatt lebendig gefangen zu werden. Der Soldat musste bemerkt haben, woran sie dachte, denn er legte sein Gewehr auf den Boden.

»Beruhige dich. Wir sind nicht hier, um dich umzubringen oder gefangen zu nehmen.«

Alice behielt die Hand an ihrer Waffe, sah sich aber die Soldaten genauer an. Sie machten den Eindruck, als wären sie geradewegs aus einem Gefecht gekommen – die meisten hatten Schnittwunden vom Rennen durch die Wälder, und zumindest einer von ihnen trug eine blutige Bandage um den Kopf. Der Soldat streckte ihr seine Hand entgegen, und als Alice ihn musterte, erkannte sie, dass er noch sehr jung war und aus der Gegend stammte, mit Sicherheit aber keiner der gefürchteten Roten Garde war.

»Alice, mein Name ist Satish. Ich komme aus einer Siedlung in der Nähe der alten Stadt Agra. Wir alle sind aus Dörfern im Totenland eingezogen worden.«

Er blickte zu der Königin, die noch immer gereizt schien, und Alice sah, wie sich seine Augen weiteten. Er machte aber keine bedrohlichen Bewegungen.

»Dr. Protima, wie ich annehme.«

Die Königin zischte nicht länger. Sie stand reglos da, das Buch mit dem verbliebenen Arm gegen ihre Brust gedrückt. »Satish, woher weißt du, wer wir sind?«

Der Soldat lächelte.

»Ein blondes Mädchen und ein halber Biter sind nicht gerade ein alltäglicher Anblick in dieser Gegend. Außerdem hat Colonel Dewan alle Details darüber veröffentlicht, wer ihr seid und welche Rolle ihr bisher spieltet.«

Als Dewans Name fiel, richtete sich Alice kerzengerade auf.

»Der Colonel. Amit. Geht es ihm gut?«

Satish gab seinen Männern ein Zeichen, auszuschwärmen. »Jungs, bewacht die Gegend, während ich die beiden auf den neuesten Stand bringe.« Er setzte sich vor Alice auf den Boden und zog ein Tablet aus seinem Rucksack. Alice sah, dass die Königin näher gekommen war, um zu hören, was gesprochen wurde.

Er erzählte ihnen, wie Dewan anfänglich behauptete, dass jemand seinen Account gehackt hatte, um die erste Nachricht abzuschicken, und auch später, als die Nachrichten von anderen Accounts verschickt wurden, die Nikhil angelegt hatte, keine Anzeichen von Mittäterschaft zeigte. Doch als die Rote Garde in immer größeren Mannschaftsstärken ins Totenland geschickt wurde und ihre Methoden immer brutaler wurden, glaubten seine Männer eine Veränderung an ihm zu bemerken. Wenn Soldaten desertierten, blieb er auf seinem Posten, doch bei mehr als einer Gelegenheit sah er, wie sie sich davonstahlen, schlug aber keinen Alarm.

»Niemand von uns wusste, wie sehr er deine Sache unterstützte, bis zuletzt, als er das hier postete. Wir alle lasen seine letzte Warnung, als er Wind von den Luftangriffen bekam, aber da war es bereits zu spät, um irgendjemand im Totenland zu warnen. Die Roten haben seine Nachricht gelöscht, aber ich habe eine Kopie auf meinem Tablet gespeichert.«

Satish hielt ihnen sein Tablet entgegen, und Alice und die Königin überflogen den Text. Dewan hatte alles dargelegt, was er wusste. Wäre dieses Schreiben von einer anonymen Person gekommen, hätte man es leicht abtun und durch die offizielle Propaganda entkräften können. Da es aber von einem verdienten ZEUS-Offizier kam, war es hochbrisant, und zusammen mit der Verwüstung, die der Luftangriff im Totenland angerichtet hatte, herrschte nun mehr oder minder Meuterei unter den örtlichen ZEUS-Soldaten.

»Seid ihr deshalb desertiert? Was wurde aus dem Colonel?«

Satish sah Alice an, und sie bemerkte, dass er völlig verängstigt war.

»Die Rote Garde hat Jagd auf alle regionalen Soldaten gemacht. Wir konnten gerade noch rechtzeitig entkommen und unser Leben retten. Ich bin nicht sicher, ob der Colonel es geschafft hat, aber soweit ich weiß, haben sie mehrere Einheiten zu seinem Quartier geschickt.«

Alice blickte zur Königin.

»Jetzt haben sie ihren eigenen Truppen den Krieg erklärt! Das ist verrückt! Wieso sollten sie das tun?«

Die Königin studierte das Tablet und antwortete: »Alice, Soldaten wie Satish waren immer schon entbehrlich. Wenn das, was Dewan über die anhaltenden Aufstände in anderen Teilen der Welt wie Amerika berichtet, wahr ist, dann dienten die ZEUS-Soldaten nur dazu, die verbliebenen Biter auszurotten und dafür zu sorgen, dass die menschlichen Ansiedlungen weiterhin ihre Arbeitskraft zur Verfügung stellten, während die Hauptstreitkräfte dazu verwendet wurden, den Widerstand zu bekämpfen.«

Alice starrte in die Ferne, und die Königin fragte sich, woran sie dachte.

»Wir müssen uns überlegen, wie wir diesen Krieg gewinnen können.«

Die nächsten Wochen vergingen wie im Flug. Alice, die Königin und die ZEUS-Soldaten verbrachten die meiste Zeit damit, sich vor der Roten Garde zu verstecken, die mit Fallschirmen über dem Totenland abgesprungen waren, um die letzten Überlebenden aufzusammeln. Da die Vegetation verbrannt war und die meisten der unterirdischen Tunnel durch die Bombenangriffe frei lagen, waren sie gezwungen, eine andere Taktik anzuwenden, und statt tiefer ins Totenland vorzudringen, zogen sie ins Herzstück dessen, was früher einmal die Stadt Delhi gewesen waren. Dort suchten sie Schutz zwischen den Ruinen der ehemaligen indischen Hauptstadt. Beinahe jedes Gebäude war beschädigt, das Ergebnis der vielen Zerstörungswellen, denen Delhi, wie so viele andere Städte auch, ausgeliefert gewesen war. Die Verwüstungen des Ausbruchs, die Atomexplosionen kurze Zeit später, und die darauffolgenden zehn Kriegsjahre, bis zu dem Zeitpunkt, wo die verbliebenen Überlebenden die Städte verließen und im Totenland Zuflucht suchten, hatten ihren Tribut gefordert. Nun sah die Stadt, die früher einmal emsig und überbevölkert war, verlassen aus, aber Alice wusste es besser. Die Königin hatte ihr erzählt, dass sich mehrere Banden von Bitern in der Stadt versteckt hielten und für gewöhnlich erst nachts herauskamen.

Alice erblickte ein großes Gebäude, dessen obere Hälfte fehlte, so als hätte eine riesige unsichtbare Hand eine Axt genommen und diesen Teil abgetrennt. Die Königin murmelte: »Nun, wie es aussieht, übernachten wir heute in einem Fünf-Sterne-Hotel. Willkommen im Taj Mahal, oder was davon übrig ist.«

Satish, so jung und unerfahren er auch sein mochte, war faktisch zum Anführer der ZEUS-Truppen auserkoren worden und befahl dreien seiner Leute, neben der Lobby in Position zu gehen und nach Angreifern Ausschau zu halten, während die anderen sich tiefer ins Hotel wagten. Alice war noch nie zuvor in einem solchen Gebäude gewesen, aber sie hatte Geschichten von den tollen Hotels gehört, die ihre Eltern vor dem Ausbruch auf ihren Urlaubsreisen besucht hatten. Kaum zu glauben! Jemand brachte einem Essen oder zu Trinken, wann immer man wollte, und es gab warme, gemütliche Betten anstelle eines schmutzigen alten Schlafsacks. Alice wollte nach oben und sich die Zimmer ansehen, aber Satish hielt sie zurück.

»Die Treppen sehen instabil aus, und ich möchte nicht, dass wir hier drin festsitzen, falls es Probleme geben sollte.«

Also legten sie sich in der ehemaligen Lobby auf den Boden, und Alice war beinahe eingeschlafen, als eine der Wachen leise rief: »Achtung, ich sehe mehrere Umrisse näherkommen.«

Überall um sie herum hörte Alice, wie Waffen geladen und entsichert wurden. Sie trug nur ihre Pistole bei sich, ihr Gewehr hatte sie bei den Bombardements verloren, aber sie eilte schnell zu einem Fenster, um zu sehen, was vor sich ging. Als sie sich in der Dunkelheit umsah, musste sie feststellen, dass die ZEUS-Soldaten zwar üppig mit Nachtsichtgeräten und Gewehren ausgestattet waren, aber nur die wenigsten der Jungs mehrere Kampfeinsätze erlebt hatten. Satish wies sie eilig an, ihre Positionen einzunehmen, und Alice sah, wie sie in der Dunkelheit verschwanden. Mit einer Armee wie dieser begann ihr Krieg bereits wenig erfolgversprechend.

Satish kroch zu ihr, und sie sah, dass er ein zweites Sturmgewehr bei sich trug, welches er ihr mit einem Lächeln reichte.

»Ich denke, du kannst so was besser als die meisten Jungs hier benutzen.«

Alice nahm das Gewehr in die Hand, schaltete das Zielfernrohr ein und blickte hindurch. Im geisterhaften grünen Licht des Zielfernrohrs sah sie, wie sich eine große Gruppe über die Zufahrt der Hotellobby näherte. Sie schaltete das Zielfernrohr wieder aus, weil sie wusste, dass sie sparsam mit den kostbaren Batterien umgehen mussten, solange, bis sie Zuflucht an einem Ort mit einem Generator fanden, den sie umbauen konnten, um damit ihre Batterien aufzuladen. Was sie soeben gesehen hatte, ergab keinen Sinn. Die Umrisse hatten sich nicht wie Biter, sondern wie Menschen bewegt. Aber es war ausgeschlossen, dass ihnen eine derart große Gruppe Rotgardisten einfach so in offenem Gelände entgegen schlenderte, wo sie wie auf dem Präsentierteller saßen.

»Was meinst du? Sollen wir feuern?«

Alice schüttelte den Kopf.

»Nein, Satish. Ich glaube nicht, dass sie uns angreifen wollen. Es sind dreimal so viele wie wir, aber derart ungeschützt könnten wie alle mit keinen oder nur wenigen Verlusten ausschalten. Ich denke, sie wollen uns wissen lassen, dass sie in friedlicher Absicht kommen.«

»Friedlich? Wer kann das sein?«

Als wollte sie selbst die Antwort geben, drang von draußen eine männliche Stimme heran. »Wer von euch ist Alice?«

Satish wollte das Mädchen am Arm zurückhalten, aber sie antwortete: »Wer will das wissen?«

»Spielt das eine Rolle?«

Alice richtete das Gewehr auf den Mann, der mit ihr sprach, und musterte ihn durch das Zielfernrohr. Er trug einen dichten Bart, eine Kappe und wenigstens zwei Gewehre auf dem Rücken, hatte aber die Hände erhoben.

»Ja, denn es macht den Unterschied aus, ob ich dich mit einem Lächeln begrüße oder dir eine Kugel durch deine alberne Kappe jage.«

Sie hörte Gelächter von draußen, und dann antwortete der Mann wesentlich sanfter: »Wir sind Freunde. Wir wollen uns dir anschließen.«

Satish und seine Soldaten gaben Alice Feuerschutz, als sie ins Freie trat. Sie hielt ihr Gewehr noch immer schussbereit, nahm es aber herunter, als sie sah, wie der Mann lächelte und seine Männer anwies, die Gewehre auf den Boden zu legen. Es mussten über dreißig Personen sein,

Männer, Frauen und ein paar Kinder. Jeder von ihnen trug wenigstens zwei Gewehre, die, wie Alice bemerkte, von ZEUS-Soldaten oder der Roten Garde stammten. Der Mann trat vor und gab Alice die Hand.

»Alice, wir haben schon so viel von dir gehört. Mein Name ist Arjun, und wir würden uns dir gern anschließen.«

Für einen Moment war Alice zu überrascht, um etwas zu entgegnen. Sie hatte nie bewusst darüber nachgedacht, jemanden oder irgendetwas anzuführen. Sie hatte sich in den letzten Tagen so darauf konzentriert, am Leben zu bleiben, dass sie keine Zeit hatte, an etwas anderes als ihr unmittelbares Überleben zu denken. Arjun hustete leise, und das holte sie in die Realität zurück. Zu ihrer Überraschung schien er sie beinahe anzuflehen.

»Weißt du, wir mögen nicht danach aussehen, aber wir können alle kämpfen. Gib uns eine Chance.«

Sie gingen hinein und versammelten sich in der Lobby, wo die Neuankömmlinge die bewaffneten Truppen von ZEUS anfänglich argwöhnisch musterten. Satish brach das Eis, indem er Arjun die Hand reichte.

»Wir sind alles Jungs aus der Gegend, und wir sind auf derselben Seite. Wir versuchen seit der letzten Woche, den Rotgardisten zu entkommen, und sind schließlich zu dem Schluss gekommen, dass die Chancen in den Ruinen größer sind als im Totenland, oder was davon übrig ist.«

Arjun seufzte und lehnte sich zurück.

»Ich weiß, wir beobachten euch, seit ihr die Ruinen betreten habt.«

Alice ergriff das Wort, und die Überraschung in ihrer Stimme war unüberhörbar.

»Ihr beobachtet uns? Aber wir …«

Arjun lächelte. Die Jahre der Angst hatten die Haut um seine Augen faltig werden lassen und ließen ihn sehr viel älter wirken.

»Während des Ausbruchs entschieden wir uns, hierzubleiben und unsere Häuser zu beschützen, anstatt zu fliehen, wie so viele andere es taten. In den ersten Jahren lebten wir wie die Ratten, dann fingen wir an, uns zu wehren – gegen menschliche Plünderer und Biter gleichermaßen. Ihr konntet uns nicht sehen, aber wir sahen euch.«

Er wandte sich Satish zu.

»ZEUS ist nicht oft hier gewesen. Es ist leicht, Ziele aus der Luft anzugreifen, aber in einem dicht bebauten Gebiet wie hier nützt einem das wenig. Wir trafen uns mit Menschen aus dem Totenland und führten Handel, aber als wir erfuhren, dass ZEUS die Kontrolle übernahm, entschieden wir, hierzubleiben und frei zu sein.«

Alice hatte es immer als gegeben hingenommen, dass sich nur noch Biter in den Ruinen aufhielten, aber nun verstand sie, dass die Welt anders war, als sie es sich vorgestellt hatte. Sie stellte die Frage, die ihr im Kopf herumspukte, seit Arjuns Gruppe aufgetaucht war: »Wieso wisst ihr, wer ich bin?«

Jetzt war es Arjun, der überrascht war.

»Jeder weiß, wer du bist! Viele andere Soldaten, so wie Satish und seine Freunde, sind im Totenland und in den

Ruinen unterwegs. Sie alle kennen Geschichten, die sie gehört oder gelesen haben, und manche haben diese Zettel verteilt. Die Kunde verbreitet sich schnell. Wir alle haben alles während des Ausbruchs verloren, und nun, da wir wissen, wer hinter dem Elend steckt, wollen wir helfen, zurückzuschlagen.«

Alice sah einen der Zettel in Arjuns Hand, und sie erkannte darauf Dewans letzte E-Mail. Selbst nach seinem Tod tat der Colonel noch mehr als nur seine Pflicht.

»Sie geht hoch!«

Alice hielt sich schützend die Hände über den Kopf, als die selbst gebaute Sprengladung mit einem ohrenbetäubenden Knall detonierte. Als sie vorsichtig um die Ecke spähte, sah sie das Resultat ihrer ersten selbst gebauten Bombe. Die Hälfte des Zielgebäudes war in die Luft gegangen, und Rauch und Staub hing über dem ganzen Gebiet.

»Schon erstaunlich, was man mit einer einfachen Gasflasche so alles anstellen kann, oder?«

Sie drehte sich um und sah Arjun hinter sich, der breit grinste.

In den letzten beiden Wochen hatten noch mehr Überlebende aus den Ruinen zu ihnen gefunden, und beinahe einhundert weitere desertierte ZEUS-Soldaten. Während Alice naiverweise davon ausgegangen war, dass sie alle zusammenbleiben würden, hatte Arjun ihr geraten, sie in den Ruinen zu verteilen und über ein Netz aus Boten in Kontakt zu bleiben. Satish und die anderen ZEUS-Soldaten waren schwer bewaffnet, und in Bezug auf ihre Kampffähigkeiten war Alice ihrem Alter weit voraus, aber wenn es um Gefechte in einem unübersichtlichen, dicht bebauten Gebiet wie den Ruinen ging, war Arjun der Experte und kannte sich aus. Seine Leute nannten ihn General, aber er hatte Alice einmal im Vertrauen verraten, dass er keinerlei militärische Ausbildung besaß, und vor dem Ausbruch Händler gewesen war. Nachdem er seine junge Familie in dem Chaos verloren hatte, kämpfte er ums Überleben, wobei ihm seine Kenntnisse der ehemaligen Handelsstraßen zugutekamen.

Da sich nun über dreihundert Mann ihrer Streitmacht angeschlossen hatten, hatte Alice laut die Frage gestellt, wie sie ihren Feldzug planen sollten. Verbittert über ihren Verlust war sie versucht, direkt loszuschlagen, aber Satish und Arjun überzeugten sie vom Gegenteil.

»Alice, die Rote Garde wird uns vernichten, wenn wir uns ihr im offenen Gelände entgegenstellen. Wir müssen sie in die Ruinen locken und langsam ausbluten lassen.«

Die Königin war die meiste Zeit über still und zurückhaltend gewesen, und Alice vermutete, dass es vielleicht daran lag, dass sie schon so lange unter Bitern gelebt hatte, dass es ihr schwerfiel, sich wieder an menschliche Gesellschaft zu gewöhnen. In jener Nacht besuchte die Königin Alice, als diese sich gerade Schlafen legen wollte.

»Alice, ich möchte dir etwas geben.«

Sie drückte die rote Ampulle mit dem Impfstoff in Alice Handfläche. Als das Mädchen protestierte, bestand die Königin darauf, dass sie es behielt.

»Alice, ich habe törichterweise angenommen, dass wir ein paar ehrliche Männer in den oberen Kreisen finden würden, die uns helfen würden. Jetzt sieht es so aus, als seien wir dazu verdammt, ein Leben im Krieg zu führen, aber ich will die Hoffnung nicht aufgeben. Behalte es bei dir, und gib es jemandem, dem wir vertrauen können.«

Als Alice am nächsten Morgen aufwachte, war die Königin verschwunden. Niemand hatte sie in der Nacht gehen sehen, und als Alice Arjun davon erzählte, verfinsterte sich sein Gesicht.

»Bist du sicher, dass wir ihr vertrauen können?«

Alice schockierte seine Reaktion. Sie war ehrlich besorgt, dass die Königin allein in den Ruinen unterwegs war.

»Alice, es gibt immer noch Gruppen von Bitern in den Ruinen, und es gibt Gebiete, in die wir uns nie vorwagen. Sie schien bei halbwegs klarem Verstand, und ich weiß, dass sie und ihrer Untergebenen dir geholfen haben, aber die Biter in den Ruinen sind verrückt und rasend und würden dir die Kehle aufreißen, sobald sie die Chance dazu bekämen.«

»Sie wird uns nicht verraten«, entgegnete Alice und ging. Sie hoffte, dass ihr Vertrauen in die Königin gerechtfertigt war.

Sie bekamen keine Chance, noch einmal genauer über diese Sache zu sprechen, denn schon bald waren sie damit beschäftigt, ihren ersten Einsatz zu planen.

Als Alice die Männer und Frauen bei ihren Übungen beobachtete, erkannte sie, wie weit sie bereits gekommen waren. Mittlerweile konnte man nicht mehr auseinanderhalten, wer einmal ZEUS-Soldat gewesen und in den relativ luxuriösen Baracken gelebt und wer sich jahrelang als sogenannte »Trümmerratte« durchs Leben gekämpft hatte. Die Soldaten hatten ihre Uniformen gegen zivile Kleidung eingetauscht, und zumindest rochen nun alle gleich schlecht, denn ein Bad war in den Ruinen nicht möglich.

»Wohin soll sich die erste Einheit bewegen?«

Arjun, Satish, eine Frau namens Sheila, die eine Gruppe Ratten anführte, und Alice drängten sich um eine handgemalte Karte, welche die Ruinen, das Totenland und einen Vorposten der Roten Garde zeigte, nur zehn Kilometer vom Stadtzentrum entfernt, wo man eine größere Einheit stationiert hatte.

Alice brauchte ein wenig, bis sie bemerkte, dass die Frage ihr galt. Sie druckste um eine Antwort herum, bis Arjun sie freundschaftlich anstupste.

»Vielleicht machen wir es so, wie du letzte Nacht gesagt hast, okay?«

Als die anderen sich zerstreut hatten, rief Alice Arjun beiseite.

»Arjun, ich habe keine Erfahrung damit, so viele Leute anzuführen. Ich weiß nicht, was ich tun soll.«

Arjun lächelte. »Alice, ob du es willst oder nicht, aber jeder hier erwartet von dir, dass du sie anführst. Sie alle haben die Geschichten gehört und die Nachrichten gelesen. Vielleicht sind die meisten davon übertrieben, aber so ist es eben.«

Alice wollte protestieren.

»Hör mal, ich will ihnen heimzahlen, was meinen Leuten passiert ist. Das ist alles. Wenn sich andere mir anschließen wollen, dann können wir zusammenarbeiten, aber ich bin nicht sicher, ob ich es gut finde, für so viele Menschen verantwortlich zu sein.«

Arjun schaute sie an, und da er einsah, dass er mit jemandem sprach, der kaum älter war als die Tochter, die er während des Ausbruchs verloren hatte, sagte er mit sanfter Stimme: »Alice, du bist für sie mehr als nur eine Anführerin. Diese Menschen, ich, wir alle, haben die letzten Jahre ohne Hoffnung verbracht, haben nur von einem Tag zum nächsten überlebt. Du hast ihnen etwas gegeben, dass sie verloren hatten. Hoffnung.«

Alice wollte etwas sagen, aber Arjun unterbrach sie.

»Du bist diejenige, die unter Bitern gelebt und ihr Geheimnis gelüftet hat. Du bist diejenige, die sich allein der Roten Garde gestellt hat, um deine Leute zu retten. Du bist diejenige, die einen Offizier von ZEUS überredete, die Seite zu wechseln. Du bist diejenige, die Hunderte Soldaten zur Fahnenflucht getrieben hat. Und ja, du bist außerdem der Grund dafür, dass man das Totenland mit Feuerbomben überzogen hat. Also bist du für eine ganze Menge verantwortlich, ob es dir nun gefällt oder nicht.«

Alice setzte sich. Wie viele tausend Menschen waren wegen ihrer blöden Idee, hinter diesem Biter her in das Loch zu springen, ums Leben gekommen? Sie wünschte, sie hätte das alles rückgängig machen können. Das Leben war nie einfach gewesen, aber ein ganzes Stück besser als das, dem sie sich nun gegenüber sah. Und wenn sie sich die vielen Männer und Frauen in ihrem Camp besah, fragte sie sich, ob sie diese auch in den Tod führen würde.

Alice schloss die Augen, und das Gesicht ihres Vaters erschien. Sie erinnerte sich an seine letzten Worte. Irgendwie hatte er geglaubt, dass sie die Last, andere anzuführen, schultern könnte. Er hatte daran geglaubt, dass sie mehr war als nur ein gewöhnliches junges Mädchen, dessen Schicksal in anderen Händen lag. Zumindest für ihn musste sie beweisen, dass er recht hatte, dass sein Opfer nicht umsonst gewesen war. Er hatte sein Leben dafür gegeben, damit sie weiterleben konnte, und er hatte fest daran geglaubt, dass sie auf diese Weise etwas verändern, die Dinge besser machen würde. Sie drehte sich zu Arjun um, und es lag eine neue Entschlossenheit in ihren Augen.

»Ohne schwere Waffen ist es hoffnungslos, ihre Verteidigungsanlagen zu durchbrechen, also müssen wir sie aus ihrer Basis locken.«

»Wieso sollten sie herauskommen?«

»Sie wollen mich. Ich werde mich ihnen als Köder anbieten.«

Drei Tage später rasten zwei Transporter aus den Ruinen auf die Operationsbasis der Roten Garde zu, in der mehrere Dutzend Rotgardisten als Vorhut stationiert waren, die täglich von Hubschraubern versorgt wurden. Was die Basis zu keinem leichten Ziel machte, waren die beiden ferngesteuerten Repetiergeschütze, die auf den Mauern installiert waren. Alice saß in dem zweiten Transporter, und vor nur dreißig Minuten hatte Satish eine Meldung von seinem Tablet abgeschickt, die besagte, dass er und seine Männer sich ZEUS wieder anschließen wollten. Sie hätten es geschafft, Alice gefangen zu nehmen, und boten einen Tausch an – Alice gegen freies Geleit. Es war ein Wagnis – es bestand immer die Chance, das Appleseed und seine Vorgesetzten Alice töteten, sobald sie die Gelegenheit dazu bekamen, aber Alice wusste, dass sie noch mehr nach den Geheimnissen, die sie über die versteckten Bastionen der Biter wusste, und nach der Königin und ihrem Impfstoff gierten. Sie rechneten damit, dass die Rote Garde bereits Drohnen über ihnen in der Luft hatte, also riskierten sie nicht, zu weit nach draußen zu fahren, sondern hielten am Stadtrand der Ruinen an, ungefähr da, wo einst eine hochmoderne Anlage stand, in der Gäste und Athleten während der Commonwealth Games in Delhi ein paar Jahre vor dem Ausbruch untergebracht waren. Das ausgetrocknete Flussbett des Yamuna befand sich ganz in der Nähe, und auf Alices Befehl hin und vor den Drohnen verborgen, krochen über drei Dutzend Kämpfer durch die unterirdischen Tunnel, die bislang die Biter der Königin benutzt hatten.

Sie hatten es so abgepasst, dass den Rotgardisten keine Zeit bleiben würde, Verstärkung anzufordern, aber man konnte nicht sicher sein, und deshalb zitterten Alices Hände etwas, als sie aus dem Transporter stieg. Sie fühlte sich ausgeliefert, als Satish und seine Männer sie ins Freie führten. Die Soldaten hatten wieder ihre Uniformen angelegt und waren komplett bewaffnet, während man ihr die Hände lose hinter dem Rücken zusammengebunden hatte. Alice konnte die Basis der Roten Garde erkennen, die man in einem ehemaligen großen Tempel errichtet hatte. Sie sah die beiden runden Geschütztürme auf den Mauern und versuchte, ihre Panik unter Kontrolle zu bringen, als ein schwarzer Helikopter aus dem Komplex aufstieg und auf sie zuflog. Der Hubschrauber schwebte in einiger Entfernung über ihnen, und sie konnte den großen roten Stern sehen, der an der Seite aufgemalt war. Die Tür glitt auf, und sie erblickte mehrere Rotgardisten mit gesenkten Waffen darin. Über Lautsprecher ertönte eine Stimme.

»Schickt das Mädchen allein vor und legt eure Waffen nieder. Weitere Rotgardisten sind unterwegs, um euch zur Basis zu eskortieren. Ihr habt nichts zu befürchten.«

Alice wurde nach vorn geschoben, und sie lief, den Kopf gesenkt, auf den Hubschrauber zu. Sie fragte sich, ob die Kugel, die sie töten würde, bereits unterwegs war.

ZWÖLF

Alice sah, wie der Helikopter immer tiefer sank, bis er nur noch wenige Meter über dem Boden schwebte. Der Druck der Rotoren war so stark, dass es sie beinahe weggeweht hätte, und sie musste die Augen zusammenkneifen, da sie ihre Hände nicht heben konnte, um sich vor dem Wind und dem herumwirbelnden Staub zu schützen. Sie hörte aus der Ferne ein dumpfes Dröhnen und sah nach rechts, von wo sich ihnen zwei gepanzerte Mannschaftstransporter näherten.

Der Helikopter ging noch etwas weiter herunter und landete auf der Straße, nur wenige Meter neben Alice. Drei Rotgardisten stiegen aus, ihre Waffen waren auf die ZEUS-Soldaten hinter ihr gerichtet. Alice drehte sich um und sah, dass Satish und die anderen die Hände hinter den Köpfen verschränkt hielten und ihre Waffen vor ihnen auf dem Boden lagen. Sichtlich zufrieden, dass keine unmittelbare Gefahr drohte, stieg ein Offizier der Roten Garde aus dem Helikopter und deutete auf Alice.

»Komm her!«

Alice lief langsam auf den Hubschrauber zu und hoffte, dass sie lange genug leben würde, um Gelegenheit zu bekommen, sich zu rächen. Als sie das Grinsen im Gesicht des Offiziers sah, musste sie sich zwingen, den Zorn, der in ihr brodelte, unter Kontrolle zu halten. So viele Männer, Frauen und Kinder hatten sterben müssen, damit diese Männer an ihrer Macht festhalten konnten.

Der Offizier rief Satish zu: »Wir nehmen sie mit uns. Meine Männer sind auf dem Weg, um euch hereinzubringen.«

Alice war sich sicher, dass die Transporter den Befehl hatten, die ZEUS-Soldaten abzuschlachten, sobald sie nahe genug waren, aber ihr ganzer Plan drehte sich darum, sie gar nicht erst nahe genug heranzulassen. Sie hatten nicht unbedingt damit gerechnet, dass ein Helikopter auftauchen würde, aber nun dachte Alice, konnte dies ein Bonus sein. Ihr Plan sah vor, der Roten Garde eine blutige Nase zu verpassen und sie damit zu provozieren, ihnen in die Ruinen zu folgen. Wenn sie es jedoch schafften, auch einen Hubschrauber und einen Offizier zu erbeuten, würde sie das noch empfindlicher treffen. Aber damit das alles funktionierte, musste Alice natürlich improvisieren und hoffen, dass sie lange genug am Leben blieb, um genug Schaden anzurichten.

Sie befand sich jetzt etwa anderthalb Meter von dem Hubschrauber entfernt und stoppte, so als würde sie ihre Entscheidung noch einmal abwägen. Der Offizier der Roten Garde rief ihr zu, näher zu kommen, was absurd war, denn Alice fragte sich, wieso er glaubte, dass jemand freiwillig seiner Folter und dem sicheren Tod entgegengehen sollte. Als sie sich nicht rührte, verlor er die Geduld und wies einen seiner Männer an, sie zu holen. Der Rotgardist begann, auf sie zuzulaufen, und Alice sah nach rechts in der Hoffnung, dass Arjun und seine Ratten sie nicht hängen lassen würden. Sie beobachtete die beiden Truppentransporter, die jetzt keine fünfhundert Meter entfernt waren und schnell näherkamen, als der erste der beiden Transporter von einer großen Wolke verdeckt wurde. Eine Hundertstelsekunde später hörte Alice die Detonation des Sprengsatzes. Sie wusste, dass Arjun ihn vorzeitig gezündet hatte, denn er wollte eine Ablenkung erzeugen und ihr die Chance zur Flucht geben. Er und seine Ratten befanden sich in den Gängen entlang der Straße, und noch bevor sich der Rauch lichtete, hörte Alice Gewehrfeuer, als sie die Transporter angriffen.

Der Rotgardist war nun nur noch wenige Meter entfernt und blieb stehen, um nach der Explosion zu sehen. Dann riss er den Kopf herum, aber es war zu spät. Alice hatte ihre Hände aus den lockeren Fesseln hinter ihrem Rücken gezogen und hielt nun ein Messer in der rechten und eine Pistole in ihrer linken Hand. Sie sprang hoch und trieb das Messer in den Hals des Rotgardisten. Als er zusammensackte, machte sie sich nicht die Mühe, das Messer wieder herauszuziehen. Sie rollte sich ab, landete in der Hocke, die Pistole mit beiden Händen umklammert. Alice feuerte vier oder fünf Schüsse auf die beiden Rotgardisten vor dem Hubschrauber und sah einen von ihnen zu Boden gehen, bevor der andere sein Gewehr hob. Sie rollte sich unter den Hubschrauber, als der Rotgardist feuerte und die Kugeln Staub um sie herum aufwirbelten. Alice spürte, wie sie etwas an der Schulter traf, aber bewegte sich weiter, während der Offizier schrie: »Halt, ihr Idioten! Ihr trefft noch den Hubschrauber!«

Sie kam auf der anderen Seite des Helikopters wieder zum Vorschein und sah, wie der Offizier sich ihr zuwandte. Aber es war zu spät. Sie feuerte durch die offene Hubschrauberkabine, pumpte zwei Kugeln in seine Brust und kletterte hinein. Satish und seine Männer feuerten auf die Rotgardisten draußen, die zu Boden gingen. Alice spähte ins Cockpit und sah, wie der Pilot nach seiner Waffe greifen wollte.

»Keine gute Idee.«

Er nahm die Hände hoch, und sie schubste ihn hinaus, wo Satishs Männer ihm die Hände fesselten.

Alice bemerkte, dass auf der Straße noch immer ein wildes Feuergefecht tobte. Der erste Truppentransporter stand in Flammen, aber der zweite rollte zurück zur Basis, während Gewehrkugeln von ihm abprallten. »Lasst uns so schnell wie möglich von hier verschwinden!«

Alice wusste, dass es bald von Rotgardisten nur so wimmeln würde, wenn bekannt wurde, dass sie einen Hubschrauber verloren hatten. Sie sah Satish an.

»Weiß einer von euch, wie man so ein Ding fliegt?«

Satish schüttelte den Kopf und lächelte. Der Gedanke war zu verlockend, aber selbst wenn keiner von ihnen den Hubschrauber fliegen konnte, war er für sie doch eine Goldgrube. Fünfzehn Minuten später krochen sie in die Tunnel zurück, zusammen mit dem Piloten der Roten Garde, Waffen, Kommunikationsausrüstung und, worüber sich alle am meisten freuten, zwei Raketenwerfern nebst acht Raketen, die sie in dem Hubschrauber gefunden hatten.

Sie hatten also die Rote Garde nicht nur empfindlich geschlagen und in ihrem Stolz verletzt, sondern auch noch auf einen Streich ihre eigene Feuerkraft um ein Vielfaches gestärkt.

In dieser Nacht wurde gefeiert, und alle schienen etwas weniger ängstlich. Viele der Männer und Frauen tranken und sangen, und Alice fragte sich, wo der ganze Alkohol auf einmal hergekommen war.

Arjun saß neben ihr und schaute grimmig drein. »Frag nicht. Die Leute sind ständig auf der Suche nach dem Zeug. Und die Abenteuerlustigeren unter ihnen brennen ihren Fusel selbst. Ich würde das lieber nicht trinken, wenn ich sicher sein wollte, den nächsten Tag noch laufen zu können. Alice, sie haben ihren ersten richtigen Sieg gekostet und deshalb wollen sie feiern, aber wir müssen weiter denken.«

Alice hatte darüber nachgedacht, wie die Rote Garde Vergeltung üben würde, und sie hatte die Zerstörung des Totenlandes noch gut vor Augen.

»Werden sie auch die Ruinen bombardieren, so wie sie es mit dem Totenland gemacht haben?«

Satish hatte sich zu ihnen gesellt und antwortete: »Nein, es ist nicht so leicht, Ziele in einem städtischen

Umfeld wie diesem zu bombardieren. Delhi war eine große Stadt, und selbst wenn die meisten Gebäude nicht mehr stehen, gibt es noch zu viele Orte, wo man sich verstecken kann, sodass sie nicht sicher sein können, ob sie bei einem Luftangriff auch wirklich alles und jeden getroffen haben.«

Arjun wirkte noch immer besorgt, und Satish fragte ihn, was er auf dem Herzen hatte.

»Du und Alice, ihr seid beide zu jung, um euch zu erinnern, was nach dem Ausbruch passierte. Ich habe die Großen Feuer gesehen und was die Atomwaffen mit unserer Welt anrichteten. Wieso sollte die Rote Garde nicht einfach eine solche Atombombe über den Ruinen abwerfen und uns ein für alle Mal vernichten?«

Alice lief es eiskalt den Rücken herunter. Sie kannte nur die Geschichten darüber, was diese furchtbaren Waffen mit ganzen Städten in dem Chaos nach dem Ausbruch angerichtet hatten. Nachdem sie erlebt hatte, was »normale« Bomben im Totenland anrichteten, fragte sie sich, welche Gräuel von Atomwaffen ausgehen würden, wenn man sie tatsächlich einsetzen würde. Sie bemerkte ein breites Grinsen auf Satishs Gesicht, etwas, dass nicht zu ihrer trübsinnigen Unterhaltung zu passen schien.

»Satish, wieso hast du so gute Laune?«

»Alice, unser chinesischer Freund da drüben erzählt so einiges, und er weiß eine Menge darüber, wie die Welt jetzt aussieht und was das Zentralkomitee vorhat. Es gibt einen triftigen Grund, warum sie es nicht riskieren werden, uns mit einer Atombombe auszuradieren, und das ist der gleiche triftige Grund, weshalb sie immer noch versuchen, menschliche Siedlungen zu unterjochen.«

Als Alice ihn ansah und fragend eine Augenbraue hob, antwortete er schlicht: »Nahrung.«

Der Pilot der Roten Garde befand sich in einem abgedunkelten Keller, und als Arjun mit einer Fackel in der Hand den Raum betrat, hielt der Pilot schützend die Hand vor seine Augen. Alice und Satish folgten ihm und setzten sich vor den Piloten. Er trug noch immer seine Uniform, und Alice sah, dass er aus einer Wunde an der Lippe blutete. Sie wirbelte zu Arjun herum.

»Wer hat ihn geschlagen?«

Arjun hob verteidigend die Hände.

»Einer unserer Männer war wohl ein wenig übereifrig, und ich habe ihn sanft daran erinnert, wie du unsere Gefangenen zu behandeln wünschst.«

Alice nickte. Arjuns »sanfte Erinnerung« bestand mit einiger Sicherheit aus einem satten Schlag in die Magengrube. Satish sprach mit dem Piloten in einer fremden Sprache und drehte sich dann zu Alice um.

»Wir alle mussten ein wenig Mandarin lernen, um uns mit den Offizieren der Roten Garde verständigen zu können, aber er spricht ein passables Englisch.«

Der Pilot sah sich nun Alice genauer an und schrak zurück.

»Die blonde Hexe.«

Alice war verwundert. Ihr war bewusst, dass die Rote Garde Kenntnis von ihr hatte und man sie jagte, aber sie hätte sich nicht träumen lassen, dass sie so einen Namen für sie hatten. »Ich heiße Alice, Colonel Li. Und jetzt erzählen Sie mir, was Sie wissen.«

Eine Stunde später saßen Alice, Satish und Arjun draußen zusammen. Ein paar Minuten lang mussten sie erst einmal verdauen, was sie erfahren hatten, weshalb niemand sprach. Es hatte sich herausgestellt, dass der Pilot weitaus wertvoller war, als sie gedacht hatten. Commander Jiang Li war nicht nur ein hochdekorierter Pilot der Roten Garde, sondern auch der Sohn von Genosse Jemin Li, einem der ältesten Mitglieder des Zentralkomitees in Schanghai. Als Pilot mit seinem Rang verfügte er zwar nur über grundlegende taktische Informationen über die Basis und ihre Bewaffnung, welche Alice aber bereits für unbezahlbar hielt. Aber als Sohn einer derart wichtigen Person war Commander Li eine Schatzkiste an Informationen darüber, was in der Welt dort draußen passierte.

Es stellte sich heraus, dass ein Großteil der Welt bei dem Ausbruch und dem Chaos danach völlig zerstört worden war. Die größeren Städte Chinas waren weitgehend heil geblieben, aber die ländlichen Gegenden und kleineren Ortschaften waren durch den Ausbruch und die Vergeltungsschläge Amerikas verwüstet worden. Es war ein verzweifelter Plan gewesen, einer, in den Commander Lis Vater eingeweiht gewesen war. Aber angesichts der weltweiten Rezession, mit der chinesischen Wirtschaft auf der Kippe, weil man von den Schulden der USA abhängig war, zwei Jahren Hungersnot und den wachsenden Rufen nach Reformen und mehr Demokratie in China, waren die Leute an der Spitze der Macht dieses Risiko eingegangen. Womit die Rädelsführer dieses Plans jedoch nicht gerechnet hatten, war, dass das Virus mutieren würde und die Biter außer Kontrolle gerieten. Zusammen mit den kleineren Nuklearschlägen in Asien und dem Mittleren Osten bedeutete das nun, dass das Zentralkomitee, die einzige halbwegs organisierte politische Großmacht, die noch übrig war, über einen Planeten herrschte, der nicht viel mehr war als ein Häuflein Asche.

Und darüber hinaus gab es über zweihundert Millionen hungriger Mäuler in China zu stopfen. Anfänglich war die Bevölkerung dem Zentralkomitee noch widerspruchlos gefolgt. Doch nach einiger Zeit, als man das Essen rationieren musste, sah sich das Zentralkomitee gezwungen, nach verbliebenem fruchtbaren Land und Menschen zu suchen, die auf diesen Feldern arbeiten konnten. Nur zwei große Anbauflächen waren übrig geblieben – eines im Herzen der USA und eines in Indien. Die Amerikaner gaben nicht auf, und seit dem Tag, an dem die Rote Garde einmarschiert war, tobte ein erbitterter Guerillakrieg, der die Rote Garde zunehmend ausbluten ließ. Also wendeten sie ihre Aufmerksamkeit dem Totenland in Nordindien zu und beauftragten ZEUS, menschliche Siedlungen unter ihre Kontrolle zu bringen.

Alice kannte von klein auf nur die Sorgen ihrer Familie und ihres Dorfes, irgendwie am Leben zu bleiben. Es fiel ihr daher zuerst schwer, das wahre Ausmaß jener Schlacht zu erkennen, von der sie nun ein Teil war. Aber dieses Leben hatte ihre Instinkte geschärft.

»Zuerst einmal – wenn Li der Sohn eines so wichtigen Mannes ist, werden sie uns nicht aus der Luft angreifen. Sie werden versuchen zu verhandeln, oder ihre Angriffe vom Boden aus starten. Wir müssen vorbereitet sein.« Arjun nickte und lächelte ein wenig, als das junge Mädchen, dass alle als ihre Anführerin sahen, das Kommando ergriff. »Zweitens – wenn Essen und Arbeiter für die Farmen die wichtigsten Dinge für sie darstellen, müssen wir sie dort treffen, wo sie am empfindlichsten sind. Keine Nahrung bedeutet, dass sich ihre eigenen Leute gegen das Zentralkomitee stellen werden.«

Sie bemerkte, das Satish skeptisch dreinschaute, und fuhr fort: »Ja, ich weiß, das ist hart, und viele Menschen werden Hunger leiden, aber wir dürfen nicht weich werden. Und schließlich müssen wir einen Weg finden, uns mit den Amerikaner abzusprechen, soweit das möglich ist.«

Sie hatte den anderen noch nichts von der Ampulle mit dem Impfstoff erzählt, den sie bei sich trug, und obwohl Indien nun kaum mehr als das Totenland war, hoffte sie, dass die Amerikaner noch über Menschen und Fabriken verfügen würden, wo man den Impfstoff reproduzieren konnte. Alice hatte keine Ahnung, wie sie die Amerikaner kontaktieren sollten oder wie hilfreich man sich gegenseitig sein konnte, wenn die halbe Welt dazwischen lag, aber allein der Gedanke, dass irgendwo anders auf der Welt noch Menschen den gleichen Krieg gegen den gleichen Gegner führten, gab ihr Hoffnung und ließ ihr eigenes Unterfangen weniger hoffnungslos erscheinen.

Nur zwei Tage später wurde der erste Teil von Alices Plan in die Tat umgesetzt. »Herzkönigin, bin zu Tisch.«

Alice drückte einmal bestätigend auf ihr Funkgerät und ließ dann den Blick über den Flugplatz schweifen, der ausgebreitet vor ihr lag.

»Herzkönig, ist der Bube in Position?«

Sie hörte ein Klicken von Arjun, der bestätigte, dass Satish und seine Männer in Position waren. Als Arjun von dem Buch mit der Prophezeiung erfahren hatte, das die Königin bei sich trug, hatte er diese Codewörter vorgeschlagen. Das hatte bei den älteren Leuten zwar für viel Gelächter gesorgt, doch Alice, die das Buch nie gelesen hatte, wusste nicht genau, woher die Worte stammten und was sie bedeuteten.

Sie befanden sich etwa fünfzig Kilometer von ihrer Basis in den Ruinen entfernt, ganz in der Nähe dessen, was früher einmal der Delhi International Airport gewesen war. Jetzt war davon nur noch ein kleines, kaum betriebsfähiges Rollfeld übrig geblieben – das aber stellte die wichtigste Lebensader dar, über die Siedler zu den Farmen nach China gesandt und Nahrungsmittel aus der Region in Vorratslager transportiert wurden, die das Zentralkomitee kontrollierte. Durch ihr Fernglas erblickte Alice drei große Transportflugzeuge und zwei Hubschrauber. Es gab mehrere Wachtürme, von denen wenigstens zwei mit automatischen Geschütztürmen ausgestattet waren, und sie sah viele bewaffnete Rotgardisten, die das Gelände absicherten.

Ganz offensichtlich war der Flugplatz viel zu gut verteidigt, um einen Frontalangriff zu wagen, aber das war auch nicht Alices Absicht. Die Plünderung des Hubschraubers der Roten Garde hatte sich als überaus lohnend erwiesen, und zusammen mit der Ausrüstung, welche die fahnenflüchtigen ZEUS-Soldaten mit sich gebracht hatten, besaßen sie jetzt nicht nur weitaus bessere Waffen, sondern auch sehr viel mehr Funkgeräte, die ihnen bei der Kommunikation halfen. Alice war sich sicher, dass man ihren Funkverkehr überwachte, weshalb sie den Code benutzten, den sich Arjun ausgedacht hatte.

»Bube sieht mehrere Törtchen auf dem Tisch.«

Das bedeutete, dass Satish und seine Männer von ihrer Position fünf Kilometer entfernt den Konvoi eintreffen sahen. Sie hielten sich unter den Trümmern der Überführungen verborgen, die früher den Flughafen mit der Stadt verbanden. Als Kombination aus der steigenden Wut in den verbliebenen Siedlungen des Totenlandes nach den Luftschlägen und den immer häufiger werdenden Desertierungen unter den ZEUS-Soldaten waren ihre Kenntnisse über die Truppenbewegungen der Roten Garde immens gestiegen. Deshalb wusste Alice, dass drei gepanzerte Truppentransporter den heutigen Konvoi vollgepackt mit Siedlern auf dem Weg nach China eskortieren würden. Ihr Ziel war es, die Transporter außer Gefecht zu setzen und die Siedler zu befreien, ohne jemanden zu verletzen. Dieser Job würde Satish und seiner Crew zufallen. Alice, Arjun und ein Dutzend anderer Kämpfer würden unterdessen auf dem Rollfeld etwas Chaos und Verwüstung anrichten.

Satishs nächste Meldung traf zehn Minuten später ein.

»Herzbube hat sich ein paar Törtchen geschnappt.«

Alice lächelte. Das bedeutete, sein Teil der Operation war erfolgreich verlaufen. Jetzt galt es, ihren Teil des Plans in die Tat umzusetzen. Die Kunde von dem Überfall hatte sich bereits auf dem Flughafen herumgesprochen, denn sie sah, wie mehrere Rotgardisten in Transporter kletterten und zwei Kampfhubschrauber abhoben. Alice und die anderen hatten sich vor zwei Tagen zu ihrer Position auf den Weg gemacht. Den größten Teil des Weges hatten sie unterirdisch zurückgelegt, durch die alten Kanalisationstunnel, und oftmals lagen sie regungslos für Stunden im Dreck, wenn Patrouillen der Roten Garde über sie hinweg flogen. Es war eine beschwerliche Reise gewesen, aber nun würden sich die Mühen bezahlt machen. Als die Hubschrauber ihr Ziel erreichten, sprach Alice in ihr Funkgerät.

»Herzkönig, gib ihnen Saures.«

Sie sah zwei Rauchsäulen vom Boden auf der anderen Straßenseite aufsteigen. Raketenwerfer, die auf die näherkommenden Helikopter abgefeuert wurden. Eine Rakete verfehlte ihr Ziel, aber die andere traf den vorausfliegenden Hubschrauber kurz hinter dem Cockpit. Ein Ruck ging durch den Hubschrauber, dann geriet er trudelnd außer Kontrolle und stürzte ab. Der zweite Helikopter drehte bei, der plötzlichen Bedrohung entgegen, und Alice rief ihren Leuten zu, das Feuer zu eröffnen. Zwei weitere Raketen schossen auf den Hubschrauber und Alice jubelte triumphierend, als beide ihr Ziel trafen.

Ein Feuerball erschien, und der Hubschrauber brach auseinander. Als Alice sah, wie vier Truppentransporter aus den Toren des Flughafens preschten, war sie versucht, noch weiteren Schaden anzurichten, aber sie wusste, dass es bei einer direkten Auseinandersetzung in offenem Gelände zu viele Verluste geben würde. Deshalb zogen sie sich in die Kanalisation zurück und machten sich auf den Rückweg in die Ruinen.

Das Erste, was Alice nach ihrer Rückkehr tat, war schlafen. Sie versuchte, die vergangenen drei Tage aufzuholen, in denen sie sich kaum eine Ruhepause gegönnt hatte. Als sie aufwachte, berichtete ihr Satish, dass sie es geschafft hatten, die Transporter zu zerstören, die den Konvoi bewacht hatten, und so mehr als dreihundert Siedler retteten. Die Männer und Frauen, allesamt wütend über die Verluste durch die Luftschläge, waren nur allzu willig, sich ihrem Kampf gegen die Rote Garde anzuschließen. Als Alice aus ihrem Zimmer trat, offenbarte sich ihr ein Bild, auf das sie ganz und gar nicht vorbereitet war.

Mehr als fünfhundert Menschen drängten sich in den Ruinen des ehemals noblen Wohnkomplexes. Es war kurz vor Sonnenuntergang, und hier und da brannten ein paar Fackeln. Gerade, als sie Satish fragen wollte, ob es klug war, dass sich so viele von ihnen im Freien befanden, wurde sie von einem lauten Raunen begrüßt. Ein Mann kam auf sie zu.

»Mein Name ist Swapnil. Ich war Anführer eines Dorfes in der Nähe von Mehrauli. Danke, dass du uns befreit hast. Ein paar von uns wollen zu ihren Familien zurück, aber die anderen wollen sich deiner Armee anschließen. Sag uns einfach, was zu tun ist.«

Alice sah sich um und dachte über die Worte des Mannes nach. Befehligte sie jetzt wirklich eine Armee? Der Gedanke, dass sich so viele Leute auf sie verließen, war beängstigend, aber gleichzeitig spürte sie auch einen Anflug von Stolz. Wenn ihr Vater sie doch nur sehen könnte! Er hatte sein Leben dafür gelassen, damit seine Leute in Freiheit weiterleben konnten, und nun war sie nicht nur in der Position, seinen Tod zu rächen, sondern auch fähig, für das zu kämpfen, woran er geglaubt hatte. Die Feierlichkeiten über ihren neuerlichen Sieg dauerten nur kurz an, denn so viele Menschen ungeschützt im Freien kamen einer Einladung zu einem Luftangriff gleich. Alice war sicher, dass die Rote Garde rasend vor Wut über den Verlust von drei Helikoptern innerhalb weniger Tage sein würde, und nun, da sie auch noch die sicher geglaubten Versorgungslinien gefährdet sahen, würden sie liebend gern zurückschlagen wollen. Außerdem hielten sie noch den Sohn eines altgedienten Mitglieds des Zentralkomitees in den Ruinen gefangen, und deshalb war sie sicher, dass man Gegenaktionen plante, und zwar sehr bald.

Sie musste darauf nicht lange warten. Sie befand sich in einem Zimmer im zweiten Stock eines alten Wohnhauses, als das dumpfe Brummen sich nähernder Helikopter in der Luft dröhnte. Sie hatte Späher auf den umliegenden Dächern postiert, und bald darauf sah sie, dass Raketenwerfer auf die Hubschrauber abgefeuert wurden.

Im Dunklen ließ sich nur schwer ausmachen, wie nah sie ihnen kamen, aber da es keine Anzeichen für Explosionen gab, hatten sie ihr Ziel wohl verfehlt. Eines der Dächer wurde von Explosionen durchgeschüttelt, als die Hubschrauber ihrerseits mit Raketen das Feuer erwiderten, und Alice fragte sich, welche Kameraden sie soeben verloren hatte.

»Herzkönig, Herzbube. Zeit, sich in den Kaninchenbau zurückzuziehen.«

Ihr Plan war simpel. Es war Selbstmord, sich den Kampfhubschraubern mit Raketenwerfern und einfachen Schusswaffen entgegenzustellen. Mit der ersten Angriffswelle der RPGs hatten sie die Aufmerksamkeit der Roten Garde auf sich gezogen, aber nun würden sie sich versteckt halten und darauf warten, dass die Rote Garde den nächsten Schritt machte. Der Plan sah vor, sie auf den Boden zu bekommen, um dort das Kräfteverhältnis auszugleichen. Alice beobachtete, wie mindestens sechs Hubschrauber über dem Boden schwebten und sich schwarze Umrisse daraus abseilten. Ein Teil von ihr bedauerte die Rotgardisten, die höchstwahrscheinlich nur einfache Soldaten waren und auf ein Himmelfahrtskommando geschickt wurden, weil das Leben des Sohnes eines wichtigen Mannes auf dem Spiel stand. Aber auf der anderen Seite taten die Soldaten ihren Job, und sie würde ihren tun. Durch das Nachtsichtgerät an ihrem Gewehr verfolgte sie die Soldaten, die von einem Gebäude zum nächsten ausschwärmten. Commander Li befand sich im gleichen Gebäude wie sie. Er saß im untersten Geschoss der Tiefgarage und wurde von vier Männern bewacht. Aus ihm war nicht mehr viel herauszubekommen, aber er war ein wertvolles Druckmittel für Verhandlungen, und ihre beste Absicherung, dass die Rote Garde nicht die gesamte Nachbarschaft aus der Luft heraus einäschern würde.

Sie beobachtete, wie sich ein Vier-Mann-Team der Roten Garde dem Gebäude vor ihr näherte. Sie durchquerten einen kleinen Park, wo vor ein paar Jahren wahrscheinlich noch Kinder gespielt hatten. Eine Rutsche gemahnte noch an diese einfacheren, glücklicheren Tage. Unter der Rutsche lag eine Mülltonne. Und darin befand sich ein Sprengsatz, den Alice angebracht hatte. Als die Rotgardisten die Rutsche passierten, brachte sie die beiden Drähte vor sich zusammen. Der Sprengsatz detonierte mit einer ungeheuren Explosion, die ohrenbetäubend die stille Nacht durchbrach. Als sie wieder durch das Fernglas spähte, lagen all vier Soldaten regungslos am Boden. Die anderen suchten fieberhaft nach Deckung, und ein oder zwei Soldaten schossen in Panik blindlings um sich. Ihr Mündungsfeuer aber verriet sie, und eine vernichtende Salve aus Gewehrschüssen und Raketen der in den Ruinen verteilten Männer und Frauen prasselte auf sie hernieder. Alice sah einen Rotgardisten quer durch den Park rennen. Wahrscheinlich war er in dem Chaos von seiner Einheit getrennt worden. Sorgfältig zielte sie auf ihn, drückte einmal ab und streckte ihn mit einem Schuss ins Bein nieder. Er kroch auf allen vieren weiter, und zwei schattenhafte Gestalten eilten aus dem Dunkel herbei und trugen ihn fort. Die Helikopter schwebten wie zornige Hornissen über ihnen, aber da die Rote Garde am Boden in Nahkämpfe verwickelt war, gab es wenig, was sie tun konnten. Einer von ihnen versuchte, etwas tiefer hinabzugehen, aber ein Beinahetreffer einer Abwehrrakete zwang ihn, wieder aufzusteigen.

Das Gefecht dauerte etwa zwanzig Minuten an, dann herrschte Stille. Den Plan befolgend gab es keinen Jubel, und niemand lief hinaus, um zu feiern. Im krassen Gegensatz zu dem ohrenbetäubenden Gewehrfeuer und den Explosionen, die den Wohnkomplex noch vor Minuten erschütterten, hörte man nun nichts weiter als die Hubschrauber über ihnen. Alice fragte sich, ob sie Verstärkung angefordert hatten, aber wenn, würden sie bei ihrer Ankunft nur eine verlassene Wohnanlage mit nichts weiter als Dutzenden Leichen von Rotgardisten und mehreren Sprengfallen vorfinden, um die Sache für jeden Soldaten, der hier landen würde, interessanter zu gestalten.

Alice und ihre Gefolgsleute sowie acht Rotgardisten, die man lebendig gefangen genommen hatte, befanden sich bereits auf dem Weg in die Ruinen und die unterirdischen Tunnel zu einem anderen Versteck.

Das tödliche Katz-und-Maus-Spiel in den Ruinen hatte gerade erst begonnen.

DREIZEHN

Zwei weitere Wochen zogen ins Land, und es verging kein Tag, an dem es keine Angriffe der Roten Garde gab. Nach den plötzlichen und heftigen Verlusten in den Häuserkämpfen setzte die Rote Garde wieder verstärkt auf Drohnen und Luftangriffe. Das bedeutete zwar weniger Verluste aufseiten der Roten Garde, aber auch auf der Gegenseite, denn es war für Alice und ihre Mitstreiter ein Leichtes, sich in den Ruinen oder dem Gewirr aus unterirdischen Tunneln und Abwasserkanälen zu verstecken. Alice verstand schnell, dass sie nicht über genug Kämpfer oder Waffen verfügte, um die Rote Garde direkt herauszufordern, also würden sie sich weiter in den Ruinen verstecken und Sprengsätze und Hinterhalte benutzen, um dem Gegner größtmöglichen Schaden zuzufügen. Alices Armee war durch die steigende Anzahl an Überläufern weiter angewachsen, und auch wenn ihre Gesamtzahl noch niedrig war, nahmen durch die Erfahrung, die die

Neuzugänge mitbrachten, ihre Fähigkeiten und Kenntnisse enorm zu. Einige von ihnen waren ranghohe Offiziere gewesen, die vor dem Ausbruch als Major oder Oberleutnant in der indischen Armee gedient hatten, und sie begannen mit einer Reihe von Schulungen. Alice war fasziniert, was sie alles lernen konnte. Ihre Kenntnisse im Kampf hatte sie im Totenland erworben, wo der tägliche Kampf ums Überleben ihr Trainer gewesen war. Aber nun lernte sie etwas über frühere Kriege in der Alten Welt, als Aufständische ihre Länder gegen mächtige Invasoren nur mit einfachsten Sprengfallen und Überfällen zurückdrängten. Sie lernte etwas über Aufstandsbekämpfungen und erkannte schnell, wie sehr die Rote Garde es vermasselt hatte, die lokale Bevölkerung zu entfremden. Das war etwas, dass sie sofort zu ihren Gunsten nutzen wollte.

Oft zog sie mit kleinen Gruppen im Schutze der Nacht hinaus ins Totenland und traf sich mit Siedlern, erzählte ihnen von dem Kampf, den sie führten, und baten um Unterstützung. Alice hatte geglaubt, dass es genügen würde, ihnen von der Grausamkeit der Roten Garde und von der Verschwörung hinter dem Ausbruch zu erzählen, um die Dörfer auf ihre Seite zu ziehen, aber es war nicht immer so leicht. Eines Abends unterhielt sie sich mit Arjun.

»Alice, nur sehr wenige Menschen werden aus Rachsucht kämpfen. Ein paar vielleicht, die wie du persönlich Familienangehörige oder Freunde an die Rote Garde verloren haben. Aber die anderen wollen Sicherheit für ihre Familien, und man wird sie nicht damit überreden können, etwas zu zerstören, sondern mit dem Versprechen für ein besseres Leben.«

So hatte Alice das noch nie gesehen.

»Arjun, woher weißt du so viel über diese Dinge?«

Er lächelte.

»Ich war Händler, schon vergessen? Mein Job war es, den Leuten Dinge zu verkaufen, die sie oftmals gar nicht brauchten. Und der Schlüssel dazu besteht darin, Bedürfnisse zu wecken, die vorher noch gar nicht da waren.«

»Was könnten sie wollen?«

Arjun holte ein verblichenes Foto hervor. Es zeigte eine große Straße mit Autos und Menschen, die herumliefen.

»Die meisten Anführer der Siedlungen waren vor dem Ausbruch junge Männer und Frauen. Sie können sich erinnern, wie das Leben davor gewesen ist, und wenn du sie fragst, sie alle – mich eingeschlossen – was sie sich am meisten wünschen, dann wird es die Sicherheit und Stabilität sein, die es damals gab. Ganz besonders an Orten, wo es einmal demokratisch zuging, wollen die Menschen wieder selbstbestimmt leben, anstatt das jemand weit entfernt Entscheidungen für sie trifft.«

Demokratie.

Alice hatte die Alte Welt nicht mehr erleben können, aber ihr Vater hatte oft über seine Ideale gesprochen, die er so mühsam in ihrer Siedlung umzusetzen versuchte. Ein System, in dem nicht die Stärkeren oder Besserbewaffneten regierten, sondern die Menschen selbst entschieden, wer sie anführen sollte, und wo Entscheidungen per Abstimmungen getroffen wurden. Sie wusste, dass sich die Kunde von dem gnadenlosen Vorgehen der Roten Garde bis in viele Siedlungen verbreitet hatte, aber die Leute hatten nur allzu freiwillig ihre Freiheit gegen Sicherheit eingetauscht. Konnte sie ihnen wirklich eine Alternative bieten? Die Taktiken der Roten Garde und die überlaufenden ZEUS-Soldaten hatten natürlich Zweifel genährt, welcher Sache sie sich da verschrieben hatten, als sie der vermeintlichen Sicherheit unter der Herrschaft der Roten Garde zustimmten, erst recht, nachdem Commander Li von den unmenschlichen Bedingungen berichtet hatte, die in den Arbeitslagern herrschten. Aber welches Leben konnte sie ihnen im verwüsteten Totenland oder den Ruinen anbieten?

Arjun schien ihre Gedanken zu lesen.

»Alice, wir sind nun über fünfhundert Menschen. Familien, Menschen, die sich vor Kurzem noch fremd waren, leben nun alle zusammen. Denk darüber nach, was wir hier begonnen haben.«

Am nächsten Tag erspähten sie mehrere Einheiten der Roten Garde über den Ruinen. Jets und Helikopter warfen Bomben und feuerten Raketen ab, aber nie befanden sie sich auch nur in der Nähe von Alice und ihren Truppen. Alice glaubte, dass sie falschen Informationen aufgesessen waren, und der fehlgeleitete Luftschlag trug beim Mittagessen zu allgemeiner Heiterkeit bei.

In der nächsten Nacht war Alice mit zwei von Satishs Männern auf Patrouille, als eine Bedrohung auftauchte, die sie beinahe vergessen hatte. Einer der jüngeren ZEUS-Soldaten vor ihr schrie plötzlich auf, und Alice war sofort auf der Hut und legte ihr Gewehr mit dem Nachtsichtgerät an die Schulter. Sie sah drei Schemen hinter dem Haus vor ihnen auftauchen. An der Art, wie sie sich bewegten, bestand kein Zweifel, dass es sich um Biter handelte. Der Soldat lag am Boden. Sein Hals war in einem unnatürlichen Winkel verdreht. Sie hörte ein Geräusch zu ihrer Linken, und sah drei weitere Biter auftauchen. Alice zögerte einen Moment und dachte an die Königin und die Biter, die ihr geholfen hatten, bevor sie den Abzug an ihrer Waffe durchzog und den ersten Biter mit einem Schuss in den Kopf niederstreckte. Die anderen stürzten sich auf sie. Sie erschoss einen zweiten, bevor sie ihren Kameraden befahl, sich zurückzuziehen. Auf engem Raum und ohne zu wissen, mit wie vielen Bitern man es zu tun hatte, wäre ein Kampf Selbstmord gewesen. Sie rannte durch die Dunkelheit, und mehr als einmal wich sie Schatten aus, von denen sie dachte, dass es Biter wären, die sich aber als Rohre oder Möbelstücke entpuppten.

»Vivek, alles in Ordnung?«

Der Soldat antwortete nicht, und so hoffte sie, dass es ihm gut ging. Plötzlich tauchte vor ihr ein Biter auf, und ohne ihr Tempo zu verlangsamen, rammte sie ihm den Kolben ihres Gewehrs ins Gesicht und feuerte eine Kugel in seinen Kopf, als er zu Boden ging. Da sie wusste, dass sie wahrscheinlich zu weit von ihrer Basis entfernt war, um es in der Dunkelheit und von Bitern umzingelt zurückzuschaffen, hielt sie auf das nächstgelegene intakte Gebäude zu und stürmte die Stufen in die zweite Etage hinauf. Dann kauerte sie sich gegen eine Wand und richtete die Waffe auf die Treppe. Sie trug zwei Splittergranaten bei sich, und wenn die Biter versuchen sollten, ihr nachzulaufen, würde sie ihnen einen netten Empfang bereiten. Alice sah, wie ein Biter im Türrahmen auftauchte, und schaltete ihn mit einem Schuss aus. Zwei weitere folgten, sie feuerte wieder, schoss zweimal daneben, was sie aber mit zwei Kopfschüssen wieder ausglich. Dann zog sie sich die Stufen hinauf weiter zurück und hoffte, dass sie nicht zu viel Aufmerksamkeit erregt hatte.

Nachdem keine weiteren Biter erschienen, atmete sie tief ein und sah durch ihr Zielfernrohr zum Fenster hinaus. Draußen erblickte sie die halb von einem Laternenmast verdeckte Flagge, die Arjun aufgestellt hatte. Sie dankte den Rotgardisten für das hochmoderne Zielfernrohr, denn dieses verriet ihr, dass sich die Basis in zweitausend Metern Entfernung befand. Alice war unschlüssig, ob sie es riskieren sollte, mit all den Bitern in der Gegend allein im Dunkeln zurückzulaufen, deshalb holte sie ihr Funkgerät hervor, um Arjun um Hilfe zu bitten. Da zerrissen mehrere Gewehrschüsse die Stille der Nacht. Zuerst ein paar einzelne, dann schoss jemand mit Dauerfeuer. Die Schüsse kamen aus der Richtung ihrer Basis, und als sie durch das Zielfernrohr blickte, sah Alice dort mehrmals Mündungsfeuer aufblitzen. Sie schwenkte das Gewehr herum, sah, wie mehrere dunkle Umrisse auf die Basis zuschlurften, und wusste, was die Rote Garde getan hatte. Sie hatten die Biter mit ihren Bombardements aufgescheucht, und nun strömten diese zu den Gebieten, wo die Menschen ihre Stützpunkte unterhielten. Alice packte ihre Waffe und machte sich daran, ihren Freunden zu Hilfe zu kommen.

Die Rote Garde hatte für einen neuen, tödlichen Kriegsschauplatz im Kampf um die Ruinen gesorgt.

Als Alice ihre Basis erreichte, sah sie die Leichen mehrerer Biter auf dem Boden liegen. Ihre Köpfe waren von direkten Treffern zerplatzt. Doch als sie näherkam, sah sie zu ihrer Bestürzung, dass viele ihrer Kameraden ebenfalls tot waren. Die Biter hatten sie vollkommen überrascht. Sie alle hatten sich so an die Luftangriffe der Roten Garde gewöhnt, dass niemand mehr mit Angriffen von Bitern gerechnet hatte. Alice sah, dass Arjun seine Pistole auf einen Mann richtete, der sich am Boden krümmte, und ihm in den Kopf schoss. *Lieber tot als untot*, lautete ihre Devise, aber sie konnte Arjuns Schmerz in seinen Augen lesen und wusste, wie schwer es war, einen Freund zu töten.

Satish stürmte mit dem Gewehr in der Hand heran und rief seinen Männern zu: »Ich will Scharfschützen auf den Dächern, sofort. Haltet nach Nachzüglern Ausschau!« Vor Alice hielt er an. »Die haben uns mit runtergelassenen Hosen erwischt.«

Alice ließ den Blick über die Zerstörungen um sich herum schweifen und wollte wissen, wie hoch ihre Verluste waren.

»Soweit ich weiß, haben wir acht oder neun Mann verloren. Außerdem können wir hier nicht bleiben. Wenn die Biter aus ihren Verstecken vertrieben wurden und in unsere Gebiete kommen, müssen wir einen Platz finden, der sich leichter befestigen und verteidigen lässt.«

»Aber das macht uns zu leichteren Zielen aus der Luft, oder?«

Arjun lächelte schwach. Er wusste um das Dilemma, in das die Rote Garde sie gebracht hatte.

Der nächste Tag war ein schwerer, denn er begann damit, dass sie ihre Toten begruben, was den meisten Hindus nicht leichtfiel. Scheiterhaufen aber wären weithin sichtbar und eine Einladung für weitere Luftangriffe gewesen. Dann begaben sie sich auf die Suche nach einer neuen Festung.

Nach mehr als einer Stunde Fußmarsch durch die Ruinen drückte Alice zweimal auf ihr Funkgerät. Um weniger Aufmerksamkeit zu erregen, hatten sie sich in fünf kleinere Gruppen aufgeteilt, und begannen nun damit, sich allmählich wieder zusammenzufinden.

»Das ist ein viel zu gutes Ziel, Alice. Bist du sicher, dass wir hier sein sollten?«

Alice lächelte Arjun an. »Sieh dich um. Hier gibt es so viele Tiefgaragen und unterirdische Räume, dass man uns aus der Luft kaum angreifen kann. Außerdem haben wir unseren Freund Commander Li und die anderen Gefangenen, daher bezweifle ich, dass sie schwere Waffen einsetzen werden. Und auf den Mauern können wir Verteidigungsanlagen gegen Biter und Rotgardisten errichten, die sich von draußen nähern.«

Sie befanden sich im Inneren eines riesigen ehemaligen

Stadions. Die Tribünen ringsum waren schon seit Langem zerstört, aber das große gewölbte Kuppeldach war in weiten Teilen noch intakt und verbarg das Spielfeld und die Räume darunter.

Einer der ZEUS-Soldaten trat vor und pfiff anerkennend. »Gute Idee, Alice. Das ist das perfekte Hauptquartier für uns. Aber da sich uns mehr und mehr Leute anschließen, wäre es gut, wenn sie sich in den angrenzenden Gebäuden niederlassen würden. Die hat man damals gebaut, um die vielen Athleten bei den großen Sportveranstaltungen unterzubringen. Wie du siehst, sind die meisten von ihnen noch bewohnbar, sie sind nahe genug am Stadion, um ein Sicherheitsnetz zu organisieren, aber gleichzeitig haben die Menschen Platz für sich und ihre Familien.«

»Das macht Sinn.«

Innerhalb einer Woche wurde das Stadion zum Zentrum der Neubesiedlung der Ruinen des ehemaligen Delhis. Die Kunde verbreitete sich, und Menschen zogen herbei, erst kleinere Gruppen, schließlich aber sogar ganze Dörfer aus dem Totenland. Alice sah sich plötzlich mit den Verwaltungsaufgaben konfrontiert, die damit einhergingen, dass sie für tausende Menschen Sorge tragen musste. Zum Glück gab es genügend Personen mit Kenntnissen aus der Alten Welt, die ihr helfen konnten. Ein ehemaliger Buchhalter übernahm die Aufgabe, die Nahrungsmittel und Versorgungsgüter zu überwachen. Satish kümmerte sich um grundlegende Fragen der Sicherheit, wozu auch die Bewachung des Stadions und all der Familien gehörte, die in dessen Umkreis siedelten. Mehrere Siedler flickten benzinbetriebene Generatoren zusammen, die man noch immer in den Ruinen finden konnte, und so gab es nun Strom im Hauptspeiseraum und den Besprechungszimmern des Stadions und man dachte bereits darüber nach, wie man die Stromversorgung auf alle Wohneinheiten ausdehnen könnte.

Arjun und seine Ratten kümmerten sich um die »äußere Sicherheit«, wie er das nannte. Sie wagten sich tiefer in die Ruinen vor, um nach Vorräten und weiteren Menschen zu suchen. Binnen weniger Tage zählte ihre Gemeinschaft mehrere Tausend Seelen, und die Legende von Alice wurde üppiger und verbreitete sich wie im Flug. Einmal vertraute sich Alice Arjun an und erzählte ihm, dass sie ein schlechtes Gefühl dabei hatte, dass ein Großteil der Geschichten, welche die Leute glaubten, nicht der Wahrheit entsprachen. Zum Beispiel hatte sie ganz gewiss nicht im Alleingang einen der gepanzerten Truppentransporter auseinandergenommen. Arjun lächelte und erklärte ihr, dass die Legenden ein Teil dessen waren, was sie alle zusammenschweißte, und dass man es dabei belassen sollte, wenn es half, eine so großartige Sache aufzubauen.

In den täglichen Treffen, die Alice einberufen hatte, damit die Menschen über ihre Probleme sprechen und Ideen für Verbesserungen vorschlagen konnten, stellte eine alte Frau eine Frage, die sie überraschte: »Alice, wie sollten wir unsere Stadt nennen?«

Da erinnerte sich Alice an das verkohlte Buch, das die

Königin stets bei sich getragen hatte und das ihr so viel bedeutete. Seit die alte Dame verschwunden war, hatte Alice nichts mehr von ihr gehört, und da sie dachte, dass das vielleicht eine passende Möglichkeit war, ihrer zu gedenken, entschied sie, ihre Gemeinschaft Wunderland zu nennen.

Das führte zu rauem Gelächter, besonders unter den älteren Leuten, die das Märchen noch kannten.

Es war alles andere als eine langweilige Zeit. Täglich gab es Angriffe der Roten Garde, und hin und wieder feuerte ein Hubschrauberpilot ein oder zwei Raketen ab, aber dank des stabilen Stadiondaches und ihrer geschützten Lage richteten diese kaum Schaden an. Und auch die Luftangriffe ließen nach, nachdem die Rote Garde bemerkt hatte, dass die geflohenen ZEUS-Soldaten ihre Waffenkammern geplündert und tragbare Luftabwehrraketen entwendet hatten. Diese hatte man auf den höchsten Gebäuden im Umkreis postiert, und obwohl Alice wusste, dass das nicht ausreichen würde, falls die Rote Garde eine groß angelegte Attacke plante, war klar, dass der Nutzen eines solchen Angriffs die immensen Verluste nicht aufwiegen würde. Auf diese Weise entstand ein unsicherer Waffenstillstand zwischen ihnen und der Roten Garde, und zumindest für eine kurze Zeit bliebt das Wunderland von Angriffen verschont.

Trotzdem führte die Rote Garde ihre Attacken auf die Gebiete fort, die von Bitern besetzt waren, und hetzte diese weiterhin ähnlich einer Treibjagd in Richtung des Stadions. Doch im Unterschied zu früher war ihre Basis nun sehr viel wehrhafter. Es gab eine Menge angrenzender Gebäude, welche den perfekten Platz für Scharfschützen und Kreuzfeuer boten, sodass man die gelegentlich anrückenden Biter-Horden aus sicherer Entfernung ausschalten konnte, bevor sie Schaden anrichteten. Alice hatte kein gutes Gefühl dabei, die Biter zu töten, von denen sie wusste, dass sie eher tollwütigen Tieren als bösartigen Monstern glichen, aber die Sicherheit derer, die ihr vertrauten, hatte absoluten Vorrang.

Als sie sich in ihrer neuen Basis eingelebt hatten, begannen sie, zwei Pläne in die Tat umzusetzen.

Der erste war ein erneuter Schlag gegen die Versorgungslinien der Roten Garde. Arjun meldete sich freiwillig, den Einsatz zu leiten, und es herrschte kein Mangel an Freiwilligen, die nur darauf warteten, sich an den Rotgardisten zu rächen. Der zweite Plan war ein schwierigeres Unterfangen: Verbindung zur restlichen Welt aufnehmen. Einer der geflohenen ZEUS-Soldaten hatte einen Kurzwellensender mitgebracht, und so errichteten sie ein Kommunikationszentrum im ehemaligen Übertragungsraum des Stadions. Alice hatte da gesessen und dem für sie schier endlosen statischen Rauschen zugehört, bevor sie es aufgab. Da hatten sie auf dem Gebiet des sogenannten Informationskrieges größere Erfolge zu verzeichnen. Sie benutzten die Tablets, um den Gegner und das Intranet von ZEUS mit Nachrichten über ihren anhaltenden Kampf zu bombardieren. Binnen einer Woche war das Intranet von ZEUS überlastet, ein sicheres Zeichen dafür, dass die Rote Garde beinahe jegliche Gewalt über ihr einstmals wichtigstes Instrument zur Kontrolle des Totenlandes verloren hatte. Deserteure berichteten von unverhohlenen Meutereien und Ausschreitungen und von ganzen ZEUS-Einheiten, welche die Verbände verließen und mit Luftangriffen der Roten Garde abgeschlachtet wurden. Aber das bedeutete auch, dass immer mehr Rotgardisten ins Totenland kamen und schwere Waffen mit sich brachten.

Und dann, eines Tages, betrat Alice den Kommunikationsraum und erfuhr, dass sie eine unerwartete und überraschende Nachricht erhalten hatten.

Eine Nachricht vom Zentralkomitee.

In dieser Nacht war die Spannung und Aufregung beinahe greifbar. Alle hatten sich in der Tiefgarage des Stadions versammelt. Ein paar von Generatoren angetriebene Lampen warfen geisterhafte Schatten an die Wände und verliehen dem Geschehen eine noch unheimlichere Atmosphäre.

»Alice, das könnte ein Trick sein.«

Arjun hatte die Worte leise gesprochen, und Alice war dankbar dafür. Sie wendete sich der Menge zu: »Wir haben heute Morgen eine Nachricht vom Zentralkomitee erhalten.«

Es gab Spekulationen, was diese spezielle Ankündigung sein würde, und nun, da die Karten auf dem Tisch lagen, erstarben alle Gespräche und jeder richtete den Blick auf Alice, die fortfuhr: »Sie schlagen einen Waffenstillstand vor.«

Einige in der Menge applaudierten, und das verriet Alice einiges. Nach Jahren, in denen sie um ihr Überleben kämpften, hatten sie so etwas wie Sicherheit und Gemeinschaft im Wunderland erfahren. Ein Waffenstillstand würde bedeuten, dass sie zumindest ihr Leben wieder aufbauen und die Gemeinschaft vergrößern konnten, ohne weitere Angriffe fürchten zu müssen. Alice hob die Hand, und der Beifall erstarb.

»Ihre Bedingung lautet, dass wir Commander Li und die gefangenen Rotgardisten freilassen, und dass wir unsere Angriffe auf ihre Versorgungslinien einstellen. Als Gegenleistung versprechen sie, keine Angriffe auf unsere Basis hier im Wunderland zu starten.«

Sie hörte, wie in der Menge gemurmelt wurde, dass man dem Zentralkomitee nicht trauen dürfe, und verstand, dass ebenso wie bei ihr und Arjun die Meinungen auseinandergingen. Alice sprach lauter, und das Getuschel verstummte.

»Ich weiß so gut wie ihr, was wir an die Rote Garde und deren Führer verloren haben. Deshalb hege ich nicht den Wunsch, mich zu ergeben oder uns angreifbar zu machen. Aber es muss noch etwas anderes geben, als nur um das eigene Überleben zu kämpfen. Ich bin im Totenland geboren und ich war an ein Leben gewöhnt, in dem alles, worauf ich hoffte, darin bestand, den nächsten Tag zu erleben, aber viele von euch erinnern sich an ein Leben vor dem Ausbruch. Ein Leben, dass noch mehr für die Menschen bereit hielt.«

Sie wusste, dass sie einen Nerv getroffen hatte, und

spürte alle Augen auf sich ruhen, als sie fortfuhr: »Viele von euch folgen mir, und ich bin nicht sicher, ob ich dieses Vertrauen verdiene, aber ich weiß, dass ich in den letzten Wochen etwas anderes gesehen und gefühlt habe. Wir sind nicht länger nur eine Gruppe von Kämpfern, die sich verstecken. Wir sind mehr als das – wir haben begonnen, eine Gemeinschaft zu gründen; eine Gemeinschaft, in der wir Regeln haben, Schutz, wo Kinder nicht in Angst vor der Dunkelheit aufwachsen müssen so wie ich. Ein Freund sagte mir einmal, dass wir mehr brauchen werden als nur einen gemeinsamen Feind, um eine wirkliche Einheit zu bilden, und ich denke, wir fangen an, diese Werte zu finden. An einem Ort, den wir als unser Zuhause bezeichnen, einen Ort, den wir so gestalten können wie wir das wollen. Einen Ort, den wir alle das Wunderland nennen.«

Ein paar Stimmen aus der Menge riefen ihr zustimmend zu, und Arjun lächelte.

»Ich vertraue der Roten Garde genauso wenig wie ihr, aber ihr wisst, dass wir nicht die nötige Feuerkraft oder genügend Kämpfer haben, um uns ihnen direkt entgegenzustellen. Und sie wissen, dass sie uns nicht ohne drastische Maßnahmen ausradieren können, und damit würden sie das wenige fruchtbare Land aufs Spiel setzen, das sie brauchen, um ihre Leute ernähren zu können. Deshalb werde ich auf ihre Forderung eingehen, unsere Angriffe auf ihre Versorgungsrouten im Tausch gegen einen zeitweisen Waffenstillstand einzustellen, und ich werde unsere Gefangenen freilassen.«

Vereinzelt war zorniges Gemurmel zu hören, und Alice hob erneut die Hand, um sie zu beschwichtigen.

»Es werden nur die Gefangenen zurückkehren, die das auch wollen. Die anderen dürfen als unsere Gäste bleiben und irgendwann ein Teil unserer Gemeinschaft werden.«

Sie gab ein Zeichen und Commander Li trat auf die erhöhte Plattform, was einigen die Sprache verschlug. Er sprach in gebrochenem Englisch, aber was er sagte, ließ niemanden ungerührt.

»Ich war Pilot der Roten Garde, und ich habe geglaubt, dass wir dafür kämpfen, unser Volk vor den Monstern, die ihr Biter nennt, zu beschützen und zu helfen, Ländereien abzusichern, um unser Volk zu ernähren. Ich habe hier genug Zeit verbracht und genügend Dokumente gesehen, die mich zweifeln lassen. Deshalb haben ich und drei meiner Genossen beschlossen, hierzubleiben. Ich weiß, dieser Krieg wird für keine Seite siegreich enden, aber ich hoffe, dass ich mit dem Einfluss meines Vaters und durch mein Wort helfen kann, einen dauerhaften Frieden zu finden.«

Arjun sah Alice überrascht an. Während er auf Erkundungsmission war, hatte sie gearbeitet, mit Li gesprochen und versucht, ihn von dem zu überzeugen, was auch sie erst vor Kurzem erfahren hatte. Alice wusste, dass das Risiko bestand, dass das Zentralkomitee Li als Verräter abstempeln könnte und sie damit ihren Vorteil verlieren würden, aber sie zählte darauf, dass sie vielmehr annehmen würden, dass man ihn als Pfand für künftige Verhandlungen gefangen hielt.

Alice schloss ihre Rede mit dem Vorschlag, über diese Sache abzustimmen. Das war ihre erste echte Erfahrung mit dem, was die Leute Demokratie nannten, und sie war besorgt, dass diese Idee die Gruppe spalten könnte. Stattdessen wurde beinahe einstimmig für ihren Vorschlag gestimmt.

Alice verließ das Treffen mit gemischten Gefühlen. Auf der einen Seite spürte sie, dass ihre Rache am Tod ihrer Familie und ihrer Freunde unvollständig war, und sie wollte den Krieg weiterführen. Auf der anderen Seite war sie nun für tausende Menschen verantwortlich, die sich auf sie verließen, und wollte das Leben dieser Menschen nicht für ihren persönlichen Rachefeldzug opfern.

Arjun holte zu ihr auf.

»Alice, das war sehr mutig von dir. Als ich dich das erste Mal traf, warst du ein zorniges junges Mädchen, dass nach Vergeltung dürstete. Heute bist du eine junge Frau, der ich jeden Tag aufs Neue folgen würde.«

Am nächsten Tag planten sie den Austausch. Acht gefangene Rotgardisten sollten von Alice, Arjun und beinahe fünfzig schwerbewaffneten Männern eskortiert werden. Vier von ihnen hatten tragbare Boden-Luftraketen bei sich und würden in Jeeps hinter ihnen fahren, falls sie überraschend aus der Luft angegriffen würden. Das Treffen fand tiefer im Totenland statt, in der Nähe der Einkaufszentren und Büros in einem Vorort namens Noida. Als sie das Gebiet durchquerten, sah Alice die Überreste einer riesigen Statue, welche die hinduistische Göttin

Shiva zeigte. Es schien passend, dass sie in Trümmern lag, zusammen mit allem anderen, das die Alte Welt repräsentierte.

»Alice, du hättest nicht mitkommen sollen.«

Es war nicht das erste Mal, dass Arjun damit anfing, aber sie würde ihre Leute nicht in Gefahr bringen, ohne selbst das Risiko mit ihnen zu teilen. Und wenn diese Entscheidung bedeutete, dass die Menschen im Wunderland wenigstens noch ein paar Tage in Frieden verbringen konnten, dann war es die Sache wert. Als sie den Rendezvouspunkt nahe eines der größten Einkaufszentren der Stadt erreichten, starrte Alice den Komplex für eine Weile ungläubig an und fragte sich, wie es wohl gewesen sein mochte, in ein Gebäude zu spazieren und dort alles kaufen zu können, was man wollte – Essen, Kleidung, Spielsachen, und es wieder zu verlassen, ohne sich um Biter oder die Rote Garde Sorgen machen zu müssen.

Sie hörte den Helikopter, noch bevor er in Sichtweite kam. Kurze Zeit später näherte sich ein großer Transporthubschrauber. Alice bemerkte, wie einige ihrer Männer ihre Waffen durchluden, und ermahnte sie, ruhig zu bleiben. Obwohl sie versuchte, gelassen zu wirken, spielte sie unablässig an der Halskette herum, die sie trug. Da sie nicht wusste, was sie mit der Ampulle anstellen sollte, welche die Königin ihr gegeben hatte, und sie diese zudem in Sicherheit wissen wollte, hatte Alice sie an eine Kette gehangen und trug sie seit dem Verschwinden der Königin bei sich. Sie sah, dass der Hubschrauber in einigen Metern Entfernung landete und ein Offizier ausstieg und auf sie zukam. Sie bewunderte seinen Mut, allein und offensichtlich unbewaffnet auf mehr als fünfzig schwerbewaffnete Feine zuzulaufen. Im Inneren des Hubschraubers befanden sich zwei Scharfschützen, aber keiner von ihnen machte Anstalten, auszusteigen oder die Waffe zu heben.

Der Offizier war nun nahe genug, um gehört zu werden, und hielt an. Er sprach in tadellosem Englisch.

»Nun, du musst diese Alice sein, die uns so viele Probleme bereitet hat. Ich bin General Chen der Roten Garde, und ich bin gekommen, um meine Männer in Empfang zu nehmen. Bitte schicke sie zu uns herüber, dann ziehen wir uns in Anerkennung unserer Übereinkunft zurück.«

Alice gab Arjun ein Zeichen, der die Gefangenen anstieß, und sie begannen, Chen entgegenzugehen. Dann bemerkte sie etwas Seltsames. Chen hatte eine dünne Maske hervorgeholt und setzte sie sich auf. Die beiden Rotgardisten lehnten sich aus dem Helikopter und schossen etwas in die Luft. Alice sah, wie kleine Projektile in die Luft stiegen und auf sie herabfielen. Sie rief Arjun und den anderen zu, in Deckung zu gehen.

Alice hob ihr Gewehr und feuerte auf den Helikopter, als das erste der Projektile irgendwo hinter ihr einschlug. Einer der Rotgardisten zuckte und fiel, als ihre Kugeln ihn trafen. Als Alice die Explosion hinter sich hörte, sprang sie instinktiv in Deckung, und als sie zurückblickte, sah sie, dass es keine Granate gewesen war. Stattdessen hüllte ein grünlicher Nebel Arjun und die anderen ein. Sie griffen sich an die Kehlen und fielen zu Boden. Arjun versuchte, sein Gewehr zu heben, aber er musste würgen und sank dann auf die Knie. Der Wind trug das Gas weiter, und dann sah Alice die Männer mit den Bodenluftraketen in den Jeeps zusammensinken. Sie spürte ein Brennen in ihrer Kehle und begann zu husten, so als hätte sie sich an etwas verschluckt. Sie ging zu Boden und spürte einen Stiefel in ihrem Rücken. Es war Chen.

»Sie will ich lebend haben.«

Zwei Rotgardisten mit Masken auf dem Gesicht zogen Alice auf die Beine und stülpten ihr eine Gasmaske über das Gesicht. Jeder Gedanke an Widerstand schwand, als ihr jemand eine Injektion verabreichte, die ihre Glieder weich werden ließ. Chen stand vor ihr und deutete zum Himmel. Sie sah nach oben. Ganze Bombergeschwader zogen gen Süden – in Richtung Wunderland. Als sie sich gegen die Männer, die sie festhielten, wehren wollte, schlug ihr jemand auf den Kopf und sie verlor das Bewusstsein.

Ihr letzter Gedanke war, dass sie wieder einmal die im Stich gelassen hatte, die ihr vertrauten.

VIERZEHN

Als Alice die Augen öffnete, schwammen Tränen darin, und ihr Mund war trocken. Sie wollte die Arme heben, konnte sie aber nicht bewegen. Sie drehte den Kopf und sah sich um. Sie lag auf einem Bett, wo man sie mit dicken Gurten gefesselt hatte. In dem Raum, in dem sie sich befand, gab es keine weiteren Möbel außer einem einzelnen Metallstuhl, und es gab auch keine Fenster, nur eine einzelne Tür. Als diese aufschwang, sah Alice eine nur allzu bekannte Gestalt eintreten.

Es war Appleseed.

Da erinnerte sie sich wieder, was passiert war, und warf sich herum; versuchte, sich zu befreien und auf den Mann zu stürzen, der ihr so viel genommen hatte. Appleseed setzte sich ruhig auf den Stuhl neben ihr.

»Alice, das wird nichts bringen. Entspann dich einfach.«

»Was ist aus Wunder… aus meinen Leuten geworden?«

Appleseed lächelte. »Es ist schon erstaunlich, was zwei Dutzend schwere Bomber – jeder von ihnen mit zehntausend Pfund Druckluftbomben bestückt – anrichten können. Ich bin direkt danach in einem Hubschrauber über das Gelände deines sogenannten Wunderlandes geflogen. Sagen wir so, die meisten, wenn nicht alle deiner Freunde brennen jetzt in der Hölle, wo sie hingehören.«

Alice spürte, wie heiße Tränen über ihr Gesicht rannen. »Aber, Commander Li und die anderen …«

Appleseed unterbrach sie.

»Dachtest du wirklich, wir würden mit dir wegen eines Mannes verhandeln, egal, wessen Sohn er auch sein mochte? Das Zentralkomitee hat den Angriff befohlen, direkt nachdem sein Vater ihn zu einem Konterrevolutionär erklärt hatte. Dem alten Mann blieb keine andere Wahl, nachdem das Zentralkomitee einen Plan geschmiedet hatte, wie man dich töten oder gefangen nehmen könnte. Ich hoffe, du verstehst jetzt, welcher Art von Männern ich diene, mit denen du dich angelegt hast.«

Alice weinte leise über den Verlust von so vielen unschuldigen Leben, und dann spuckte sie Appleseed an, der ein wenig erschrak, als ihn der Rotz im Gesicht traf.

»Wir wollten nur in Ruhe gelassen werden. Das ist alles, was wir jemals wollten.«

Appleseed wischte sich sein Gesicht ab, aber zu ihrer Überraschung schien er nicht erbost zu sein.

»Alice, hast du es immer noch nicht verstanden? Es spielt keine Rolle, was du willst oder was dein Vater wollte. Wenn du eines aus all dem lernen solltest, dann das diese Welt schon immer von ein paar wenigen sehr mächtigen Männern regiert wurde. Männer, die den Ausbruch zu verantworten haben, Männer, die das Zentralkomitee gründeten, und glaub bloß nicht, dass das alles Chinesen sind. Du würdest dich wundern, wer alles aus der Alten Welt unter ihnen ist – Millionäre, Banker, Präsidenten, Waffenhändler – alle Teil einer großen Bruderschaft, die sich auf den Tag vorbereitet hatte, wenn die Ressourcen der Welt zur Neige gehen und sich die Massen auflehnen würden. Wir sind nur deren Werkzeuge. Je eher du dich damit abfindest, umso länger wirst du am Leben sein.«

Alice fragte sich, warum er ihr das anvertraute, und was seine Herren von ihr wollten. Appleseed sah die Frage in ihren Augen.

»Du bist anders. Du bist ein sichtbares Symbol des Widerstandes geworden, und das ließ manche Menschen glauben, dass es einen Weg gäbe, außerhalb der neuen Weltordnung des Zentralkomitees in Sicherheit leben zu können. Angefangen damit, den Menschen die gefährliche Idee einzugeben, wer oder was die Biter in Wirklichkeit sind und dass es womöglich ein Heilmittel für sie gäbe. Du warst eine Bedrohung, und sie werden ein Exempel an dir statuieren. Morgen wird man dich nach Schanghai fliegen, wo man dich hinrichten wird. Und die Hinrichtung wird live in alle Siedlungen der Neuen Welt übertragen werden.«

Die Ankündigung ihres Todes erschreckte Alice weitaus weniger, als sie gedacht hatte. Was sie stattdessen erschreckte, war die Leere, die sie in sich spürte. Es gab nichts und niemanden mehr, für den es sich zu leben lohnte. Sie hatte alle enttäuscht, die an sie glaubten. In ihrer Naivität hatte sie gedacht, sie könnten einen Neuanfang in einer Welt wagen, wo nur Macht etwas zählte, und jeder nur wie eine Puppe an den Fäden derer hing, die Appleseed und Chen ihre Befehle gaben.

Noch nie hatte sie sich so hoffnungslos gefühlt, und sie weinte um alles, was sie verloren hatte.

Appleseed trat auf sie zu und legte ihr seine Hand auf den Bauch. Da war etwas an seiner Berührung, dass sie zu ihm aufblicken ließ. »Nehmen Sie Ihre Hände weg!«

Appleseed lächelte und beugte sich näher heran.

»Ich glaube nicht, dass du in der Position bist, mir zu sagen, was ich zu tun und zu lassen habe. Hast du eigentlich eine Ahnung, wie viel du mich gekostet hast? Ich habe meine besten Männer verloren, und die Armee, die ich einmal befehligte, wird jetzt von der Roten Garde gejagt. Ich habe nur dank meiner Loyalität überlebt, und weil ich persönlich dabei half, Deserteure zu verfolgen und auszuschalten.«

Seine Hand wanderte nun an ihrem Körper hinauf und Alice versuchte vergeblich, sich gegen die Gurte zur Wehr zu setzen, die sie an das Bett fesselten, als seine Hand kurz unterhalb ihrer Brust innehielt und er sich noch weiter zu ihrem Gesicht hinab beugte.

»Ein so attraktives Mädchen wie du, das vor mir liegt, hätte mich früher in Versuchung bringen können. Ich habe mir oft gewünscht, dich zu bestrafen, dich leiden und um Gnade winseln zu lassen, während ich mich an dir erfreue.«

Alice lag still und hörte Appleseed zu. Ihr Entschluss stand bereits fest. Wenn er sie vergewaltigen wollte, müsste er dazu wenigstens einen der Gurte lösen, die ihre Beine zusammenhielten. Und selbst mit nur einem freien Bein würde sie versuchen, ihn so zu verletzen, um ihn genug in Wut zu versetzen, dass er sie umbrachte. Sie hatte den Wahlspruch »Lieber tot als untot« im Training immer wieder gehört, aber sie wusste, dass es manchmal schlimmere Dinge gab, als untot zu sein. Einem Unmensch wie Appleseed ausgeliefert zu sein war eines davon.

»Aber jetzt, wo du vor mir liegst, will ich dir einfach nur das Licht ausblasen. Zu schade, dass die Leute in Schanghai dieses Vergnügen haben werden. Doch zum Glück muss ich nicht auf alle Freuden verzichten.«

Appleseed begann, seinen Gürtel abzulegen, als plötzlich mehrere Schüsse ertönten. Die Tür flog auf und ein Rotgardist trat ein. Als er Appleseed mit offenem Gürtel stehen sah, hielt er inne, bis der General ihn anbrüllte: »Welcher Idiot ballert da draußen herum?«

Der Rotgardist wurde aschfahl, bevor er antwortete, und Alice konnte die Angst in seinen Augen sehen.

»Sir, wir werden angegriffen.«

Appleseed schien durcheinander zu sein, weil er unterbrochen worden war, und gab dem Soldaten mit einer Handbewegung zu verstehen, dass er sich entfernen sollte.

»Ein Angriff? Wir haben die meisten dieser Narren in den Trümmern vor zwei Tagen ausgelöscht. Wenn das ein Aufstand von ein paar Unruhestiftern ist, dann geben Sie den Männern Befehl, die Hubschrauber in die Luft zu bekommen. Und schicken Sie einen Trupp der Garde los. Ich bin gleich bei Ihnen.«

Appleseed hatte sich wieder Alice zugewandt, doch der Rotgardist ergriff zögerlich wieder das Wort: »Sir, wir brauchen Sie in der Kommandozentrale. Wir haben noch nie einen Angriff wie diesen erlebt.«

Appleseed wirbelte wütend zu ihm herum. »Was zur Hölle stimmt nicht mit Ihnen? Verstehen Sie keine einfachen Befehle? Okay, dann verraten Sie mir, wer uns da angreift!«

Alice sah, wie sich die Augen des Rotgardisten weiteten, und seine Antwort war kaum mehr als ein Flüstern. »Sir, wir werden von einer Armee Biter angegriffen. Es sind Hundertausende.«

Alice bemerkte den überraschten Gesichtsausdruck auf Appleseeds Gesicht, als draußen weitere Schüsse fielen. Er zögerte einen Moment, dann verhärtete sich sein Blick. »Hunderttausende? So ein Unsinn. Muss eine Bande von Bitern sein, die sich verlaufen haben. Kommen Sie mit!«

Die beiden verließen den Raum. Alices Erleichterung, verschont geblieben zu sein, wich sofort der Sorge um das, was draußen vor sich ging. Sie hörte weiteres Gewehrfeuer, und dann etwas, dass sie erschaudern ließ. Es klang, als würden tausende Tiere miteinander Bellen und Jaulen, der Klang einer bizarren Symphonie. Sie wusste nicht, ob sich wirklich tausende von Bitern dort draußen befanden oder nicht, aber sie hatte noch nie so viele zusammen so wild schreien hören, dass es selbst den Lärm des Gewehrfeuers übertönte. Dann hörte sie, wie Hubschrauber starteten und danach laute Explosionen. Wahrscheinlich hatten sie Raketen auf die herannahenden Biter abgefeuert. Sie war mit der Ansicht aufgewachsen, dass die Biter geistlose Monster waren, aber sie hatte sie auch ganz aus der Nähe erlebt, als verängstigte, kranke Tiere. Alice fragte sich, was sie dazu bewogen haben mochte, sich von der Feuerkraft abschlachten zu lassen, die Appleseed und die Rote Garde ihnen entgegensetzten.

Dann schien der Raum zu beben. Alice sah mehrere Ziegel aus der Wand fallen. Eine weitere laute Explosion ertönte und das Bett kippte auf die Seite.

Alice schrie auf, als ihr Kopf auf den Boden aufschlug. Sie konnte sich keinen Reim darauf machen, wieso die Rote Garde ihre eigene Basis unter Beschuss nahm. Eine weitere Explosion erschütterte die Basis, und Alice spürte, wie sich bei der Detonation einer der Gurte um ihre Hand löste. Schnell löste sie die anderen Gurte und lief zu der Tür. Der Korridor schien unbewacht, also lief sie hinaus und spähte um die nächste Ecke, wo sie etwas wie die Kommandozentrale erblickte, mit vielen Bildschirmen und einem großen Fenster. Von hier aus schienen Appleseed und sein Stab die Kampfeinsätze zu planen. Es befanden sich wenigstens zwanzig Angehörige des Generalstabs im Raum, sowie Appleseed selbst, und alle starrten zu dem Fenster hinaus, weshalb niemand Alice bemerkte.

Als Alice ebenfalls aus dem Fenster sah, erstarrte sie. Es gab einen kleinen Vorplatz mit einem Hubschrauberlandeplatz auf der einen Seite, und dahinter eine hohe Schutzmauer, die mit automatischen Geschützen und Wachtürmen besetzt war. Außerhalb der Mauer und so weit das Auge reichte, brandete ein Meer aus Bitern heran. Der Rotgardist hatte nicht gelogen. Es mussten Hunderttausende sein, und obwohl sie kontinuierlich von den Geschütztürmen und Raketen aus den herumfliegenden Hubschraubern niedergemäht wurden, kamen sie wegen ihrer schieren Menge immer näher.

Appleseed schrie seine Männer an. »Ihr Trottel! Biter feuern keine Panzerfäuste ab. Es haben sich Menschen unter die Biter gemischt.«

Alice sah mehrere Rauchsäulen zwischen der Menge aus Bitern aufsteigen und verstand, was das Gebäude getroffen und sie dadurch befreit hatte. Mehrere Raketenwerfer nahmen die Schutzmauer ins Visier, und einer der Wachtürme war bereits zerstört. Jubel ging durch die Menge vor der Mauer, und Alice hörte ein paar menschliche Stimmen zwischen dem Geheul der Biter. Ein Teil von ihr fragte sich, wer diese Armee zusammengestellt hatte und sie anführte, aber im Moment starrte sie nur wie gelähmt auf den Kampf, der sich vor ihren Augen abspielte. Appleseed brüllte seine Männer an, dass sie die Menschen in der Armee vor ihren Toren herauspicken sollten, da sie mit ihren Raketenwerfern die größte Gefahr darstellten, aber für Alice war es offensichtlich, dass der Kampf für Appleseed und seine Männer bereits verloren war. Es stürmten einfach zu viele Biter heran, als das man sie mit zwei Helikoptern und einer Handvoll Rotgardisten hätte aufhalten können. Und offensichtlich hatten Appleseed und sein Gefolge nicht damit gerechnet, dass sich Menschen unter die Angreifer mischen würden.

Appleseed tobte, warum man ihn nicht eher verständigt hätte, als es aus einem seiner Untergebenen herausplatzte: »Sir, wir sahen nur ein Dutzend Biter und dachten, unserer Patrouille würde mit ihnen fertig werden. Dann aber strömten sie aus Löchern im Erdboden.«

»Haben Sie Luftunterstützung angefordert?«

»Sir, die nächsten Luftverbände sind in der Luft, werden aber in frühestens fünfzehn Minuten hier sein.«

Appleseed brüllte vor Wut. Alice sah zum Fenster hinaus und sah am Horizont einen Jeep, der sich rasch der Basis näherte. Im flackernden Licht der explodierenden Raketen sah sie eine Person in dem Jeep stehen. Ihr graues Haar wirbelte im Wind, und sie hielt ein Buch in der erhobenen Hand.

Es war die Königin.

Appleseed hatte den Jeep ebenfalls erspäht und brüllte seine Männer an: »Dieses Miststück führt sie an! Das ist diese Irre, die sie für ihre Königin halten. Tötet sie als Erstes!«

Als einer der Männer zum Funkgerät eilte, um den Befehl zu geben, betrat Alice den Raum. Sie trug keine Waffen bei sich, aber an der Wand hing ein kleiner Feuerlöscher. Sie packte den Feuerlöscher und schleuderte ihn gegen den Rotgardisten, der gerade den Befehl weitergeben wollte, den Jeep anzugreifen. Der Feuerlöscher traf ihn am Rücken, und der Mann fiel von seinem Stuhl.

Appleseed wirbelte herum und funkelte Alice mit unverhohlener Wut an. Er griff nach der Waffe an seinem Gürtel, doch Alice sprang vor, hob die Pistole des gefallenen Rotgardisten auf und rollte sich hinter die Konsole direkt neben Appleseed. Er feuerte zwei Schüsse auf sie ab, die einen Monitor zerstörten und Alice mit Glas- und Plastiksplittern überzogen. Alice sah, wie zwei Rotgardisten von ihren Stühlen aufsprangen und auf sie zukamen. Beide griffen nach ihren Pistolen, aber sie waren Kommunikationsoffiziere, die noch nie in einen Nahkampf verwickelt und deshalb einfach zu langsam waren. Alice drückte dreimal schnell nacheinander ab, streckte einen von ihnen nieder und zwang den anderen, in Deckung zu gehen.

Sie hörte, wie einige Männer schrien. Die Verzweiflung in ihren Stimmen war nicht zu überhören.

»Sir, sie haben einen Hubschrauber abgeschossen!«

»Die Biter haben die Mauer erreicht!«

Plötzlich war der Raum in absolute Dunkelheit gehüllt. Alice hörte, wie Appleseed rief: »Macht sie fertig, und folgt mir zur Evakuierung.«

Und dann sah sich Alice allein in einem dunklen Raum mehr als einem Dutzend Soldaten der Roten Garde gegenüber, mit nur einer Pistole bewaffnet, die gerade noch acht Schuss enthielt.

Alice hörte die Gardisten im Dunkeln herumtasten und Befehle auf Chinesisch brüllen. Sie dankte den Sternen, dass es sich nicht um Kampftruppen handelte und dass sich auch keine Automatikwaffen bei sich zu tragen schienen. Selbst als einer von ihnen mit einem Gewehr wild um sich schoss, blieb Alice gelassen. Sie riss einen Stofffetzen aus ihrem Shirt, wickelte ihn um ihre rechte Hand und ergriff eine der Glasscherben. In der linken Hand hielt sie die Pistole. Die Rotgardisten liefen geräuschvoll herum und dachten offenbar, dass sie Alice umzingelt hatten. Sie blieb wie angewurzelt an ihrem Platz und versuchte, kein Geräusch zu verursachen. Als sie eine Bewegung zu ihrer Rechten bemerkte, stieß sie die rechte Hand nach vorn und spürte, wie sich das Glas in etwas Weiches bohrte. Der Soldat heulte vor Schmerz auf, und Alice trat ihm die Beine weg und trieb die Glasscherbe tief in seinen Körper. Sie spürte, wie Blut über ihre Hände quoll. Dann rollte sie sich hinter einen anderen Tisch. Die Explosionen von außerhalb badeten den Raum in gelegentlich aufblitzendem Licht, und Alice sah kurz zwei Gardisten auftauchen und feuerte vier Schüsse auf sie. Sie wechselte erneut ihre Position, und in der fast vollkommenen Dunkelheit konnte sie nicht sicher sein, ob sie diese getroffen hatte, aber die Schmerzensschreie verrieten ihr, dass sie zumindest einen Treffer gelandet hatte.

Noch vier Schuss.

Alice wusste, dass sie nicht alle Gegner töten oder kampfunfähig machen konnte. Es war nur eine Frage der Zeit, bis sich deren zahlenmäßige Überlegenheit auszahlen würde, deshalb kroch Alice bewusst auf den schmalen Lichtschein unter der Tür zu, durch die Appleseed geflohen war. Im Dunkeln sah sie, wie sich etwas auf sie stürzte, und ohne hinzusehen, feuerte sie zwei Schüsse ab und hörte einen Mann aufschreien. Das Mündungsfeuer hatte sie verraten und sie spürte, wie eine Kugel an ihrem Gesicht vorbei pfiff. Sie rollte sich ab, und feuerte zweimal in die Richtung, aus der das Mündungsfeuer des Angreifers aufgeblitzt war. Sie wusste nicht, ob sie den Mann getroffen hatte oder ob er nur in Deckung gegangen war, aber sie hörte, wie ein Körper auf den Boden prallte.

Alice hatte keine Kugeln mehr übrig.

Die Tür war nur noch drei Meter entfernt, und Alice ging in die Hocke, bereit, darauf zuzurennen, als mehrere Schüsse im Fußboden neben ihr einschlugen. Sie kauerte sich hinter einen umgekippten Tisch und lauschte dem von draußen herandringenden Kampflärm. Sie konnte nun aber keine Hubschrauber mehr hören, und die Geschütztürme schwiegen – die einzigen verbliebenen Geräusche waren das Heulen der Biter, das Rattern vollautomatischer Waffen und das gelegentliche Grollen, wenn ein Raketenwerfer sein Ziel traf. Das musste bedeuten, dass die Mauer überwunden wurde. Alice nahm ihre Pistole und warf sie in eine Ecke des Raums, und als sie dort aufkam, schossen mehrere Rotgardisten in diese Richtung. Das war die Ablenkung, die Alice brauchte. Sie stürzte durch die Tür, zog sie hinter sich zu und hörte, wie Schüsse von innen darin einschlugen. Alice blockierte die Tür, und obwohl sie wusste, dass die Rotgardisten sie schnell aufbrechen würden, konnte sie so ein wenig Zeit gewinnen.

Sie befand sich in einem Korridor, der nur von ein paar wenigen Lampen an der Decke erhellt wurde. Es gab keine Türen oder Fenster entlang des Korridors, nur eine einzelne Tür am gegenüberliegenden Ende. Als sie hörte, wie die Soldaten der Roten Garde in dem Raum hinter hier versuchten, die Tür aufzubrechen, stürmte sie den Gang entlang. Als sie die Tür erreichte, war diese unverschlossen, und dahinter stand ein einzelner Rotgardist. Er drehte sich um und schien überrascht, jemand anderen als seine Kameraden zu sehen. Er hielt ein Maschinengewehr in seinen Händen, aber bevor er es auf Alice richten konnte, packte sie das Gewehr mit beiden Händen und stieß es mit dem Kolben nach oben. Der Kolben schlug dem Soldaten ins Gesicht. Er stolperte zurück, Alice griff in das Holster an seinem Gürtel und nahm die Pistole heraus. Als der Mann halbwegs wieder bei Besinnung war und sich auf sie stürzen wollte, gab sie aus nächster Nähe zwei Schüsse auf ihn ab. Der Mann brach zusammen und stand nicht wieder auf. Sie wusste, dass es reiner Selbstmord war, unbewaffnet weiter herumzuirren und Appleseed zu verfolgen, so sehr sie das auch wollte. Sie nahm sich kurz die Zeit, das Gewehr, die Pistole und den Gürtel mit Ersatzmagazinen des Rotgardisten an sich zu nehmen. Dann lief sie weiter den dunklen Korridor entlang und bemerkte seltsame Geräusche, die von beiden Seiten kamen.

Alice nahm eine Lampe von der Wand und schwenkte sie herum. Der Korridor war mit Zellenräumen gesäumt. Aus einigen Zellen drangen ächzende, stöhnende Geräusche, und ein fauliger Gestank hing in der Luft. Alice erkannte, dass dies die Gefängnisräume sein mussten, in denen Appleseed und die Rote Garde ihre Gefangenen verwahrten, und sie trat an eine der Zellen heran, um zu sehen, ob sich jemand darin befand.

»Hallo, ist hier jemand?«

Eine gelbliche Hand packte die Gitterstäbe und ein verwelktes, geschundenes Gesicht prallte dagegen. Alice war so geschockt, dass sie nach hinten umfiel, während der Biter unablässig mit seinen Kopf gegen die Eisenstäbe hämmerte. Die Lampe fiel ihr klappernd aus der Hand, und der Raum wurde dunkel. Die Biter in den anderen Zellen entlang des Korridors begannen zu schreien, als Alice ihre Waffen aufsammelte und weiter den Gang entlang rannte, um so schnell wie möglich von hier zu verschwinden. Sie verstand nicht, warum jemand Biter in Zellen wie diesen gefangen halten sollte, aber so wie sie Appleseed und seine Meister kannte, ahnte sie nichts Gutes. Am Ende des Korridors sah sie eine Treppe und lief die Stufen hinauf, wo eine schmale Tür hinausführte. Draußen fand sie sich auf einem schmalen Steg neben dem Dach wieder.

Sie sah Appleseed und zwei weitere Wachen auf dem Dach stehen und hörte, wie er einen seiner Männer anschrie: »Schnappen Sie sich noch mal das Funkgerät und fragen Sie nach, wo der Hubschrauber bleibt.«

Alice beugte sich über den Rand des Daches. Der Angriff war beinahe vorüber. Biter strömten auf den Vorplatz, und unter sie mischten sich immer wieder Menschen mit Maschinengewehren und Raketenwerfern. Alice glaubte, Satish und ein paar seiner Leute unter ihnen erkannt zu haben. Sie hoffte, dass noch mehr ihrer Freunde aus dem Wunderland überlebt hatten. Hier und da gab es noch Widerstand. Sie sah, dass Soldaten der Roten Garde aus Fenstern feuerten, aber es war ein aussichtsloser Kampf angesichts der unzähligen Biter, die nun in der Anlage herum tobten, und der Waffenstärke, die ihre menschlichen Kameraden mit sich führten.

Der Jeep der Königin fuhr ebenfalls auf dem Vorplatz ein. Die Königin sah das Mädchen direkt an. Neben ihr stand Hasenohr.

»Alice!«, rief die Queen, offensichtlich erleichtert, dass sie am Leben war und es ihr gut ging, aber damit erregte sie Appleseeds Aufmerksamkeit. Alice duckte sich, als eine Kugel in die Ziegel hinter ihr schlugen, sprang auf das Dach und ging hinter einem Wassertank in Deckung. Appleseed war auf der anderen Seite des Dachs, und er und seine Leute kauerten nun hinter einer großen Satellitenschüssel. Beide Rotgardisten hatten Gewehre und schienen zu wissen, wie man sie benutzte. Jedes Mal, wenn Alice sich aus der Deckung hinter dem Tank hervorwagte, um einen Blick zu riskieren, prasselte ein vernichtender Kugelhagel auf ihre Position ein und zwang sie zurück.

Sie hörte eine bekannte Stimme, die über die Schüsse

und das Heulen der Biter hinweg rief: »Rettet Alice! Sie muss leben!«

Es war die Königin.

Alice sah, dass zwei schwarz gekleidete Männer auf das Dach kletterten, aber die Soldaten der Roten Garde waren in einer guten Verteidigungsposition, gedeckt von den großen Satellitenschüsseln und den Kisten um sie herum. Beide ZEUS-Soldaten gingen in einer Feuersalve zu Boden. Doch das gab Alice die Gelegenheit, auf die beiden Rotgardisten zu zielen, und ihre Schüsse zwangen die beiden zurück in ihre Deckung. Sie lehnte sich vor und sah, dass mehrere Biter versuchten, auf das Dach zu klettern. Viele von ihnen stürzten ab bei dem Versuch, die Leiter zu erklimmen, und die wenigen, die es fast bis auf das Dach schafften, wurden von den Rotgardisten mit einzelnen Kopfschüssen ausgeschaltet. Als zwei Biter es tatsächlich zuwege brachten, das Dach zu erreichen, warf einer der Soldaten eine Granate, die sie auslöschte.

Alice hörte, wie sich ein Hubschrauber näherte, und das ließ sie sofort handeln. Nach allem, was er getan hatte, durfte Appleseed auf keinen Fall entkommen. Sie spähte aus ihrer Deckung und sah, dass die beiden Rotgardisten nun verzweifelt auf die Unmengen von Bitern feuerten. Auch zwei schwarz gekleidete Männer hatten beinahe das Dach erklommen und feuerten auf die Rotgardisten. Obwohl diese beiden kurz darauf durch eine Granate ausgelöscht wurden, die auf sie zurollte, hatten sie die Rotgardisten lange genug von der neuen Gefahr abgelenkt, die ihnen nun drohte.

Ein großer Lastwagen war an das Gebäude herangefahren und die Biter versuchten nun, über den Hänger auf das Dach zu gelangen. Ein paar fielen hinab, doch die meisten schafften es, und die Königin schrie die ganze Zeit unablässig: »Die Prophezeiung muss sich erfüllen! Alice muss leben!«

Die beiden Soldaten der Roten Garde zögerten nun, da sie bemerkten, dass es keine Möglichkeit gab, die Flut der Biter zurückzuhalten, und zogen sich immer weiter hinter die Satellitenschüsseln zurück. Alice erhaschte einen Blick auf Appleseed, der mit seiner Pistole auf die sich nähernden Angreifer schoss.

Wenn Biter fielen, kletterten die anderen über sie, um zu den Rotgardisten zu gelangen. Alice hatte freie Schussbahn und feuerte einen Feuerstoß ab, der einen der Rotgardisten in die Schulter traf. Er fiel, schrie im Todeskampf, und sein Kamerad geriet in Panik, denn ihm wurde klar, dass er allein die Position nicht halten würde. Diesen Bruchteil einer Sekunde der Unsicherheit mussten sie teuer bezahlen, denn schon waren die Biter heran, griffen und bissen nach ihnen, und eine Weile schrien sie um Gnade, bis sie schließlich verstummten. Appleseed stürmte quer über das Dach, in einer Geschwindigkeit, die im krassen Gegensatz zu seiner massigen Statur stand, warf zwei Granaten, die die Biter zurückwarfen und schoss aus seiner Pistole, während er zu dem Gebäude zurückrannte. Alice schoss auf ihn, verfehlte ihn aber. Appleseed kletterte durch die Tür, die Alice benutzt hatte, um auf das Dach zu gelangen. Sie mutmaßte, dass Appleseed wahrscheinlich noch eine zweite Fluchtmöglichkeit in der Hinterhand hielt, und folgte ihm. Kaum dass sie in der Dunkelheit stand, spürte sie einen brennenden Schmerz in ihrer rechten Seite. Appleseed hatte ihr ein Messer in die Hüfte gestoßen. Er zog das Messer heraus und stieß sie weg, sodass sie drei Meter weit in den Gang stürzte. Alice schlug hart auf dem Boden auf, die Luft wurde ihr aus der Lunge gepresst. Appleseed trat die Pistole fort, als sie danach greifen wollte, und stellte sich über sie.

»Du Miststück, ich hätte dich aufschlitzen sollen, als ich die Gelegenheit dazu hatte. Aber es ist nie zu spät, um die Dinge geradezurücken.«

Er hob den Arm, um sie zu erstechen. Alice sah seine schemenhafte Bewegung, hob ihr linkes Bein und verpasste ihm einen Tritt zwischen die Beine, der ihn schmerzerfüllt zurücktaumeln und stolpern ließ.

Sie hörte, wie er sich stöhnend und fluchend wieder aufrichtete und versuchte, sie ausfindig zu machen.

Mondlicht fiel durch die Tür, und Alice sah, wie er zu einer weiteren Attacke ausholte. Er stürzte sich auf sie, aber sie war vorbereitet. Sie packte sein Handgelenk, drehte es herum und nutzte sein Gewicht und seinen Schwung gegen ihn. Appleseed ging keuchend zu Boden. Alice ließ einen Tritt gegen seinen Kopf folgen, doch Appleseed fing den Tritt ab und drehte ihr Fußgelenk um.

Er rieb sich das schmerzende Handgelenk und fluchte: »Du hältst dich für so gerissen. Ich könnte dich mit bloßen Händen zerquetschen.«

Alice rief sich ihr gesamtes Training ins Gedächtnis. Sie zwang sich, ruhig zu bleiben. *Wenn du im Zorn kämpfst, wirst du Fehler machen, und ein einzelner Fehler kann bereits fatale Folgen haben.* Das war eine der Lektionen, die ihr Trainer ihr eingebläut hatte, da sie oft sehr unbeherrscht war. Doch nun retteten diese Lektionen und die vielen Auseinandersetzungen im Totenland ihr Leben. Appleseed täuschte mit der rechten Hand an und holte mit der Linken zu einem Schlag gegen ihre Kehle aus. Alice sah, dass er den Schlag mit einer leichten Bewegung der linken Schulter verriet, und trat ihm entgegen, blockte seinen Arm mit ihrem rechten Unterarm ab und ließ ihre Stirn gegen sein Nasenbein krachen. Er stöhnte auf und taumelte zurück. Sie ließ einen Schlag in seinen Solar Plexus und einen weiteren auf seine bereits lädierte Nase folgen. Alice hörte ein knirschendes Geräusch und war sich sicher, dass seine Nase gebrochen war. Appleseed schrie vor Schmerz, zuckte zurück, stieß Alice aber gleichzeitig von sich, sodass sie gegen eine Wand prallte und zu Boden sank.

Zu ihrer Überraschung griff er sie aber nicht wieder an, sondern taumelte zu der Tür am anderen Ende des Flurs. Alice war wieder auf den Beinen, aber aufgrund ihres verdrehten Knöchels war sie nicht schnell genug, um ihn einzuholen, bevor er die Tür erreichte.

Er schaltete eine kleine Tischlampe ein und starrte sie mit blutigem Gesicht an.

»Dann verrotte in der Hölle, zusammen mit deinen heiß geliebten Bitern.«

Er tastete an der Wand entlang und drückte einen Schalter. Alice hörte ein quietschendes Geräusch, als sich die Zellentüren öffneten. Appleseed verschwand durch die Tür. Alice wäre ihm gefolgt, wenn nicht aus vier der Zellen nun Biter hervortraten. Sie alle trugen Halsbänder und waren schmutzig und blutverschmiert. Einer von ihnen, ein großer Mann, dem ein Ohr fehlte, knurrte sie an und ging auf sie los.

Alice rollte sich seitlich weg, schnappte sich die Pistole vom Boden, landete in der Hocke und durchbohrte ihn mit drei Schüssen, zwei davon in die Brust, einer in den Kopf, der ihn zusammensinken ließ. Die anderen drei Biter stürzten nun schreiend und heulend auf sie zu. Sie schoss einem weiteren in den Kopf, doch dann stellte sie fest, dass die anderen zu nahe waren, um auf sie schießen zu können. Sie duckte sich unter den ausgestreckten Armen eines Bitern hindurch und trat nach dem zweiten, der zu Boden ging. Sie hechtete mit einer Rolle in den Korridor, hoffte, auf diese Art etwas Distanz zwischen sich und die Biter für einen Schuss zu bekommen, als eine weitere Person auftauchte.

Es war die Königin. Sie führte eine große Axt mit sich und hieb sie ins Genick eines der Biter, und als dieser nach vorn taumelte, ließ sie die Axt auf seinen Schädel sausen. Der letzte verbliebene Biter spie sie an und drückte sie gegen die Wand, als Alice feuerte und ihn ins Bein traf. Er fiel zu Boden, und Alice eilte der Königin zu Hilfe.

»Geht es Ihnen gut?«

Die Königin lächelte, was angesichts ihrer leblosen Augen ein seltsamer Anblick war. »Alice, ich bin so froh, dass du lebst. Die Prophezeiung …«

Bevor sie ihren Satz zu Ende sprechen konnte, sprang der Biter am Boden Alice an und grub seine Zähne in ihr Bein. Sie schrie vor Schmerz auf und schoss ihm reflexartig in den Kopf. Dann umklammerte sie ihr blutendes Bein und starrte die Königin voller Angst an.

»Hilf mir!«

Die Königin schien zuerst verwirrt, doch dann sah sie die Ampulle um Alices Hals.

»Wir müssen den Impfstoff benutzen, jetzt!«

Sie riss Alice die Ampulle vom Hals, zog eine Spritze hervor und drückte die Nadel tief in Alices Wade, aber sie schaffte es, nur etwa die Hälfte des Inhalts zu injizieren, bevor Alice krampfartig zuckte, die Nadel aus der Wade rutschte und etwas der kostbaren Substanz auf den Boden tropfte. Alice spürte, wie sich ein Brennen von ihrem Bein aus über ihren ganzen Körper ausbreitete. Ihre Hände zitterten, ihr wurde schwindlig. Sie versuchte, etwas zu sagen, aber es fühlte sich an, als hätte sie einen riesigen Kloß im Hals. Die Königin rollte Alice in ihrem Schoß zusammen, nahm die Ampulle, öffnete sie und tröpfelte den Rest des Inhalts in ihre Kehle.

»Alice, mein Kind. Du darfst nicht sterben oder ein weiterer Biter werden. Du musst die Prophezeiung erfüllen, und all dem Leid ein Ende setzen.«

Alice spürte, wie die Flüssigkeit ihre Kehle hinabrann. Ihr ganzer Körper schien zu brennen. Sie sah, wie die

Königin kurz aufblickte und ihr dann etwas in die Hand drückte. Bevor Alice noch etwas sagen konnte, verschwand der Kopf der Königin in einem Schwall aus Blut. Ihr lebloser Körper kippte vornüber, und Alice rollte aus ihren Armen. Alice schlug sich den Kopf auf dem Boden an, und durch den roten Schleier, der ihr die Sicht trübte, sah sie, dass sich jemand mit einer Pistole in der Hand näherte. Alice schrie, ihr Körper zuckte vor Krämpfen, und dann wurde sie still.

Appleseed war in den Raum zurückgekehrt, um nach seiner Key Card zu suchen, die er bei seinem Kampf mit Alice verloren hatte. Seine einzige Chance bestand nun darin, sich in dem kleinen Panikraum in der Nähe der Kommandozentrale zu verstecken und zu hoffen, dass man ihn nicht fand, bis Verstärkungen der Roten Garde eintrafen. Als er den Raum betrat, sah er, dass alle Biter tot waren, aber bemerkte auch – nicht ohne eine gewisse Befriedigung –, dass Alice am Boden lag. Er erblickte die Königin der Biter neben ihr und hatte ihr einen Kopfschuss verpasst.

Als er näherkam, sah er im schwachen Licht, dass Alices Bein zuckte, und er feuerte eine Kugel hinein. Ihr Bein zuckte noch einmal, und dann bewegte sie sich nicht mehr. Appleseed schrie: »Ich hab euch alle erwischt, was?«

Er zog eine kleine Taschenlampe hervor und suchte zwischen den Leichen nach seiner Key Card. Er konnte jetzt Schritte auf dem Dach hören und wusste, dass ihm nicht viel Zeit blieb. Sein Fuß stieß gegen etwas, und er sah hinunter und erblickte ein verkohltes Buch. Er fragte sich, warum jemand ein altes Kinderbuch mit in einen Kampf nehmen sollte.

»Asche. Das ist alles, was von deinem verdammten Wunderland noch übrig ist.«

Er wollte weiter, als er spürte, wie eine kalte, klamme Hand seinen Knöchel packte. Appleseed erstarrte vor Angst. Einer der Biter war noch nicht ganz tot. Er wirbelte herum, um sich der Bedrohung zu stellen, als die Tür aufschwang und Satish und zwei andere Männer mit schussbereiten Gewehren hereinstürmten. Satish erblickte Appleseed, feuerte und erwischte ihn an der Schulter. Appleseed ging zu Boden. Die Taschenlampe und seine Pistole fielen ihm aus der Hand. Er rappelte sich wieder auf und versuchte, seine Waffe zu finden, als kalte Hände seine Knöchel packten und sie so lange verdrehten bis die Knochen brachen und er vor Schmerzen schrie. Er schaffte es, seine Hände freizubekommen und sah die Pistole neben sich liegen, aber bevor er sie greifen konnte, sah er, wie eine andere Hand die Pistole nahm und aus der Dunkelheit auf ihn zielte. Kugel um Kugel schlug in ihn ein, und Appleseed brach zusammen, ohne zu wissen, wer ihn getötet hatte.

EPILOG

Sechs Monate später

»Genosse General, sind Sie sicher, dass wir in dem Stützpunkt landen sollen?«

Chen funkelte den Piloten neben sich an.

»Colonel, kann es sein, dass Ihr revolutionärer Eifer im Angesicht des Feindes schwindet?«

Der Pilot wurde bleich, wandte den Blick ab und flog eine kleine Kurve im Landeanflug auf die Basis in der Nähe des Totenlandes. Nach allem, was sich in den letzten sechs Monaten geändert hatte, wusste er, dass es nur einer kleinen Andeutung von Chen bedurfte, damit man ihn und seine Familie zur Indoktrinierung in ein Arbeitslager schickte. Und das kam einem Todesurteil gleich.

Chen sah auf die parkenden Truppentransporter und die herumwuselnden Rotgardisten hinab und fragte sich, wie lange sie noch eine bedeutende Präsenz im Totenland aufrecht erhalten konnten. Es wäre undenkbar gewesen, so etwas in Anwesenheit seiner Vorgesetzten vom Zentralkomitee zu äußern, aber als Berufssoldat wusste er, dass das Pendel nicht zu ihren Gunsten ausschlug. Er wusste, dass seine Karriere – und überhaupt sein ganzes Leben – vom blinden Gehorsam gegenüber seinen Meistern abhing, aber er wusste auch, dass eine Niederlage nicht weit war, wenn die politischen Führer sich weigerten, die Realität auf den Schlachtfeldern anzuerkennen. Alles hatte mit den Ereignissen im Totenland rund um diese Königin der Biter und dem Mädchen namens Alice begonnen. Die Schlappe in dem Stützpunkt der Roten Garde und der Tod von Appleseed waren kleinere taktische Rückschläge gewesen, aber die größeren strategischen Folgen dieser Ereignisse waren kolossal. Die überaus große Zahl an Überläufern bei ZEUS hatte es notwendig gemacht, nur noch Frontsoldaten der Roten Garde im Totenland einzusetzen. Das wiederum bedeutete weniger Truppen für ihren anhaltenden Krieg in Amerika, wo der Feind zunehmende Fortschritte bei seinen Aufständen verzeichnen konnte. Aber das war ein militärischer Feldzug – Kriegsführung, und davon verstand Chen etwas. Was im Totenland passierte, war etwas anderes, und weitaus gefährlicher. Eine Idee war geboren worden – die Idee, dass Menschen und Biter friedlich miteinander leben konnten und dass das Zentralkomitee und deren Regenten hinter der als Ausbruch bekannten Katastrophe steckten. Die Idee, dass es möglich war, die Zivilisation neu und ohne die Hilfe des Zentralkomitees und der Roten Garde aufzubauen. Diese Idee hatte sich im Totenland verbreitet und war bis in die Städte im Inneren des Landes gesickert. Das, wie Chen mit einem bitteren Lächeln quittierte, war etwas, dass weniger mit Ideologie und viel mehr damit zu tun hatte, die Sklavenarbeit im Totenland abzustreifen. Als man die Bewohner von Schanghai und Guangzhou dazu aufrief, auf den Farmen zu arbeiten, wurde ihnen klar, dass das nicht mehr das Utopia war, dass man ihnen versprochen hatte, als die Sklavenarbeiter aus dem Totenland die Räder ölten, die ihre utopische Gesellschaft am Laufen hielten. Widerstand keimte auf, und viele der gefährlichen Ideen aus der Zeit vor dem Ausbruch – Rufe nach Freiheit, Demokratie und Rechenschaft – wurden im Heimatland wieder hinter vorgehaltener Hand ausgesprochen.

Der Helikopter landete und Chen stieg aus. Er salutierte den Rotgardisten, die ihn in Habacht-Stellung begrüßten. Er ging zu dem befehlshabenden Offizier, einen korpulenten Mann, desen Augen unablässig den Horizont absuchten. Chen hatte sein Dossier gelesen – der Major war noch nie im Kampfeinsatz gewesen, war aber aufgrund seiner politischen Verbindungen ein aufgehender Stern in Schanghai. Der Umstand, dass man solche Führungskräfte ins Totenland entsandte, um die Verluste an der Front auszugleichen, war ein sicheres Zeichen dafür, wie sich der Krieg entwickelte.

»Genosse Major Liang, wie geht der Krieg voran?«

Der Major nahm Haltung an, aber Chen bemerkte, dass er nervös war.

»Sir, wir führen unsere Bemühungen fort, die Bewohner des Totenlandes von der Tyrannei der Biter und den konterrevolutionären Ideen der Terroristen zu befreien.«

Chen schmunzelte. Der junge Offizier war während seiner politischen Erziehung in Schanghai zweifellos aufgefallen. Er fragte sich nur, wie lange er hier draußen überleben würde. Als Chen in der Kommandozentrale saß und einem Briefing beiwohnte, in dem, wie er glaubte, zu großen Teilen erfundene Verlustmeldungen vorgetragen wurden, die man dem Gegner zugefügt hatte, trifteten seine Gedanken ab. Er wollte nicht hier sein, aber das Zentralkomitee verfügte, dass die ranghohen Offiziere die Außenposten besuchen sollten, um damit die Moral zu stärken und Fotoserien zu liefern, die den Menschen in der Heimat versichern sollten, dass die Dinge unter Kontrolle waren.

Das Funkgerät holte ihn schlagartig in die Realität zurück. Ein Wachposten meldete sich aufgeregt.

»Mehrere Einheiten, nähern sich schnell.«

Liang sprang zu seinem Befehlsstand, auf dessen Monitor das Video einer unbemannten Überwachungsdrohne übertragen wurde. Da man die überrannten Posten der Roten Garde geplündert hatte, besaß der erfahrene Gegner nun Boden-Luft-Raketen, was bedeutete, dass man in den letzten Monaten mehrere Drohnen verloren hatte. Aus diesem Grund nutzte man die Drohnen nur noch zur örtlichen Überwachung und ließ sie in der Nähe der Basen schweben. Das war immer noch besser, als gar keine Frühwarnungen zu erhalten. Chen spähte über Liangs Schulter und sah, wie sechs Jeeps Staub aufwirbelten, als sie sich der Basis näherten.

Chen kam irgendetwas an der Sache seltsam vor. Nach allem, was er gehört hatte, war der Feind nicht so dumm, um sich aufs Geratewohl ihrer waffenmäßigen Übermacht entgegenzustellen. Liang bellte in das Funkgerät: »Bringen Sie zwei Kampfhubschrauber in die Luft. Ich will, dass sie ausgeschaltet werden, bevor wir in Reichweite ihrer Raketenwerfer kommen.«

Ein anderer Bildschirm zeigte Aufnahmen der beiden Kampfhubschrauber, die sich den Fahrzeugen näherten. Ein neuer Funkspruch kam knisternd herein.

»Sir, da sind noch drei weitere Fahrzeuge, die sich aus der Gegenrichtung nähern.«

Chen spürte ein flaues Gefühl im Magen. Sie hatten zwei Kampfhubschrauber auf ihrer Basis und sollten theoretisch einer solchen Gefahr gewachsen sein, aber er hatte von zu vielen Basen gehört, die einfach überrannt wurden. Sein Unterbewusstsein riet ihm, in seinen Hubschrauber zu steigen und von hier zu verschwinden, aber er konnte seine Truppen während eines Angriffs nicht im Stich lassen. Er hörte, wie Liang nur mehr flüsterte.

»Das ist die Hexe. Sie ist bei ihnen.«

Chen wandte ruckartig seine Aufmerksamkeit einem der Displays zu und sah die Nahaufnahme eines Jeeps, in dem eine junge Frau stand. Ihr blondes Haar wehte im Fahrtwind und ihre Augen waren von einer dunklen Sonnenbrille verdeckt. Der andere Jeep schien nur einen Fahrer zu haben, der hintere Teil war mit einer Plane abgedeckt. »Sir, sie kann nicht getötet werden. Ich habe von so vielen Genossen gehört ...«

Chen schnitt Liang das Wort ab. »Genosse Major, Sie sind der befehlshabende Offizier dieser Basis. Schwäche und abergläubisches Geplapper werden unseren Männern nicht helfen. Entschiedenes Handeln hingegen schon.«

Trotz seiner Worte musste Chen zugeben, dass er einen Anflug von irrationaler Angst verspürte. Es war eine Sache, gegen Männer zu kämpfen, die sterben konnten, oder geistlose Biter zu jagen, aber es war eine andere Sache, einen Feind zu bekämpfen, der angeblich unsterblich war, wie der besttrainierte Soldat kämpfen konnte und mit hochentwickelten Waffen umzugehen vermochte. Die Hexe hatte den Feind von Sieg zu Sieg geführt, und nun war sie hinter ihm her. Liang war so auf den Jeep mit der Hexe fokussiert, dass er die drei anderen Jeeps, welche die Drohne ausfindig gemacht hatte, völlig aus den Augen verlor.

»Piloten, Feuer frei! Zielt auf den dritten Jeep von links. Dort befindet sich ihre Anführerin.«

Da schrie über Funk der Soldat, der die Drohne bediente: »Sir, die drei Jeeps feuern Raketen ab ...«

Die Verbindung brach ab, und der Bildschirm, der das Bildmaterial der Drohne übermittelte, zeigte nur noch Rauschen. Eine Sekunde später hörte er Hilferufe der beiden Kampfhubschrauberpiloten, die von mehreren Raketen berichteten, die auf sie zuschossen. Chen musste in tatenloser Wut mit ansehen, wie die Hubschrauber versuchten, den Raketen auszuweichen, und dann war auf deren Bildschirmen nur noch Rauschen zu sehen. Liang schien kurz davor, in Panik zu geraten, da sie soeben ihre militärische Überlegenheit eingebüßt hatten.

Vor Angst und Panik verlor Chen die Beherrschung und schrie ihn an: »Sie Idiot! Hören Sie auf, die Bildschirme anzustarren! Wir haben immer noch unsere Augen und unsere Waffen. Kommen Sie mit raus auf die Terrasse und bringen Sie ein paar Ferngläser mit.«

Chen lief nach draußen und sah durch sein Fernglas, dass die Jeeps Halt gemacht hatten und man von allen die Abdeckplanen entfernt hatte. Darunter kamen mehrläufige Raketenwerfer zum Vorschein, die normalerweise unter den Tragflächen der Kampfhubschrauber der Roten Garde angebracht waren. Chen presste die Lippen zusammen. »Deshalb waren sie also so interessiert daran, die Wracks unserer abgeschossenen Hubschrauber zu plündern.«

Ihm blieb keine Zeit, den Einfallsreichtum des Gegners zu bewundern, denn einer der Jeeps eröffnete das Feuer. Chen sah einen Lichtblitz, und sechs Raketen schossen auf die Basis zu. Es war eine ungenaue Waffe, aber auf dieser kurzen Entfernung musste man nicht genau zielen. Drei Raketen explodierten kurz vor dem Ziel, aber die drei anderen gingen in der Basis nieder, explodierten am Boden und ließen die Rotgardisten eiligst in Deckung hetzen.

Chen schaute hinab und sah nach dem Angriff mehrere Soldaten blutverschmiert am Boden liegen.

Liang befahl seinen Männern, mit den Maschinengewehrnestern zum Gegenangriff überzugehen. Chen schrie ihn an, er solle die Klappe halten.

»«Liang, sie sind außer Reichweite. Die haben das offensichtlich besser geplant als Sie.«

Liang wurde bleich, und Chen lief wieder in die Kommandozentrale hinein und versuchte, das Beste aus der Situation zu machen.

»Befehlen Sie allen, sich in die unterirdischen Luftschutzräume zurückzuziehen. Sie können so viel Raketen abfeuern wie sie wollen, aber da unten können sie uns nicht erwischen. Wenn sie versuchen, uns dorthin zu folgen, haben wir im Kampf noch immer eine Chance, denn sie scheinen nur über eine Handvoll Männer zu verfügen, und wir haben über zweihundert bewaffnete Soldaten hier. Liang, gehen Sie ans Funkgerät und fordern Sie Luftunterstützung an.«

Chen wusste, dass ein Luftschlag wenigstens fünfzehn Minuten dauern würde, aber er wollte seinen Männern das Gefühl geben, dass sie noch immer Herr der Lage waren. Da ertönte über Funk die verzweifelte Stimme eines Wachpostens von der Befestigungsmauer, und die Angst in seiner Stimme war nicht zu überhören.

»Sir, da kommen Biter von allen Seiten. Hunderte von ihnen sind einfach aus den Tunneln aufgetaucht! Was sollen wir tun?«

Chen ging zurück auf die Terrasse und der Anblick ließ ihn frösteln. So weit das Auge reichte, stürmten Biter auf die Basis zu. Jede Schutzmauer hatte einen ferngesteuerten Geschützturm, und er schrie den Befehl, dass sie das Feuer eröffnen sollten. Er hörte das vertraute ratternde Geräusch, als die Maschinengewehre zu feuern begannen und die ersten Reihen der Biter niedermähten, Gliedmaßen und Körper zertrennten. Er sah, wie einige der untoten Monster noch auf die Basis zurobbten, während die anderen hinter ihnen über sie kletterten und sich weiter näherten. Dann feuerten zwei weitere Jeeps ihre Raketen ab. Dieses Mal zielten sie besser, und die meisten Raketen schlugen in der Basis ein. Eine riss ein klaffendes Loch in die Frontmauer und zerstörte den Geschützturm. Chen ging in Deckung, als der Hubschrauber, mit dem er gekommen war, in einem gigantischen Feuerball explodierte.

Er kroch zurück in die Zentrale, und spürte, wie die Haut dort an seinem Arm brannte, wo ihn ein Splitter knapp verfehlt hatte. Liang starrte ihn mit offenem Mund an. »Sir, sie melden sich über Funk.«

Chen hörte die weibliche Stimme aus dem Funkgerät.

»Rote Garde, ergeben Sie sich, und wir garantieren Ihnen, dass wir Sie am leben lassen. Wenn Sie Widerstand leisten, werden wir Sie ohne Gnade vernichten.«

Chen hatte genug Geschichten von Basen gehört, die ganz ähnliche Nachrichten bekommen hatten. Einige hatten bis zum bitteren Ende gekämpft, aber andere hatten sich ergeben und waren komplett geplündert worden. Die Überlebenden wussten Horrorgeschichten zu erzählen, die die Angst und den Unmut im Land nährten, und unbequeme Fragen über das Wesen ihres Gegners und den Krieg, den sie führten, aufkommen ließen. Das Zentralkomitee hatte sofort auf die einzige ihm bekannte Art reagiert, und die betreffenden Offiziere und Soldaten zu langen Strafen in den Arbeitslagern verurteilt, um ihren »revolutionären Eifer« zu stärken. Doch das hatte die Zahl ihrer kampferprobten Truppen nur noch mehr verringert. Weshalb nun solche Narren wie Liang das Kommando innehatten.

Liang schien kurz davor, völlig durchzudrehen, und griff nach dem Holster an seinem Gürtel.

»Sir, wir können nicht zulassen, dass diese Monster uns kriegen!«

Chen seufzte. Es mochte tapfer klingen, wenn man vom Kampf bis in den Tod sprach, doch dann sah er die angsterfüllten Gesichter um sich herum. Junge Männer, von denen viele in der Heimat Familien hatten, kämpften nun in einem Krieg, der kein klares Ziel mehr vorgab, weit entfernt von Zuhause, gegen einen Gegner, über den man ihnen die Wahrheit verschwiegen hatte. General Chen war immer für einen Kampf zu haben gewesen, aber er konnte nicht zulassen, dass diese Männer grundlos hingerichtet wurden. Er würde sich ergeben, die Verantwortung dafür übernehmen, und beteuern, dass die Soldaten darum gebettelt hatten, weiterzukämpfen, er aber über ihre Köpfe hinweg entschieden hatte. Er wusste, dass er in den Arbeitslagern nicht lange überleben würde, aber vielleicht war die Zeit gekommen, seine wahre Pflicht als Offizier zu tun – seinen Männern gegenüber, und nicht den Führern beim Zentralkomitee.

Er nahm Liang das Funkgerät ab und sprach: »Einverstanden. Aber wir ergeben uns nur Menschen. Die Monster sollen zurückbleiben.«

Chen wies seine Männer an, die Waffen abzulegen, dann trat er auf die Terrasse hinaus. Er sah, dass die Biter sich tatsächlich zurückhielten, und fragte sich, wie es diese Hexe vollbracht hatte, eine solche Kontrolle über diese hirnlosen Monster zu erlangen. Die Jeeps rollten heran, und schwarz gekleidete Männer sprangen heraus und betraten mit schussbereiten Maschinengewehren die Basis. Unter ihnen befand sich die Hexe, denn sie stach mit ihren blonden Haaren aus der Masse heraus. Die schwarz gekleideten Männer verteilten sich, trieben die Rotgardisten zusammen und versammelten sie in einem Raum, wo man sie einsperrte. Andere stiegen in die Kommandozentrale hinauf.

Als sich die Tür öffnete, drehte sich Chen herum und sah vier schwer bewaffnete Männer hereintreten. Sie alle waren Einheimische und trugen alte ZEUS-Uniformen.

Einer von ihnen sah Chen an und pfiff anerkennend.

»Hätte nicht gedacht, dass wir einen General als Gast begrüßen dürfen. Alle Mann auf die Knie, und die Hände hinter den Kopf.«

Chen nickte seinen Männern zu, und sie folgten dem Befehl. Ihm fiel auf, dass Liang verschwunden war, und er fragte sich, wo dieser Narr steckte. Dann sah er die Hexe hereinkommen, flankiert von zwei Männern mit Schrotflinten. Sie trug schwarze Kleidung, eine Maske über dem Mund und eine dunkle Sonnenbrille über den

Augen. Sie war bis an die Zähne bewaffnet mit einer Schrotflinte, einem Scharfschützengewehr auf dem Rücken, einer Pistole und einem Messer im Gürtel. An ihrem Gürtel hing außerdem ein Buch. Als Chen es näher betrachtete, schien ihm, dass es eine Art Kinderbuch war. Sie mochte körperlich nicht eindrucksvoll sein, aber ihr Anblick ließ einige Rotgardisten schlottern und um Gnade winseln.

Alice trat auf Chen zu und ließ ihn aufstehen.

»General, meine Männer werden all Ihre Waffen und Ihre Kommunikationstechnik an sich nehmen. Wir werden genug Nahrung für einen Tag zurücklassen und dann verschwinden. Ich bin sicher, dass Ihre Verstärkung bald hier sein wird.«

Sie trat näher, und Chen wich unwillkürlich zurück.

»Sie können etwas für mich tun, wenn Sie zurückgekehrt sind. Sagen Sie Ihren Führern, dass das Totenland jetzt befreit ist, und wir hier keine Soldaten der Roten Garde mehr sehen wollen. Kein einziger Siedler wird Ihre Camps betreten, und wir werden hier eine Gesellschaft aufbauen, wie wir das für richtig halten.«

Chen sah im Augenwinkel eine verschwommene Bewegung. Das Mädchen bemerkte seine Reaktion und drehte sich gerade noch rechtzeitig, um Liang zu entdecken, der aus einem Wandschrank stürmte und eine Pistole in der Hand hielt. Er feuerte aus nächster Nähe einen Schuss ab, bevor die beiden schwarz gekleideten Männer ihn mit Schüssen aus ihren Schrotflinten zerfetzten. Chen sah, wie das Mädchen zu Boden ging, und stöhnte voller Grauen, als sie wieder aufstand und völlig ruhig nach dem Loch in ihrem Oberkörper tastete. Nur ein kleines Rinnsal Blut sickerte daraus hervor, und ein Schuss, der sie eigentlich hätte töten sollen, schien sie kaum zu stören. Sie drehte sich zu Chen und deutete auf Liangs Leiche.

»Sagen Sie Ihren Männern, dass sie nicht so dumm sein sollen. Ich möchte kein unnötiges Blutvergießen.«

Chen stammelte die Worte hervor, die ihm keine Ruhe ließen. »Was … was bist du?«

Das Mädchen kam noch näher und sagte beinahe flüsternd: »Sie sollten sich meinen Namen merken, General Chen. Sie hätten mich töten sollen, als Sie vor Monaten die Chance dazu hatten.«

Dann nahm sie die Brille und die Maske ab, und Chen keuchte, als sein Blick auf ihre gelben, leblosen Augen und die Haut fiel, die sich in Fetzen von ihrem Gesicht löste.

Ihre letzten Worte waren: »Mein Name ist Alice Gladwell. Man nennt mich die Königin des Totenlandes.«

– E N D E –